월드클래식 ✎ 한국문학 라이팅북

필사의 힘

김승옥처럼 【무진기행】 따라쓰기

20___년 ___월 _____ 필사하다

월드클래식 한국문학 라이팅북

필사의 힘

김승옥처럼 【무진기행】 따라쓰기

Kim, Seung Ok

미르북
컴퍼니

수록 작품

무진기행

야행

그와 나

확인해본 열다섯 개의 고정관념

다산성

"오늘도 일곱 자루의 연필을 해치웠다.
필사하십시다, 지금 당장!"

어니스트 헤밍웨이

필사는 "손가락 끝으로
고추장을 찍어 먹어 보는 맛!"

시인 안도현

김승옥처럼《무진기행》을 따라쓰며
작가의 감성과 희망을 느끼는 시간이 되기를

'저를 믿어 주십시오. 그리고 서울에서 준비가 되는 대로 소식 드리면 당신은 무진을 떠나서 제게 와 주십시오. 우리는 아마 행복할 수 있을 것입니다.' 쓰고 나서 다시 나는 그 편지를 읽어 봤다. 또 한 번 읽어 봤다. 그리고 찢어 버렸다.   _무진기행 중에서

이 문장은 서울대 논술 예시문항으로 고등학교 문학 교과서에 실린 〈무진기행〉의 일부분입니다. 여러분은 〈무진기행〉을 읽어 본 적이 있습니까?

여기 한국 작가들의 스승이자 한국 문단의 거목인 김승옥 작가가 있습니다. 김승옥은 한국 문단의 신화와 같은 작가로, 문학평론가 유종호는 그의 작품을 두고 '감수성의 혁명'이라 칭하며 "그는 우리의 모국어에 새로운 활기와 가능성에의 신뢰를 불어넣었다"고 평했습니다. 1960

년대 한국 문학에 새 바람을 일으킨 김승옥의 작품들은 절제된 감성과 지성이 결합한 빼어난 문체를 바탕으로 남다른 감수성을 선보였고, 시대를 뛰어넘어 지금까지도 젊은 작가들에게 영감을 주고 있습니다.

그럼 이제 연필이나 펜을 손에 쥐어 볼까요.
누구나 김승옥이 된 것처럼 그의 마음을 헤아리며 가슴 먹먹해질 것입니다.
다 쓰고 나면 우리가 얼마나 아름답고 강인한 존재인지, 어떤 마음으로 내 앞의 생을 대해야 하는지 깨닫게 될 것입니다.

삶은 어렵습니다. 고통스럽고 외롭기도 합니다. 그러나 우리는 살아야만 하는 분명한 이유가 있습니다. 후에 반드시 눈부신 빛을 만나게 될 테니까요.

손으로 기억하고 싶은, 김승옥처럼 [무진기행] 따라쓰기를 통해 사람들의 일상과 고뇌, 애환을 절제된 아름다운 문장으로 표현하게 되시기를 바랍니다.

이렇게 따라서 보세요

눈으로 읽고 손으로 한 글자 한 글자 또박또박 써 내려 갑니다. 문장을 천천히 음미하면서 읽어 보세요. 그리고 자신이 김승옥이 되었다고 생각하고 천천히 따라서 써 보세요. 《무진기행》을 따라쓰기 하며 자신의 내면과 만나는 순간 내가 어떤 삶을 살고 있는지, 그 오랜 고민에 대한 답을 조금이나마 얻게 될지도 모릅니다. 필사의 힘을 온몸으로 느끼실 수 있습니다. 따라쓰다가 무척 마음에 드는 문구가 나오면 밑줄을 그어도 좋습니다. 지금 바로 한 페이지를 채워 볼까요?

무진으로 가는 버스

무진으로 가는 버스

버스가 산모퉁이를 돌아갈 때 나는 '무진 Mujin 10km'라는 이정비(里程碑)를 보았다. 그것은 옛날과 똑같은 모습으로 길가의 잡초 속에서 튀어나와 있었다. 내 뒷좌석에 앉아 있는 사람들 사이에서 다시 시작된 대화를 나는 들었다. "앞으로 10킬로 남았군요." "예, 한 30분 후에 도착할 겁니다." 그들은 농사 관계의 시찰원들인 듯했다. 아니 그렇지 않을지도 모른다. 그러나 하여튼 그들은 색 무늬 있는 반소매 셔츠를 입고 있었고 데드롱 직(織)의 바지를 입었고 지나쳐오는 마을과 들과 산에서 이미 농사 관계의 전문가들이 아니면 할 수 없는 관찰을 했고 그것을 전문적인 용어로 얘기하고 있었다. 광주에서 기차를 내려서 버스로 갈아탄 이래, 나는 그들이 시골 사람들답지 않게 낮은 목소리로 점잖게 얘기하는 것을 반수면 상태 속에서 듣고 있었다. 버스 안의 좌석들은 많이 비어 있었다. 그 시찰원들의 대화에 의하면 농번기이기 때문에 사람들이 여행을 할 수 없게 된 까닭이었다. "무진엔 명산물이…… 뭐 별로 없지요?" 그들은 대화를 계속하고 있었다. "별게 없지요. 그러면서도 그렇게 많은 사람들이 살고 있다는 건 좀 이상스럽거든요." "바다가 가까이 있으니 항구로 발전할 수도 있었을 텐데요." "가보시면 아시겠지만 그런 조건이 되어 있는 것도 아닙니다. 수심이 얕은 데다가 그건 얕은 바다를 몇백 리나 밖으로 나

바다로 뻗은 긴 방죽

바다로 뻗은 긴 방죽

그날 아침엔 이슬비가 내리고 있었다. 식전에 나는 우산을 받쳐들고 읍 근처의 산에 있는 어머니의 산소로 갔다. 나는 바지를 무릎 위까지 걷어 올리고 비를 맞으며 묘를 향하여 엎드려 절했다. 비가 나를 광장한 효자로 만들어주었다. 묘 위의 긴 풀을 보면서 나는 나를 전무(專務)님의 사위가 되기 위하여 영주 선생에게 관계된 사람들을 찾아다니며 그 호감을 얻으려고 잔뜩 영리해 있을 내 얼굴을 상상했다. 그러자 나는 묘 속으로 들어가고 싶었다.

돌아가는 길은 좀 멀긴 하지만 잔디가 곱게 깔린 방죽 길을 걷기로 했다. 이슬비가 바람에 뿌옇게 날리고 있었다. 비를 따라서 풍경이 흔들렸다. 나는 우산을 접어버렸다. 방죽 위를 걸어가면서 나는, 방죽의 경사 밑, 물가의 풀밭에, 읍에서 먼 촌으로부터 교회(敎會)에 온 학생들이 모여서 웅성거리고 있는 것을 보았다. 어떤 젊은 사람들이 몇 사람 끼어 있었고 비옷을 입은 순경 한 사람이 방죽의 비탈 위에 쭈그리고 앉아서 담배를 피우며 먼 곳을 바라보고 있었고 노래 한 사람이 하늘 자배기 웅성거리고 있는 학생들의 틈을 빠져나오고 있었다. 나는 방죽의 비탈을 내려갔다. 순경 곁을 지나면서 나는 물었다. "무슨 일입니까?" "자살 시쳅니다." 순경은 흥미 없는 말투로 말했다. "누군데요?" "읍내에 있는 술집 여잡니다. 초여름이 되면 반드시 몇 명씩 죽

Q 따라쓰기를 하면 글쓰기 능력이 향상되나요?

A 네. 그렇습니다. 전반적으로 글쓰기 능력이 향상됩니다. 따라쓰기를 미술에 비유하자면 마치 화가 지망생이 명화를 따라 그리는 것과 같다고 생각하시면 됩니다. 뛰어난 문학 작품을 처음부터 끝까지 따라쓰게 되면 글쓴이가 사용한 어휘, 문장 부호, 문체 그리고 이것들이 모여 이루어진 문장을 자연스레 익히게 됩니다. 그러므로 글쓰기에 대한 자신감은 물론이고 전체적인 내용을 구성하는 능력까지 키울 수 있게 됩니다.

Q 소설 전체를 따라쓰는 것과 일부를 따라쓰는 것 중 어떤 것이 더 효과적인가요?

A 이번에도 미술에 비유해 보겠습니다. 요하네스 베르메르의 〈진주 귀걸이를 한 소녀〉를 좋아하는 화가 지망생이 그림 전체가 아닌 그림 일부분만을 따라 그렸다고 상상해 보십시오. 이 그림이 수백 년 동안 사랑받고 있는 이유는 소녀의 눈망울이 몹시 매혹적이기 때문입니다. 하지만 그림 전체가 아니라 소녀의 눈만 그린다면 눈 아래의 오뚝한 코와 부드럽게 빛나는 붉은 입술은 볼 수 없을 테고 당연히 그림에서 깊은 감흥을 느낄 수 없습니다.

따라쓰기도 마찬가지입니다. 소설 전체를 따라 써야 문장의 장단점을 파악해 장점을 극대화하고 단점을 걸어 낼 수 있습니다. 특정 단락의 문장이 뛰어나다고 해도 그것은 어디까지나 완성된 한 편의 작품 속에서 다른 단락들과 조화를 이루어야 더욱 빛나는 것입니다.

Q 따라쓰기를 할 때 소설이 아니라 시를 선택해서 써도 되나요?

A 문학인을 지망하는 사람이 아니고 또 글쓰기 능력이 전반적으로 향상되는 것을 원한다면 시보다는 소설이 더 적절합니다. 시의 경우 소설에서는 잘 쓰지 않거나 허용되지 않는 기발하고 독특한 표현을 사용하는 빈도가

높기 때문입니다.

Q 어떤 분이 이르기를 따라쓰기는 자신의 색깔을 잃을 수 있으니 지양해야 한다고 하는데 이 부분에 대해서 조언을 듣고 싶습니다.

A 뛰어난 문장가들의 문장을 따라쓰다 보면 비슷한 유형의 문장을 자신의 글을 쓸 때에도 쓰게 되는 경우가 생길 수 있습니다. 하지만 그것은 짧은 시기에 불과할 뿐이고 끊임없이 글쓰기 연습과 독서를 병행하면 자신만의 색깔을 찾을 수 있습니다.

Q 따라쓰기를 하면 정말 마음이 가라앉고 힐링이 되나요?

A 컬러링북에 색깔을 채워 나가다 보면 마음이 고요해지고 그것에 더욱 몰입할 수 있게 됩니다. 따라쓰기도 마찬가지입니다. 다만 한 가지 더 좋은 점이 있다면 글쓰기 능력도 향상된다는 것입니다.

**Q 작가가 되고 싶은데 어느 정도로 따라쓰기를 해야 할까요?
하루에 얼마나 시간 투자를 하면 되는지 궁금합니다.**

A 따라쓰기는 순전히 각자의 역량에 맞춰 할 수 있는 작업입니다. 그러니 너무 지치지 않을 정도로 쓰는 게 좋습니다. 다만 하루도 빠짐없이, 5분이라도 시간을 투자해서 매일 쓰는 것이 좋겠습니다. 이런저런 사정을 핑계로 띄엄띄엄 쓴다면 곧 지루해지고 중간에 포기할 가능성이 높아집니다.

Q 한국 작품이 아니라 외국 작품의 번역물을 선택해도 되나요?

A 우리가 외국 작품을 읽을 때 번역본을 읽는 것처럼, 따라쓰기도 원문을 따라쓰기 어렵다면 번역본을 따라쓰는 것도 훌륭한 방법입니다. 다만 여러 개의 번역본을 비교해 보고, 쉽게 읽히거나 문체가 마음에 드는 번역본을 선택하는 것이 좋습니다.

무진기행

무진으로 가는 버스

버스가 산모퉁이를 돌아갈 때 나는 '무진 Mujin 10km'라는 이정비(里程碑)를 보았다. 그것은 옛날과 똑같은 모습으로 길가의 잡초 속에서 튀어나와 있었다. 내 뒷좌석에 앉아 있는 사람들 사이에서 다시 시작된 대화를 나는 들었다. "앞으로 10킬로 남았군요." "예, 한 30분 후에 도착할 겁니다." 그들은 농사 관계의 시찰원들인 듯했다. 아니 그렇지 않은지도 모른다. 그러나 하여튼 그들은 색 무늬 있는 반소매 셔츠를 입고 있었고 데드롱 직(織)의 바지를 입었고 지나쳐오는 마을과 들과 산에서 아마 농사 관계의 전문가들이 아니면 할 수 없는 관찰을 했고 그것을 전문적인 용어로 얘기하고 있었다. 광주에서 기차를 내려서 버스로 갈아탄 이래, 나는 그들이 시골 사람들답지 않게 낮은 목소리로 점잔을 빼면서 얘기하는 것을 반수면 상태 속에서 듣고 있었다. 버스 안의 좌석들은 많이 비어 있었다. 그 시찰원들의 대화에 의하면 농번기이기 때문에 사람들이 여행을 할 틈이 없어서라는 것이었다. "무진엔 명산물이…… 뭐 별로 없지요?" 그들은 대화를 계속하고 있었다. "별게 없지요. 그러면서도 그렇게 많은 사람들이 살고 있다는 건 좀 이상스럽거든요." "바다가 가까이 있으니 항구로 발전할 수도 있었을 텐데요?" "가보시면 아시겠지만 그럴 조건이 되어 있는 것도 아닙니다. 수심이 얕은 데다가 그런 얕은 바다를 몇백 리나 밖으로 나

가야만 비로소 수평선이 보이는 진짜 바다다운 바다가 나오는 곳이니까요." "그럼 역시 농촌이군요." "그렇지만 이렇다 할 평야가 있는 것도 아닙니다." "그럼 그 오륙만이 되는 인구가 어떻게들 살아가나요?" "그러니까 그럭저럭이란 말이 있는 게 아닙니까?" 그들은 점잖게 소리 내어 웃었다. "원, 아무리 그렇지만 한 고장에 명산물 하나쯤은 있어야지." 웃음 끝에 한 사람이 말하고 있었다.

무진에 명산물이 없는 게 아니다. 나는 그것이 무엇인지 알고 있다. 그것은 안개다. 아침에 잠자리에서 일어나서 밖으로 나오면, 밤사이에 진주해온 적군들처럼 안개가 무진을 뼹 둘러싸고 있는 것이었다. 무진을 둘러싸고 있던 산들도 안개에 의하여 보이지 않는 먼 곳으로 유배당해버리고 없었다. 안개는 마치 이승에 한이 있어서 매일 밤 찾아오는 여귀(女鬼)가 뿜어내놓은 입김과 같았다. 해가 떠오르고, 바람이 바다 쪽에서 방향을 바꾸어 불어오기 전에는 사람들의 힘으로써는 그것을 헤쳐버릴 수가 없었다. 손으로 잡을 수 없으면서도 그것은 뚜렷이 존재했고 사람들을 둘러쌌고 먼 곳에 있는 것으로부터 사람들을 떼어놓았다. 안개, 무진의 안개, 무진의 아침에 사람들이 만나는 안개, 사람들로 하여금 해를, 바람을 간절히 부르게 하는 무진의 안개, 그것이 무진의 명산물이 아닐 수 있을까!

버스의 덜커덩거림이 좀 덜해졌다. 버스의 덜커덩거림이 더하고 덜

하는 것을 나는 턱으로 느끼고 있었다. 나는 몸에서 힘을 빼고 있었으므로 버스가 자갈이 깔린 시골길을 달려오고 있는 동안 내 턱은 버스가 껑충거리는 데 따라서 함께 덜그럭거리고 있었다. 턱이 덜그럭거릴 정도로 몸에서 힘을 빼고 버스를 타고 있으면, 긴장해서 버스를 타고 있을 때보다 피로가 더욱 심해진다는 것을 알고 있었지만 그러나 열려진 차창으로 들어와서 나의 밖으로 드러난 살갗을 사정없이 간지럽히고 불어가는 6월의 바람이 나를 반수면 상태로 끌어넣었기 때문에 나는 힘을 주고 있을 수가 없었다. 바람은 무수히 작은 입자로 되어 있고 그 입자들은 할 수 있는 한, 욕심껏 수면제를 품고 있는 것처럼 내게는 생각되었다. 그 바람 속에는 신선한 햇살과 아직 사람들의 땀에 밴 살갗을 스쳐보지 않았다는 천진스러운 저온(低溫), 그리고 지금 버스가 달리고 있는 길을 에워싸며 버스를 향하여 달려오고 있는 산줄기의 저편에 바다가 있다는 것을 알리는 소금기, 그런 것들이 이상스레 한데 어울리면서 녹아 있었다. 햇빛의 신선한 밝음과 살갗에 탄력을 주는 정도의 공기의 저온, 그리고 해풍에 섞여 있는 정도의 소금기, 이 세 가지만 합성해서 수면제를 만들어낼 수 있다면 그것은 이지상에 있는 모든 약방의 진열장 안에 있는 어떠한 약보다도 가장 상쾌한 약이 될 것이고 그리고 나는 이 세계에서 가장 돈 잘 버는 제약회사의 전무님이 될 것이다. 왜냐하면 사람들은 누구나 조용히 잠들

18

고 싶어 하고 조용히 잠든다는 것은 상쾌한 일이기 때문이다.

그런 생각을 하자 나는 쓴웃음이 나왔다. 동시에 무진이 가까웠다는 것이 더욱 실감되었다. 무진에 오기만 하면 내가 하는 생각이란 항상 그렇게 엉뚱한 공상들이었고 뒤죽박죽이었던 것이다. 다른 어느 곳에서도 하지 않았던 엉뚱한 생각을, 나는 무진에서는 아무런 부끄럼 없이, 거침없이 해내곤 했었던 것이다. 아니 무진에서는 내가 무엇을 생각하고 어쩌고 하는 게 아니라 어떤 생각들이 나의 밖에서 제멋대로 이루어진 뒤 나의 머릿속으로 밀고 들어오는 듯했었다.

"당신 안색이 아주 나빠져서 큰일났어요. 어머님의 산소에 다녀온다는 핑계를 대고 무진에 며칠 동안 계시다가 오세요. 주주총회에서의 일은 아버지하고 저하고 다 꾸며놓을께요. 당신은 오랜만에 신선한 공기를 쐬고 그리고 돌아와보면 대회생제약회사의 전무님이 되어 있을 게 아니에요?"라고, 며칠 전날 밤, 아내가 나의 파자마 깃을 손가락으로 만지작거리며 나에게 진심에서 나온 권유를 했을 때도, 가기 싫은 심부름을 억지로 갈 때 아이들이 불평을 하듯이 내가 몇 마디 입안엣소리로 투덜댄 것도, 무진에서는 항상 자신을 상실하지 않을 수 없었던 과거의 경험에 의한 조건반사였었다.

내가 좀 나이가 든 뒤로 무진에 간 것은 몇 차례 되지 않았지만 그 몇 차례 되지 않은 무진행이 그러나 그때마다 내게는 서울에서의 실

패로부터 도망해야 할 때거나 하여튼 무언가 새 출발이 필요할 때였었다. 새 출발이 필요할 때 무진으로 간다는 그것은 우연이 결코 아니었고 그렇다고 무진에 가면 내게 새로운 용기라든가 새로운 계획이 술술 나오기 때문도 아니었었다. 오히려 무진에서의 나는 항상 처박혀 있는 상태였었다. 더러운 옷차림과 누우런 얼굴로 나는 항상 골방 안에서 뒹굴었다. 내가 깨어 있을 때는 수없이 많은 시간의 대열이 멍하니 서 있는 나를 비웃으며 흘러가고 있었고, 내가 잠들어 있을 때는 긴긴 악몽들이 거꾸러져 있는 나에게 혹독한 채찍질을 하였다. 나의 무진에 대한 연상의 대부분은 나를 돌봐주고 있는 노인들에 대하여 신경질을 부리던 것과 골방 안에서의 공상과 불면을 쫓아보려고 행하던 수음(手淫)과 곧잘 편도선을 붓게 하던 독한 담배꽁초와 우편배달부를 기다리던 초조함 따위거나 그것들에 관련된 어떤 행위들이었었다. 물론 그것들만 연상되었던 것은 아니다. 서울의 어느 거리에서고 나의 청각이 문득 외부로 향하면 무자비하게 쏟아져 들어오는 소음에 비틀거릴 때거나, 밤늦게 신당동 집 앞의 포장된 골목을 자동차로 올라갈 때, 나는 물이 가득한 강물이 흐르고 잔디로 덮인 방죽이 시오리 밖의 바닷가까지 뻗어나가 있고 작은 숲이 있고 다리가 많고 골목이 많고 흙담이 많고 높은 포플러가 에워싼 운동장을 가진 학교들이 있고 바닷가에서 주워온 까만 자갈이 깔린 뜰을 가진 사무소들이 있

고 대로 만든 와상(臥床)이 밤거리에 나앉아 있는 시골을 생각했고, 그 것은 무진이었다. 문득 한적이 그리울 때도 나는 무진을 생각했었다. 그러나 그럴 때의 무진은 내가 관념 속에서 그리고 있는 어느 아늑한 장소일 뿐이지 거기엔 사람들이 살고 있지 않았다. 무진이라고 하면 그것에의 연상은 아무래도 어둡던 나의 청년이었다.

그렇다고 무진에의 연상이 꼬리처럼 항상 나를 따라다녔다는 것은 아니다. 차라리, 나의 어둡던 세월이 일단 지나가버린 지금은 나는 거 의 항상 무진을 잊고 있었던 편이다. 어제저녁 서울역에서 기차를 탈 때에도, 물론 전송 나온 아내와 회사 직원 몇 사람에게 일러둘 말이 너무 많아서 거기에 정신이 쏠려 있던 탓도 있었겠지만, 하여튼 나는 무진에 대한 그 어두운 기억들이 그다지 실감나게 되살아오지는 않았 다. 그런데 오늘 이른 아침, 광주에서 기차를 내려서 역구내를 빠져나 올 때 내가 본 한 미친 여자가 그 어두운 기억들을 홱 잡아 끌어당겨 서 내 앞에 던져주었다. 그 미친 여자는 나일론의 치마저고리를 맵시 있게 입고 있었고 팔에는 시절에 맞추어 고른 듯한 핸드백도 걸치고 있었다. 얼굴도 예쁜 편이고 화장이 화려했다. 그 여자가 미친 사람이 라는 것을 알 수 있는 것은 쉼 없이 굴리고 있는 눈동자와 그 여자 를 에워싸고 서서 선하품을 하며 그 여자를 놀려대고 있는 구두닦이 아이들 때문이었다. "공부를 많이 해서 돌아버렸대." "아냐, 남자한테

서 채여서야." "저 여자 미국말도 참 잘한다. 물어볼까?" 아이들은 그런 얘기를 높은 목소리로 하고 있었다. 좀 나이가 든 여드름쟁이 구두닦이 하나는 그 여자의 젖가슴을 손가락으로 집적거렸고 그럴 때마다 그 여자는 여전히 무표정한 얼굴로 비명만 지르고 있었다. 그 여자의 비명이, 옛날 내가 무진의 골방 속에서 쓴 일기의 한 구절을 문득 생각나게 한 것이었다.

그때는 어머니가 살아 계실 때였다. 6·25 사변으로 대학의 강의가 중단되었기 때문에 서울을 떠나는 마지막 기차를 놓친 나는 서울에서 무진까지의 천여 리 길을 발가락이 몇 번이고 불어터지도록 걸어서 내려왔고, 어머니에 의해서 골방에 처박혀졌고 의용군의 징발도 그 후의 국군의 징병도 모두 기피해버리고 있었었다. 내가 졸업한 무진의 중학교의 상급반 학생들이 무명지에 붕대를 감고 '이 몸이 죽어서 나라가 산다면……'을 부르며 읍 광장에 서 있는 트럭들로 행진해가서 그 트럭들에 올라타고 일선으로 떠날 때도 나는 골방 속에 쭈그리고 앉아서 그들의 행진이 집 앞을 지나가는 소리를 듣고만 있었다. 전선이 북쪽으로 올라가고 대학이 강의를 시작했다는 소식이 들려왔을 때도 나는 무진의 골방 속에 숨어 있었다. 모두가 나의 홀어머님 때문이었다. 모두가 전쟁터로 몰려갈 때 나는 내 어머니에게 몰려서 골방 속에 숨어서 수음을 하고 있었다. 이웃집 젊은이의 전사 통지가 오면

어머니는 내가 무사한 것을 기뻐했고, 이따금 일선의 친구에게서 군사 우편이 오기라도 하면 나 몰래 그것을 찢어버리곤 하였었다. 내가 골방보다는 전선을 택하고 싶어 해가는 것을 알고 있었기 때문이다. 그 무렵에 쓴 나의 일기장들은 그 후에 태워버려서 지금은 없지만, 모두가 스스로를 모멸하고 오욕을 웃으며 견디는 내용들이었다. '어머니, 혹시 제가 지금 미친다면 대강 다음과 같은 원인들 때문일 테니 그 점에 유의하셔서 저를 치료해보십시오……' 이러한 일기를 쓰던 때를, 이른 아침 역구내에서 본 미친 여자가 내 앞으로 끌어당겨주었던 것이다. 무진이 가까웠다는 것을 나는 그 미친 여자를 통하여 느꼈고 그리고 방금 지나친, 먼지를 둘러쓰고 잡초 속에서 튀어나와 있는 이정비를 통하여 실감했다.

"이번에 자네가 전무가 되는 건 틀림없는 거구, 그러니 자네 한 일주일 동안 시골에 내려가서 긴장을 풀고 푹 쉬었다가 오게. 전무님이 되면 책임이 더 무거워질 테니 말야." 아내와 장인 영감은 자신들은 알지 못하는 사이에 퍽 영리한 권유를 내게 한 셈이었다. 내가 긴장을 풀어버릴 수 있는, 아니 풀어버릴 수밖에 없는 곳을 무진으로 정해준 것은 대단히 영리한 짓이었다.

버스는 무진 읍내로 들어서고 있었다. 기와지붕들도 양철지붕들도 초가지붕들도 6월 하순의 강렬한 햇빛을 받고 모두 은빛으로 번쩍이

고 있었다. 철공소에서 들리는 쇠망치 두드리는 소리가 잠깐 버스로 달려들었다가 물러났다. 어디선지 분뇨 냄새가 새어 들어왔고 병원 앞을 지날 때는 크레졸 냄새가 났고, 어느 상점의 스피커에서는 느려 빠진 유행가가 흘러나왔다. 거리는 텅 비어 있었고 사람들은 처마 끝의 그늘에 쭈그리고 앉아 있었다. 어린아이들은 빨가벗고 기우뚱거리며 그늘 속을 걸어 다니고 있었다. 읍의 포장된 광장도 거의 텅 비어 있었다. 햇빛만이 눈부시게 그 광장 위에서 끓고 있었고 그 눈부신 햇살 속에서, 정적 속에서 개 두 마리가 혀를 빼물고 교미를 하고 있었다.

밤에 만난 사람들

저녁 식사를 하기 조금 전에 나는 낮잠에서 깨어나서 신문지국들이 몰려 있는 거리로 갔다. 이모님 댁에서는 신문을 구독하고 있지 않았다. 그렇지만 신문은, 도회인이 누구나 그렇듯이 이제 내 생활의 일부로서 내 하루의 시작과 끝을 맡아보고 있었던 것이다. 내가 찾아간 신문지국에 나는 이모님 댁의 주소와 약도를 그려주고 나왔다. 밖으로 나올 때 나는 내 등 뒤에서 지국 안에 있던 사람들이 그들끼리 무어라고 수군거리는 소리를 들었다. 아마 나를 알고 있는 사람들이었

던 모양이다. "⋯⋯그래애? 거만하게 생겼는데⋯⋯." "⋯⋯출세했다지?⋯⋯." "⋯⋯옛날⋯⋯ 폐병⋯⋯." 그런 속삭임 속에서, 나는 밖으로 나오면서 은근히 한마디를 기다리고 있었다. 그러나 결국 '안녕히 가십시오'는 나오지 않고 말았다. 그것이 서울과의 차이점이었다. 그들은 이제 점점 수군거림의 소용돌이 속으로 끌려들어가고 있으리라. 자기 자신조차 잊어버리면서, 나중에 그 소용돌이 밖으로 내던져졌을 때 자기들이 느낄 공허감도 모른다는 듯이 수군거리고 또 수군거리고 있으리라. 바다가 있는 쪽에서 바람이 불어오고 있었다. 몇 시간 전에 버스에서 내릴 때보다 거리는 많이 번잡해졌다. 학생들이 학교에서 돌아오고 있었다. 그들은 책가방이 주체스러운 모양인지 그것을 뱅뱅 돌리기도 하며 어깨 너머로 넘겨 들기도 하며 두 손으로 껴안기도 하며 혀끝에 침으로써 방울을 만들어서 그것을 입바람으로 훅 불어 날리곤 했다. 학교 선생들과 사무소의 직원들도 달그락거리는 빈 도시락을 들고 축 늘어져서 지나가고 있었다. 그러자 나는 이 모든 것이 장난처럼 생각되었다. 학교에 다닌다는 것, 학생들을 가르친다는 것, 사무소에 출근했다가 퇴근한다는 이 모든 것이 실없는 장난이라는 생각이 든 것이다. 사람들이 거기에 매달려서 낑낑댄다는 것이 우습게 생각되었다.

이모 댁으로 돌아와서 저녁을 먹고 있을 때, 나는 방문을 받았다. 박

㈜이라고 하는 무진중학교의 내 몇 해 후배였다. 한때 독서광이었던 나를 그 후배는 무척 존경하는 눈치였다. 그는 학생 시대에 이른바 문학 소년이었던 것이다. 미국의 작가인 피츠제럴드를 좋아한다고 하는 그 후배는 그러나 피츠제럴드의 팬답지 않게 아주 얌전하고 매사에 엄숙하였고 그리고 가난하였다. "신문지국에 있는 제 친구에게서 내려오셨다는 얘길 들었습니다. 웬일이십니까?" 그는 정말 반가워해주었다. "무진엔 왜 내가 못 올 덴가?" 그렇게 대답하며 나는 내 말투가 마음에 거슬렸다. "너무 오랫동안 오시지 않았으니까 그러는 거죠. 제가 군대에서 막 제대했을 때 오시고 이번이 처음이시니까 벌써……." "벌써 한 4년 되는군." 4년 전 나는, 내가 경리의 일을 보고 있던 제약회사가 좀 더 큰 다른 회사와 합병되는 바람에 일자리를 잃고 무진으로 내려왔던 것이다. 아니 단지 일자리를 잃었다는 이유만으로 서울을 떠났던 것은 아니다. 동거하고 있던 희(姬)만 그대로 내 곁에 있어주었던들 실의의 무진행은 없었으리라. "결혼하셨다더군요?" 박이 물었다. "흐응, 자넨?" "전 아직. 참, 좋은 데로 장가드셨다고들 하더군요." "그래? 자넨 왜 여태 결혼하지 않고 있나? 자네 금년에 어떻게 되지?" "스물아홉입니다." "스물아홉이라. 아홉수가 원래 사납다고 하데만. 금년엔 어떻게 해보지그래?" "글쎄요." 박은 소년처럼 머리를 긁었다. 4년 전이니까 그해의 내 나이가 스물아홉이었고, 희가 내 곁에

서 달아나버릴 무렵에 지금 아내의 전남편이 죽었던 것이다. "무슨 나쁜 일이 있었던 건 아니겠죠?" 옛날의 내 무진행의 내용을 다소 알고 있는 박은 그렇게 물었다. "응, 아마 승진이 될 모양인데 며칠 휴가를 얻었지." "잘되셨군요. 해방 후의 무진중학 출신 중에선 형님이 제일 출세하셨다고들 하고 있어요." "내가?" 나는 웃었다. "예, 형님하고 형님 동기 중에서 조(趙) 형하고요." "조라니, 나하고 친하게 지내던 애 말인가?" "예, 그 형이 재작년엔가 고등고시에 패스해서 지금 여기 세무서장으로 있거든요." "아, 그래?" "모르셨어요?" "서로 소식이 별로 없었지. 그 애가 옛날엔 여기 세무서에서 직원으로 있었지, 아마?" "예." "그거 잘됐군. 오늘 저녁엔 그 친구에게나 가볼까?" 친구 조는 키가 작았고 살결이 검은 편이었다. 그래서 키가 크고 살결이 창백한 나에게 열등감을 느낀다는 얘기를 내게 곧잘 했었다. '옛날에 손금이 나쁘다고 판단받은 소년이 있었다. 그 소년은 자기의 손톱으로 손바닥에 좋은 손금을 파가며 열심히 일했다. 드디어 그 소년은 성공해서 잘살았다.' 조는 이런 얘기에 가장 감격하는 친구였다. "참, 자넨 요즘 뭘 하고 있나?" 내가 박에게 물었다. 박은 얼굴을 붉히고 잠시 머뭇거리다가 모교에서 교편을 잡고 있다고, 그것이 무슨 잘못이라도 되는 것처럼 우물거리며 대답했다. "좋지 않아? 책 읽을 여유가 있으니까 얼마나 좋은가. 난 잡지 한 권 읽을 여유가 없네. 무얼 가르치고 있

나?" 후배는 내 말에 용기를 얻었는지 아까보다는 조금 밝은 목소리로 대답했다. "국어를 가르치고 있습니다." "잘했어. 학교 측에서 보면 자네 같은 선생을 구하기도 힘들 거야." "그렇지도 않아요. 사범대학 출신들 때문에 교원자격고시 합격증 가지고 견디기가 힘들어요." "그게 또 그런가?" 박은 아무 말 없이 쓸쓸한 미소만 지어 보였다.

저녁 식사 후 우리는 술 한 잔씩을 마시고 나서 세무서장이 된 조의 집을 향하여 갔다. 거리는 어두컴컴했다. 다리를 건널 때 나는 냇가의 나무들이 어슴푸레하게 물속에 비쳐 있는 것을 보았다. 옛날 언젠가, 역시 이 다리를 밤중에 건너면서 나는 저 시커멓게 웅크리고 있는 나무들을 저주했었다. 금방 소리를 지르며 달려들 듯한 모습으로 나무들은 서 있었던 것이다. 세상에 나무가 없다면 얼마나 좋을까 하고 생각하기도 했었다. "모든 게 여전하군." 내가 말했다. "그럴까요?" 후배가 웅얼거리듯이 말했다.

조의 응접실에는 손님들이 네 사람 있었다. 나의 손을 아프도록 쥐고 흔들고 있는 조의 얼굴이 옛날보다 윤택해지고 살결도 많이 하얘진 것을 나는 보고 있었다. "어서 자리로 앉아라. 이거 원 누추해서…… 빨리 마누랄 얻어야겠는데……." 그러나 방은 결코 누추하지 않았다. "아니 아직 결혼 안 했나?" 내가 물었다. "법률책 좀 붙들고 앉아 있었더니 그렇게 돼버렸어. 어서 앉아." 나는 먼저 온 손님들

에게 소개되었다. 세 사람은 남자로서 세무서 직원들이었고 한 사람은 여자로서 나와 함께 온 박과 무언가 얘기를 주고받고 있었다. "어어, 밀담들은 그만하시고, 하(河) 선생, 인사해요. 내 중학 동창인 윤희중이라는 친굽니다. 서울에 있는 큰 제약회사의 간사님이시고 이쪽은 우리 모교에 와 계시는 음악 선생님이시고. 하인숙 씨라고, 작년에 서울에서 음악대학을 나오신 분이지." "아, 그러세요. 같은 학교에 계시는군요?" 나는 박과 그 여선생을 번갈아 가리키며 여선생에게 말했다. "네." 여선생은 방긋 웃으며 대답했고 내 후배는 고개를 숙여버렸다. "고향이 무진이신가요?" "아녜요. 발령이 이곳으로 났기 땜에 저 혼자 와 있는 거예요." 그 여자는 개성 있는 얼굴을 가지고 있었다. 윤곽은 갸름했고 눈이 컸고 얼굴색은 노리끼리했다. 전체로 보아서 병약한 느낌을 주고 있었지만 그러나 좀 높은 콧날과 두꺼운 입술이 병약하다는 인상을 버리도록 요구하고 있었다. 그리고 카랑카랑한 목소리가 코와 입이 주는 인상을 더욱 강하게 하고 있었다. "전공이 무엇이었던가요?" "성악 공부 좀 했어요." "그렇지만 하 선생님은 피아노도 아주 잘 치십니다." 박이 곁에서 조심스런 목소리로 끼어들었다. 조도 거들었다. "노래를 아주 잘하시지. 소프라노가 굉장하시거든." "아, 소프라노를 맡으시는가요?" 내가 물었다. "네, 졸업 연주회 땐 〈나비부인〉 중에서 〈어떤 개인 날〉을 불렀어요." 그 여자는 졸업 연주

40

회를 그리워하고 있는 듯한 음성으로 말했다.

방바닥에는 비단 방석이 놓여 있고 그 위에는 화투짝이 흩어져 있었다. 무진(霧津)이다. 곧 입술을 태울 듯이 타들어가는 담배꽁초를 입에 물고 눈으로 들어오는 그 담배 연기 때문에 눈물을 찔끔거리며 눈을 가늘게 뜨고, 이미 정오가 가까운 시각에야 잠자리에서 일어나서 그날의 허황한 운수를 점쳐보던 그 화투짝이었다. 또는, 자신을 팽개치듯이 끼어들던 언젠가의 노름판, 그 노름판에서 나의 뜨거워져가는 머리와 떨리는 손가락만을 제외하곤 내 몸을 전연 느끼지 못하게 만들던 그 화투짝이었다. "화투가 있군, 화투가." 나는 한 장을 집어서 딱 소리가 나게 내려치고 다시 그것을 집어서 내려치고 또 집어서 내려치고 하며 중얼거렸다. "우리 돈내기 한판 하실까요?" 세무서 직원 중의 하나가 내게 말했다. 나는 싫었다. "다음 기회에 하지요." 세무서 직원들은 싱글싱글 웃었다. 조가 안으로 들어갔다가 나왔다. 잠시 후에 술상이 나왔다.

"여기엔 얼마쯤 있게 되나?" "일주일가량." "청첩장 한 장 없이 결혼해버리는 법이 어디 있어? 하기야 청첩장을 보냈더라도 그땐 내가 세무서에서 주판알 튕기고 있을 때니까 별수도 없었겠지만 말이다." "난 그랬지만 청첩장 보내야 한다." "염려 말아. 금년 안으로는 받아볼 수 있게 될 거다." 우리는 별로 거품이 일지 않는 맥주를 마셨다.

"제약회사라면 그게 약 만드는 데 아닙니까?" "그렇죠." "평생 병 걸릴 염려는 없겠습니다그려." 굉장히 우스운 익살을 부렸다는 듯이 직원들은 방바닥을 치며 오랫동안 웃었다. "참 박 군, 학생들한테서 인기가 대단하더구먼. ……기껏 5분쯤 걸어오면 될 거리에 살면서 나한테 왜 통 놀러 오지 않았나?" "늘 생각은 하고 있었습니다만……." "저기 앉아 계시는 하 선생님한테서 자네 얘긴 늘 듣고 있었지. ……자, 하 선생 맥주는 술도 아니니까 한잔 들어봐요. 평소엔 그렇지도 않던데 오늘 저녁엔 왜 이렇게 얌전을 피우실까?" "네네, 거기 놓으세요. 제가 마시겠어요." "맥주는 좀 마셔봤지요?" "대학 다닐 때 친구들과 어울려서 방문을 안으로 잠가놓고 소주도 마셔본걸요." "이거 술꾼인 줄은 몰랐는데." "마시고 싶어서 마신 게 아니라 시험 삼아서 맛 좀 본 거예요." "그래서 맛이 어떻습디까?" "모르겠어요. 술잔을 입에서 떼자마자 쿨쿨 자버렸으니까요." 사람들이 웃었다. 박만이 억지로 웃는 듯한 웃음이었다. "내가 항상 생각하는 바지만, 하 선생님의 좋은 점은 바로 저기에 있거든. 될 수 있으면 얘기를 재미있게 하려고 한다는 점, 바로 그거야." "일부러 재미있게 하려고 하는 게 아녜요. 대학 다닐 때의 말버릇이에요." "아하, 그러고 보면 하 선생의 나쁜 점은 바로 저기 있어. '내가 대학 다닐 때'라는 말을 빼놓곤 얘기가 안 됩니까? 나처럼 대학엔 문전에도 가보지 못한 사람은 서러워서 살

겠어요?” “죄송합니다아.” “그럼 내게 사과하는 뜻에서 노래 한 곡 들려주시겠어요?” “그거 좋습니다.” “좋지요.” “한번 들어봅시다.” 사람들이 박수를 쳤다. 여선생은 머뭇거렸다. “서울 손님도 오고 했으니까…… 그 지난번에 부르던 거 참 좋습디다.” 조는 재촉했다. “그럼 부릅니다.” 여선생은 거의 무표정한 얼굴로 입을 조금만 달싹거리며 노래를 부르기 시작했다. 세무서 직원들이 손가락으로 술상을 두드리기 시작했다. 여선생은 〈목포의 눈물〉을 부르고 있었다. 〈어떤 개인 날〉과 〈목포의 눈물〉 사이에는 얼마큼의 유사성이 있을까? 무엇이 저 아리아들로써 길들여진 성대에서 유행가를 나오게 하고 있을까? 그 여자가 부르는 〈목포의 눈물〉에는 작부들이 부르는 그것에서 들을 수 있는 것과 같은 꺾임이 없었고, 대체로 유행가를 살려주는 목소리의 갈라짐이 없었고 흔히 유행가가 내용으로 하는 청승맞음이 없었다. 그 여자의 〈목포의 눈물〉은 이미 유행가가 아니었다. 그렇다고 〈나비부인〉 중의 아리아는 더욱 아니었다. 그것은 이전에는 없었던 어떤 새로운 양식의 노래였다. 그 양식은 유행가가 내용으로 하는 청승맞음과는 다른, 좀 더 무자비한 청승맞음을 포함하고 있었고 〈어떤 개인 날〉의 그 절규보다도 훨씬 높은 옥타브의 절규를 포함하고 있었고, 그 양식에는 머리를 풀어헤친 광녀의 냉소가 스며 있었고 무엇보다도 시체가 썩어가는 듯한 무진의 그 냄새가 스며 있었다.

그 여자의 노래가 끝나자 나는 의식적으로 바보 같은 웃음을 띠고 박수를 쳤고 그리고 육감으로써랄까, 나는 후배인 박이 이 자리에서 떠나고 싶어 하는 것을 알았다. 나의 시선이 박에게로 갔을 때, 나의 시선을 받은 박은 기다렸다는 듯이 자리에서 일어났다. 누군지가 그에게 앉아 있기를 권했으나 박은 해사한 웃음을 띠며 거절했다. "먼저 실례합니다. 형님은 내일 또 뵙지요." 조는 대문까지 따라 나왔고 나는 한길까지 박을 바래다주려고 나갔다. 밤이 깊지 않았는데도 거리는 적막했다. 어디선지 개 짖는 소리가 들려왔고 쥐 몇 마리가 한길 위에서 무엇을 먹고 있다가 우리의 그림자에 놀라 흩어져버렸다. "형님, 보세요. 안개가 내리는군요." 과연 한길의 저 끝이, 불빛이 드문드문 박혀 있는 먼 주택지의 검은 풍경들이 점점 풀어져가고 있었다. "자네, 하 선생을 좋아하고 있는 모양이군." 내가 물었다. 박은 다시 해사한 웃음을 띠었다. "그 여선생과 조 군과 무슨 관계가 있는 모양이지?" "모르겠습니다. 아마 조 형이 결혼 대상자 중의 하나로 생각하고 있는 것 같아요." "자네가 그 여선생을 좋아한다면 좀 더 적극적으로 나가야 해. 잘해봐." "뭐 별로……." 박은 소년처럼 말을 더듬거렸다. "그 속물들 틈에 앉아서 유행가를 부르고 있는 게 좀 딱해 보였을 뿐이지요. 그래서 나와버린 거죠." 박은 분노를 누르고 있는 듯이 나직나직 말했다. "클래식을 부를 장소가 있고 유행가를 부를 장소가 따

로 있다는 것뿐이겠지. 뭐 딱할 거까지야 있나?" 나는 거짓말로써 그를 위로했다. 박은 가고 나는 다시 '속물'들 틈에 끼었다. 무진에서는 누구나 그렇게 생각하는 것이다. 타인은 모두 속물들이라고. 나 역시 그렇게 생각하는 것이다. 타인이 하는 모든 행위는 무위(無爲)와 똑같은 무게밖에 가지고 있지 않은 장난이라고.

밤이 퍽 깊어서 우리는 자리에서 일어났다. 조는 내가 자기 집에서 자고 가기를 권했다. 그러나 다음 날 아침에 잠자리에서 일어나서 그집을 나올 때까지의 부자유스러움을 생각하고 나는 기어코 밖으로 나섰다. 직원들도 도중에서 흩어져가고 결국엔 나와 여자만이 남았다. 우리는 다리를 건너고 있었다. 검은 풍경 속에서 냇물은 하얀 모습으로 뻗어 있었고 그 하얀 모습의 끝은 안개 속으로 사라지고 있었다. "밤엔 정말 멋있는 고장이에요." 여자가 말했다. "그래요? 다행입니다." 내가 말했다. "왜 다행이라고 말씀하시는 줄 짐작하겠어요." 여자가 말했다. "어느 정도까지 짐작하셨어요?" 내가 물었다. "사실은 멋이 없는 고장이니까요. 제 대답이 맞았어요?" "거의." 우리는 다리를 다 건넜다. 거기서 우리는 헤어져야 했다. 그 여자는 냇물을 따라서 뻗어나간 길로 가야 했고 나는 곧장 난 길로 가야 했다. "아, 글루 가세요? 그럼……." 내가 말했다. "조금만 바래다주세요. 이 길은 너무 조용해서 무서워요." 여자가 조금 떨리는 목소리로 말했다. 나는 다시

여자와 나란히 서서 걸었다. 나는 갑자기 이 여자와 친해진 것 같았다. 다리가 끝나는 바로 거기에서부터, 그 여자가 정말 무서워서 떠는 듯한 목소리로 내게 바래다주기를 청했던 바로 그때부터 나는 그 여자가 내 생애 속에 끼어든 것을 느꼈다. 내 모든 친구들처럼, 이제는 모른다고 할 수 없는, 때로는 내가 그들을 훼손하기도 했지만 그러나 더욱 많이 그들이 나를 훼손시켰던 내 모든 친구들처럼. "처음에 뵈었을 때, 뭐랄까요, 서울 냄새가 난다고 할까요, 퍽 오래전부터 알던 사람처럼 느껴졌어요. 참 이상하죠?" 갑자기 여자가 말했다. "유행가." 내가 말했다. "네?" "아니 유행가는 왜 부르십니까? 성악 공부한 사람들은 될 수 있는 대로 유행가를 멀리하지 않았던가요?" "그 사람들은 항상 유행가만 부르라고 하거든요." 대답하고 나서 여자는 부끄러운 듯이 나지막하게 소리 내어 웃었다. "유행가를 부르지 않으려면 거기에 가지 않는 게 좋다고 얘기하면 내정 간섭이 될까요?" "정말 앞으론 가지 않을 작정이에요. 정말 보잘것없는 사람들이에요." "그럼 왜 여태까진 거기에 놀러 다녔습니까?" "심심해서요." 여자는 힘없이 말했다. 심심하다, 그래 그게 가장 정확한 표현이다. "아까 박 군은 하 선생님께서 유행가를 부르고 계시는 게 보기에 딱하다고 하면서 나가버렸지요." 나는 어둠 속에서 여자의 얼굴을 살폈다. "박 선생님은 정말 꽁생원이에요." 여자는 유쾌한 듯이 높은 소리로 웃었다. "선량한 사람

이죠." 내가 말했다. "네, 너무 선량해요." "박 군이 하 선생님을 사랑하고 있다는 생각을 해본 적은 없었던가요?" "아이, '하 선생님 하 선생님' 하지 마세요. 오빠라고 해도 제 큰오빠뻘이나 되실 텐데요." "그럼 무어라고 부릅니까?" "그냥 제 이름을 불러주세요. 인숙이라고요." "인숙이, 인숙이." 나는 낮은 소리로 중얼거려보았다. "그게 좋군요." 나는 말했다. "인숙인 왜 내 질문을 피하지요?" "무슨 질문을 하셨던가요?" 여자는 웃으면서 말했다. 우리는 논 곁을 지나가고 있었다. 언젠가 여름밤, 멀고 가까운 논에서 들려오는 개구리들의 울음소리를, 마치 수많은 비단조개 껍데기를 한꺼번에 맞부빌 때 나는 듯한 소리를 듣고 있을 때 나는 그 개구리 울음소리들이 나의 감각 속에서 반짝이고 있는 수없이 많은 별들로 바뀌어져 있는 것을 느끼곤 했었다. 청각의 이미지가 시각의 이미지로 바뀌어지는 이상한 현상이 나의 감각 속에서 일어나곤 했었던 것이다. 개구리 울음소리가 반짝이는 별들이라고 느낀 나의 감각은 왜 그렇게 뒤죽박죽이었을까. 그렇지만 밤하늘에서 쏟아질 듯이 반짝이고 있는 별들을 보고 개구리의 울음소리가 귀에 들려오는 듯했었던 것은 아니다. 별들을 보고 있으면 나는 나와 어느 별과 그리고 그 별과 또 다른 별들 사이의 안타까운 거리가, 과학책에서 배운 바로써가 아니라, 마치 나의 눈이 점점 정확해져가고 있는 듯이, 나의 시력에 뚜렷하게 보여오는 것이었다. 나는 그 도달할

길 없는 거리를 보는 데 홀려서 멍하니 서 있다가 그 순간 속에서 그 대로 가슴이 터져버리는 것 같았었다. 왜 그렇게 못 견디어했을까. 별이 무수히 반짝이는 밤하늘을 보고 있던 옛날 나는 왜 그렇게 분해서 못 견디어했을까. "무얼 생각하고 계세요?" 여자가 물어왔다. "개구리 울음소리." 대답하며 나는 밤하늘을 올려다봤다. 내리고 있는 안개에 가려서 별들이 흐릿하게 떠 보였다. "어머, 개구리 울음소리. 정말예요. 제겐 여태까지 개구리 울음소리가 들리지 않았어요. 무진의 개구리는 밤 12시 이후에만 우는 줄로 알고 있었는데요." "12시 이후에요?" "네, 밤 12시가 넘으면 제가 방을 얻어 있는 주인댁의 라디오 소리도 꺼지고 들리는 거라곤 개구리 울음소리뿐이거든요." "밤 12시가 넘도록 잠을 자지 않고 무얼 하시죠?" "그냥 가끔 그렇게 잠이 오지 않아요." 그냥 그렇게 잠이 오지 않는다. 아마 그건 사실이리라. "사모님 예쁘게 생기셨어요?" 여자가 갑자기 물었다. "제 아내 말씀인가요?" "네." "예쁘죠." 나는 웃으면서 대답했다. "행복하시죠? 돈이 많고 예쁜 부인이 있고 귀여운 아이들이 있고 그러면……." "아이들은 아직 없으니까 쬐끔 덜 행복하겠군요." "어머, 결혼을 언제 하셨는데 아직 아이들이 없어요?" "이제 3년 좀 넘었습니다." "특별한 용무도 없이 여행하시면서 왜 혼자 다니세요?" 이 여자는 왜 이런 질문을 할까? 나는 조용히 웃어버렸다. 여자는 아까보다 좀 더 명랑한 목소리

로 말했다. "앞으로 오빠라고 부를 테니까 절 서울로 데려가주시겠어요?" "서울에 가고 싶으신가요?" "네." "무진이 싫은가요?" "미칠 것 같아요. 금방 미칠 것 같아요. 서울엔 제 대학 동창들도 많고…… 아이, 서울로 가고 싶어 죽겠어요." 여자는 잠깐 내 팔을 잡았다가 얼른 놓았다. 나는 갑자기 흥분되었다. 나는 이마를 찡그렸다. 찡그리고 또 찡그렸다. 그러자 흥분이 가셨다. "그렇지만 이젠 어딜 가도 대학 시절과는 다를걸요. 인숙은 여자니까 아마 가정으로나 숨어버리기 전에는 어느 곳에 가든지 미칠 것 같을걸요." "그런 생각도 해봤어요. 그렇지만 지금 같아선 가정을 갖는다고 해도 미칠 것 같은 생각이 들어요. 정말 맘에 드는 남자가 아니면요. 정말 맘에 드는 남자가 있다고 해도 여기서는 살기가 싫어요. 전 그 남자에게 여기서 도망하자고 조를 거예요." "그렇지만 내 경험으로는 서울에서의 생활이 반드시 좋지도 않더군요. 책임, 책임뿐입니다." "그렇지만 여긴 책임도 무책임도 없는 곳인걸요. 하여튼 서울에 가고 싶어요. 절 데려가주시겠어요?" "생각해봅시다." "꼭이에요, 네?" 나는 그저 웃기만 했다. 우리는 그 여자의 집 앞에까지 왔다. "선생님, 내일은 무얼 하실 계획이세요?" 여자가 물었다. "글쎄요. 아침엔 어머님 산소엘 다녀와야 하겠고, 그러고 나면 할 일이 없군요. 바닷가에나 가볼까 하는데요. 거긴 한때 내가 방을 얻어 있던 집이 있으니까 인사도 할 겸." "선생님, 내일 거긴 오후

에 가세요.""왜요?""저도 같이 가고 싶어요. 내일은 토요일이니까 오전 수업뿐이에요.""그럽시다." 우리는 내일 만날 시간과 장소를 약속하고 헤어졌다. 나는 이상한 우울에 빠져서 터벅터벅 밤길을 걸어 이모 댁으로 돌아왔다.

내가 이불 속으로 들어갔을 때 통금 사이렌이 불었다. 그것은 갑작스럽게 요란한 소리였다. 그 소리는 길었다. 모든 사물이 모든 사고(思考)가 그 사이렌에 흡수되어갔다. 마침내 이 세상에선 아무것도 없어져버렸다. 사이렌만이 세상에 남아 있었다. 그 소리도 마침내 느껴지지 않을 만큼 오랫동안 계속할 것 같았다. 그때 소리가 갑자기 힘을 잃으면서 꺾였고 길게 신음하며 사라져갔다. 내 사고만이 다시 살아났다. 나는 얼마 전까지 그 여자와 주고받던 얘기들을 다시 생각해보려 했다. 많은 것을 얘기한 것 같은데, 그러나 귓속에는 우리의 대화가 몇 개 남아 있지 않았다. 좀 더 시간이 지난 후, 그 대화들이 내 귓속에서 내 머릿속으로 자리를 옮길 때는 그리고 머릿속에서 심장 속으로 옮겨갈 때는 또 몇 개가 더 없어져버릴 것인가. 아니 결국엔 모두 없어져버릴지도 모른다. 천천히 생각해보자. 그 여자는 서울에 가고 싶다고 했다. 그 말을 그 여자는 안타까운 음성으로 얘기했다. 나는 문득 그 여자를 껴안고 싶은 충동에 사로잡혔다. 그리고…… 아니, 내 심장에 남을 수 있는 것은 그것뿐이었다. 그러나 그것도 일단 무진을 떠

나기만 하면 내 심장 위에서 지워져버리리라. 나는 잠이 오지 않았다. 낮잠 때문이기도 하였다. 나는 어둠 속에서 담배를 피웠다. 나는 우울한 유령들처럼 나를 내려다보고 있는 벽에 걸린 하얀 옷들을 흘겨보고 있었다. 나는 담뱃재를 머리맡의 적당한 곳에 털었다. 내일 아침 걸레로 닦아내면 될 어느 곳에. '12시 이후에 우는' 개구리 울음소리가 희미하게 들려오고 있었다. 어디선가 1시를 알리는 시계 소리가 나직이 들려왔다. 어디선가 2시를 알리는 시계 소리가 들려왔다. 어디선가 3시를 알리는 시계 소리가 들려왔다. 어디선가 4시를 알리는 시계 소리가 들려왔다. 잠시 후에 통금 해제의 사이렌이 불었다. 시계와 사이렌 중 어느 것 하나가 정확하지 못했다. 사이렌은 갑작스럽고 요란한 소리였다. 그 소리는 길었다. 모든 사물이, 모든 사고가 그 사이렌에 흡수되어갔다. 마침내 이 세상에선 아무것도 없어져버렸다. 사이렌만이 세상에 남아 있었다. 그 소리도 마침내 느껴지지 않을 만큼 오랫동안 계속할 것 같았다. 그때 소리가 갑자기 힘을 잃으면서 꺾였고 길게 신음하며 사라져갔다. 어디선가 부부들은 교합하리라. 아니다. 부부가 아니라 창부와 그 여자의 손님이리라. 나는 왜 그런 엉뚱한 생각을 하고 있는지 알 수 없었다. 잠시 후에 나는 슬며시 잠이 들었다.

바다로 뻗은 긴 방죽

그날 아침엔 이슬비가 내리고 있었다. 식전에 나는 우산을 받쳐들고 읍 근처의 산에 있는 어머니의 산소로 갔다. 나는 바지를 무릎 위까지 걷어 올리고 비를 맞으며 묘를 향하여 엎드려 절했다. 비가 나를 굉장한 효자로 만들어주었다. 나는 한 손으로 묘 위의 긴 풀을 뜯었다. 풀을 뜯으면서 나는 나를 전무님으로 만들기 위하여 전무 선출에 관계된 사람들을 찾아다니며 그 호걸웃음을 웃고 있을 장인 영감을 상상했다. 그러나 나는 묘 속으로 들어가고 싶었다.

돌아가는 길은, 좀 멀긴 하지만 잔디가 곱게 깔린 방죽 길을 걷기로 했다. 이슬비가 바람에 뿌옇게 날리고 있었다. 비를 따라서 풍경이 흔들렸다. 나는 우산을 접어버렸다. 방죽 위를 걸어가다가 나는, 방죽의 경사 밑, 물가의 풀밭에, 읍에서 먼 촌으로부터 등교하기 위하여 온 학생들이 모여서 웅성거리고 있는 것을 보았다. 나이 많은 사람들이 몇 사람 끼어 있었고 비옷을 입은 순경 한 사람이 방죽의 비탈 위에 쭈그리고 앉아서 담배를 피우며 먼 곳을 바라보고 있었고 노파 한 사람이 혀를 차며 웅성거리고 있는 학생들의 틈을 빠져나와서 갔다. 나는 방죽의 비탈을 내려갔다. 순경 곁을 지나면서 나는 물었다. "무슨 일입니까?" "자살 시쳅니다." 순경은 흥미 없는 말투로 말했다. "누군데요?" "읍내에 있는 술집 여잡니다. 초여름이 되면 반드시 몇 명씩 죽

지요." "네에." "저 계집애는 아주 독살스러운 년이어서 안 죽을 줄 알았더니, 저것도 별수 없는 사람이었던 모양입니다." "네에." 나는 물가로 내려가서 학생들 틈에 끼었다. 시체의 얼굴은 냇물을 향하고 있었으므로 내게는 보이지 않았다. 머리는 파마였고 팔과 다리가 하얗고 굵었다. 붉은색의 얇은 스웨터를 입고 있었고 하얀 스커트를 입고 있었다. 지난밤의 새벽은 추웠던 모양이다. 아니면 그 옷이 그 여자의 맘에 든 옷이었던가 보다. 푸른 꽃무늬 있는 하얀 고무신을 머리에 베고 있었다. 무엇인가를 싼 하얀 손수건이 그 여자의 축 늘어진 손에서 좀 떨어진 곳에 굴러 있었다. 하얀 손수건은 비를 맞고 있었고 바람이 불어도 조금도 나부끼지 않았다. 시체의 얼굴을 보기 위해서 많은 학생들이 냇물 속에 발을 담그고 이쪽을 향하여 서 있었다. 그들의 푸른색 유니폼이 물에 거꾸로 비쳐 있었다. 푸른색의 깃발들이 시체를 옹위하고 있었다. 나는 그 여자를 향하여 이상스레 정욕이 끓어오름을 느꼈다. 나는 급히 그 자리를 떠났다. "무슨 약을 먹었는지 모르지만 지금이라도 어쩌면……." 순경에게 내가 말했다. "저런 여자들이 먹는 건 청산가립니다. 수면제 몇 알 먹고 떠들썩한 연극 같은 건 안 하지요. 그것만은 고마운 일이지만." 나는 무진으로 오는 버스 칸에서 수면제를 만들어 팔겠다는 공상을 한 것이 생각났다. 햇빛의 신선한 밝음과 살갗에 탄력을 주는 정도의 공기의 저온, 그리고 해풍에 섞

66

여 있는 정도의 소금기, 이 세 가지를 합성하여 수면제를 만들 수 있다면……. 그러나 사실 그 수면제는 이미 만들어져 있었던 게 아닐까. 나는 문득, 내가 간밤에 잠을 이루지 못하고 뒤척거리고 있었던 게 이 여자의 임종을 지켜주기 위해서가 아니었을까 하는 생각이 들었다. 통금 해제의 사이렌이 불고 이 여자는 약을 먹고 그제야 나는 슬며시 잠이 들었던 것만 같다. 갑자기 나는 이 여자가 나의 일부처럼 느껴졌다. 아프긴 하지만 아끼지 않으면 안 될 내 몸의 일부처럼 느껴졌다. 나는 접어든 우산에 묻은 물을 획획 뿌리면서 집으로 돌아왔다. 집에는 세무서장인 조가 보낸 쪽지가 기다리고 있었다. '할 일 없으면 세무서에 좀 들러주게.' 아침밥을 먹고 나는 세무서로 갔다. 이슬비는 그쳤으나 하늘은 흐렸다. 나는 조의 의도를 알 것 같았다. 서장실에 앉아 있는 자기의 모습을 보여주고 싶은 거다. 아니 내가 비꼬아서 생각하고 있는지 모른다. 나는 고쳐 생각하기로 했다. 그는 세무서장으로 만족하고 있을까? 아마 만족하고 있을 게다. 그는 무진에 어울리는 사람이다. 아니, 나는 다시 고쳐 생각하기로 했다. 어떤 사람을 잘 안다는 것─잘 아는 체한다는 것이 그 어떤 사람의 입장에서 보면 무척 불행한 일이다. 우리가 비난할 수 있고 적어도 평가하려고 드는 것은 우리가 알고 있는 사람에 한하는 것이기 때문이다.

　조는 러닝셔츠 바람으로, 바지는 무릎 위까지 걷어붙이고 부채를

부치고 있었다. 나는 그가 초라해 보였고 그러나 그가 흰 커버를 씌운 회전의자 위에 앉아 있는 것을 자랑스러워하는 듯한 몸짓을 해 보일 때는 그가 가엾게 생각되었다. "바쁘지 않나?" 내가 물었다. "나야 뭐 하는 일이 있어야지. 높은 자리라는 건 책임진다는 말만 중얼거리고 있으면 되는 모양이지." 그러나 그는 결코 한가하지 않았다. 여러 사람들이 드나들면서 서류에 조의 도장을 받아갔고 더 많은 서류들이 그의 미결함에 쌓여졌다. "월말에다가 토요일이 되어서 좀 바쁘다." 그는 말했다. 그러나 그의 얼굴은 그 바쁜 것을 자랑스럽게 여기고 있었다. 바쁘다. 자랑스러워할 틈도 없이 바쁘다. 그것은 서울에서의 나였다. 그만큼 여기는 생활한다는 것에 서투를 수 있다고나 할까? 바쁘다는 것도 서투르게 바빴다. 그리고 그때 나는, 사람이 자기가 하는 일에 서투르다는 것은, 그것이 무슨 일이든지 설령 도둑질이라고 할지라도 서투르다는 것은 보기에 딱하고 보는 사람을 신경질 나게 한다고 생각하였다. 미끈하게 일을 처리해버린다는 건 우선 우리를 안심시켜준다. "참, 엊저녁, 하 선생이란 여자는 네 색싯감이냐?" 내가 물었다. "색싯감?" 그는 높은 소리로 웃었다. "내 색싯감이 그 정도로밖에 안 보이냐?" 그가 말했다. "그 정도가 뭐 어때서?" "야, 이 약아빠진 놈아, 넌 빽 좋고 돈 많은 과부를 물어놓고 기껏 내가 어디서 굴러온 줄도 모르는 말라빠진 음악 선생이나 차지하고 있으면 맘이 시원

하겠다는 거냐?" 말하고 나서 그는 유쾌해죽겠다는 듯이 웃어대었다. "너만큼만 사는 정도라면 여자가 거지라도 괜찮지 않아?" 내가 말했다. "그래도 그게 아닙니다. 내 편에 나를 끌어줄 사람이 없으면 처가 편에서라도 누가 있어야 하는 거야." 그가 대답했다. 그의 말투로는 우리는 공모자였다. "야, 세상 우습더라. 내가 고시에 패스하자마자 중매쟁이가 막 들어오는데……. 그런데 그게 모두 형편없는 것들이거든. 도대체 여자들이 성기 하나를 밑천으로 해서 시집가보겠다는 고 배짱들이 괘씸하단 말야." "그럼 그 여선생도 그런 여자 중의 하나인가?" "아주 대표적인 여자지. 어떻게나 쫓아다니는지 귀찮아죽겠다." "퍽 똑똑한 여자일 것 같던데." "똑똑하기야 하지. 그렇지만 뒷조사를 해보았더니 집안이 너무 허술해. 그 여자가 여기서 죽는다고 해도 고향에서 그 여자를 데리러 올 사람 하나 변변한 게 없거든." 나는 그 여자를 어서 만나보고 싶었다. 나는 그 여자가 지금 어디서 죽어가고 있는 것처럼 생각되었다. 어서 가서 만나보고 싶었다. "속도 모르는 박 군은 그 여자를 좋아한대." 그가 말하면서 빙긋 웃었다. "박 군이?" 나는 놀란 체했다. "그 여자에게 편지를 보내어 호소를 하는데 그 여자가 모두 내게 보여주거든. 박 군은 내게 연애편지를 쓰는 셈이지." 나는 그 여자를 만나보고 싶은 생각이 싹 가셨다. 그러나 잠시 후엔 그 여자를 어서 만나보고 싶다는 생각이 되살아났다. "지난봄엔 그 여잘

72

데리고 절엘 한번 갔었지. 어떻게 해보려고 했는데 요 영리한 게 결혼하기 전까지는 절대로 안 된다는 거야.” “그래서?” “무안만 당하고 말았지.” 나는 그 여자에게 감사했다.

시간이 됐을 때 나는 그 여자와 만나기로 한, 읍내에서 좀 떨어진, 바다로 뻗어나가고 있는 방죽으로 갔다. 노란 파라솔 하나가 멀리 보였다. 그것이 그 여자였다. 우리는 구름이 낀 하늘 밑을 나란히 걸어갔다. “저 오늘 박 선생님께 선생님에 관해서 여러 가지 물어봤어요.” “그래요?” “무얼 제일 중요하게 물어보았을 거 같아요?” 나는 전연 짐작할 수가 없었다. 그 여자는 잠시 동안 키득키득 웃었다. 그리고 말했다. “선생님의 혈액형을 물어봤어요.” “내 혈액형을요?” “전 혈액형에 대해서 이상한 믿음을 가지고 있어요. 사람들이 꼭 자기의 혈액형이 나타내주는—그, 생물책에 씌어 있지 않아요?—꼭 그 성격대로이기만 했으면 좋겠어요. 그럼 세상엔 손가락으로 꼽을 정도의 성격밖에 없을 게 아니에요?” “그게 어디 믿음입니까? 희망이지.” “전 제가 바라는 것은 그대로 믿어버리는 성격이에요.” “그건 무슨 혈액형입니까?” “바보라는 이름의 혈액형이에요.” 우리는 후텁지근한 공기 속에서 괴롭게 웃었다. 나는 그 여자의 프로필을 훔쳐보았다. 그 여자는 이제 웃음을 그치고 입을 꾹 다물고 그 커다란 눈으로 앞을 똑바로 응시하고 있었고 코끝에 땀이 맺혀 있었다. 그 여자는 어린아이처

럼 나를 따라오고 있었다. 나는 나의 한 손으로 그 여자의 한 손을 잡았다. 그 여자는 놀란 듯했다. 나는 얼른 손을 놓았다. 잠시 후에 나는 다시 손을 잡았다. 그 여자는 이번엔 놀라지 않았다. 우리가 잡고 있는 손바닥과 손바닥의 틈으로 희미한 바람이 새어나가고 있었다. "무작정 서울에만 가면 어떻게 할 작정이오?" 내가 물었다. "이렇게 좋은 오빠가 있는데 어떻게 해주겠지요." 여자는 나를 쳐다보며 방긋 웃었다. "신랑감이야 수두룩하긴 하지만……. 서울보다는 고향에 가 있는 게 낫지 않을까요?" "고향보다는 여기가 나아요." "그럼 여기 그대로 있는 게……." "아이, 선생님, 절 데리고 가시잖을 작정이시군요." 여자는 울상을 지으며 내 손을 뿌리쳤다. 사실 나는 나 자신을 알 수 없었다. 사실 나는 감상이나 연민으로써 세상을 향하고 서는 나이도 지난 것이다. 사실 나는 몇 시간 전에 조가 얘기했듯이 '빽이 좋고 돈 많은 과부'를 만난 것을 반드시 바랐던 것은 아니지만 결과적으로는 잘 되었다고 생각하고 있는 사람인 것이다. 나는 내게서 달아나버렸던 여자에 대한 것과는 다른 사랑을 지금의 내 아내에 대하여 갖고 있었다. 그러면서도 나는 구름이 끼어 있는 하늘 밑의 바다로 뻗은 방죽 위를 걸어가면서, 다시 내 곁에 선 여자의 손을 잡았다. 나는 지금 우리가 찾아가고 있는 집에 대하여 여자에게 설명해주었다. 어느 해, 나는 그 집에서 방 한 칸을 얻어들고 더러워진 나의 폐를 씻어내고 있었

다. 어머니도 세상을 떠나간 뒤였다. 이 바닷가에서 보낸 1년. 그때 내가 쓴 모든 편지들 속에서 사람들은 '쓸쓸하다'라는 단어를 쉽게 발견할 수 있었다. 그 단어는 다소 천박하고 이제는 사람의 가슴에 호소해 오는 능력도 거의 상실해버린 사어(死語) 같은 것이지만 그러나 그 무렵의 내게는 그 말밖에 써야 할 말이 없는 것처럼 생각되었었다. 아침의 백사장을 거니는 산보에서 느끼는 시간의 지루함과 낮잠에서 깨어나서 식은땀이 줄줄 흐르는 이마를 손바닥으로 닦으며 느끼는 허전함과 깊은 밤에 악몽으로부터 깨어나서 쿵쿵 소리를 내며 급하게 뛰고 있는 심장을 한 손으로 누르며 밤바다의 그 애처로운 울음소리에 귀를 기울이고 있을 때의 안타까움, 그런 것들이 굴 껍데기처럼 다닥다닥 붙어서 떨어질 줄 모르는 나의 생활을 나는 '쓸쓸하다'라는, 지금 생각하면 허깨비 같은 단어 하나로 대신시켰던 것이다. 바다는 상상도 되지 않는 먼지 낀 도시에서, 바쁜 일과 중에, 무표정한 우편배달부가 던져주고 간 나의 편지 속에서 '쓸쓸하다'라는 말을 보았을 때 그 편지를 받은 사람이 과연 무엇을 느끼거나 상상할 수 있었을까? 그 바닷가에서 그 편지를 내가 띄우고 도시에서 내가 그 편지를 받았다고 가정할 경우에도 내가 그 바닷가에서 그 단어에 걸어보던 모든 것에 만족할 만큼 도시의 내가 바닷가의 나의 심경에 공명할 수 있었을 것인가? 아니 그것이 필요하기나 했었을까? 그러나 정확하게 말하자

면, 그 무렵 편지를 쓰기 위해서 책상 앞으로 다가가고 있던 나도, 지금에 와서 내가 하고 있는 바와 같은 가정과 질문을 어렴풋이나마 하고 있었고 그 대답을 '아니다'로 생각하고 있었던 듯하다. 그러면서도 그는 그 속에 '쓸쓸하다'라는 단어가 씌어진 편지를 썼고 때로는 바다가 암청색으로 서투르게 그려진 엽서를 사방으로 띄웠다. "세상에서 제일 먼저 편지를 쓴 사람은 어떤 사람이었을까요?" 내가 말했다. "아이, 편지, 정말 편지를 받는 것처럼 기쁜 일은 없어요. 정말 누구였을까요? 아마 선생님처럼 외로운 사람이었겠죠?" 여자의 손이 내 손안에서 꼼지락거렸다. 나는 그 손이 그렇게 말하고 있는 듯한 느낌이 들었다. "그리고 인숙이처럼." 내가 말했다. "네." 우리는 서로 고개를 돌려 마주 보며 웃음 지었다.

우리는 우리가 찾아가는 집에 도착했다. 세월이 그 집과 그 집 사람들만은 피해서 지나갔던 모양이다. 주인들은 나를 옛날의 나로 대해주었고 그러자 나는 옛날의 내가 되었다. 나는 가지고 온 선물을 내놓았고 그 집 주인 부부는 내가 들어 있던 방을 우리에게 제공해주었다. 나는 그 방에서 여자의 조바심을, 마치 칼을 들고 달려드는 사람으로부터, 누군지가 자기의 손에서 칼을 빼앗아주지 않으면 상대편을 찌르고 말 듯한 절망을 느끼는 사람으로부터 칼을 빼앗듯이 그 여자의 조바심을 빼앗아주었다. 그 여자는 처녀는 아니었다. 우리는 다시 방

문을 열고 물결이 다소 거센 바다를 내려다보며 오랫동안 말없이 누워 있었다. "서울에 가고 싶어요. 단지 그거뿐예요." 한참 후에 여자가 말했다. 나는 손가락으로 여자의 볼 위에 의미 없는 도화를 그리고 있었다. "세상엔 착한 사람이 있을까?" 나는 방으로 불어오는 해풍 때문에 불이 꺼져버린 담배에 다시 불을 붙이며 말했다. "절 나무라시는 거죠? 착하게 보아주려는 마음이 없으면 아무도 착하지 않을 거예요." 나는 우리가 불교도라고 생각했다. "선생님은 착한 분이세요?" "인숙이가 믿어주는 한." 나는 다시 한번 우리가 불교도라고 생각했다. 여자는 누운 채 내게 조금 더 다가왔다. "바닷가로 나가요, 네? 노래 불러드릴게요." 여자가 말했다. 그러나 우리는 일어나지 않았다. "바닷가로 나가요, 네? 방이 너무 더워요." 우리는 일어나서 밖으로 나왔다. 우리는 백사장을 걸어서 인가가 보이지 않는 바닷가의 바위 위에 앉았다. 파도가 거품을 숨겨가지고 와서 우리가 앉아 있는 바위 밑에 그것을 뿜어놓았다. "선생님." 여자가 나를 불렀다. 나는 여자 쪽으로 고개를 돌렸다. "자기 자신이 싫어지는 것을 경험하신 적이 있으세요?" 여자가 꾸민 명랑한 목소리로 물었다. 나는 기억을 헤쳐보았다. 나는 고개를 끄덕이며 말했다. "언젠가 나와 함께 자던 친구가 다음 날 아침에 내가 코를 골면서 자더라는 것을 알려주었을 때였지. 그땐 정말이지 살맛이 나지 않았어." 나는 여자를 웃기기 위해서 그렇게

말했다. 그러나 여자는 웃지 않고 조용히 고개만 끄덕거렸다. 한참 후에 여자가 말했다. "선생님, 저 서울에 가고 싶지 않아요." 나는 여자의 손을 달라고 하여 잡았다. 나는 그 손을 힘을 주어 쥐면서 말했다. "우리 서로 거짓말은 하지 말기로 해." "거짓말이 아니에요." 여자는 빙긋 웃으면서 말했다. "〈어떤 개인 날〉 불러드릴게요." "그렇지만 오늘은 흐린걸." 나는 〈어떤 개인 날〉의 그 이별을 생각하며 말했다. 흐린 날엔 사람들은 헤어지지 말기로 하자. 손을 내밀고 그 손을 잡는 사람이 있으면 그 사람을 가까이 가까이 좀 더 가까이 끌어당겨주기로 하자. 나는 그 여자에게 '사랑한다'고 말하고 싶었다. 그러나 '사랑한다'라는 그 국어의 어색함이 그렇게 말하고 싶은 나의 충동을 쫓아버렸다.

우리가 바닷가에서 읍내로 돌아온 것은 저녁의 어둠이 밀려든 뒤였다. 읍내에 들어오기 조금 전에 우리는 방죽 위에서 키스했다. "전 선생님께서 여기 계시는 일주일 동안만 멋있는 연애를 할 계획이니까 그렇게 알고 계세요." 헤어지면서 여자가 말했다. "그렇지만 내 힘이 더 세니까 별수 없이 내게 끌려서 서울까지 가게 될걸." 내가 말했다.

집으로 돌아와서 나는 후배인 박이 낮에 다녀간 것을 알았다. 그는 내가 '무진에 계시는 동안 심심하시지 않을까 하여 읽으시라'고 책 세 권을 두고 갔다. 그가 저녁에 다시 오겠다고 하더라는 얘기를 이모가

내게 했다. 나는 피로를 핑계로 아무도 만나기 싫다는 뜻을 이모에게 알려두었다. 이모는 내가 바닷가에서 아직 돌아오지 않았다고 대답하겠다고 말했다. 나는 아무것도 생각하고 싶지 않았다, 아무것도. 나는 이모에게 소주를 사오게 하여 취해서 잠이 들 때까지 마셨다. 새벽녘에 잠깐 잠이 깨었다. 나는 이유를 집어낼 수 없이 가슴이 두근거렸는데 그것은 불안이었다. "인숙이" 하고 나는 중얼거려보았다. 그리고 곧 다시 잠이 들어버렸다.

당신은 무진을 떠나고 있습니다

나는 이모가 나를 흔들어 깨워서 눈을 떴다. 늦은 아침이었다. 이모는 전보 한 통을 내게 건네주었다. 엎드려 누운 채 나는 전보를 펴보았다. "27일회의참석필요, 급상경바람 영" '27일'은 모레였고 '영'은 아내였다. 나는 아프도록 쑤시는 이마를 베개에 대었다. 나는 숨을 거칠게 쉬고 있었다. 나는 내 호흡을 진정시키려고 했다. 아내의 전보가 무진에 와서 내가 한 모든 행동과 사고를 내게 점점 명료하게 드러내 보여주었다. 모든 것이 선입관 때문이었다. 결국 아내의 전보는 그렇게 얘기하고 있었다. 나는 아니라고 고개를 저었다. 모든 것이, 흔히 여행자에게 주어지는 그 자유 때문이라고 아내의 전보는 말하고 있었

다. 나는 아니라고 고개를 저었다. 모든 것이 세월에 의하여 내 마음속에서 잊혀질 수 있다고 전보는 말하고 있었다. 그러나 상처가 남는다고, 나는 고개를 저었다. 오랫동안 우리는 다투었다. 그래서 전보와 나는 타협안을 만들었다. 한 번만, 마지막으로 한 번만 이 무진을, 안개를, 외롭게 미쳐가는 것을, 유행가를, 술집 여자의 자살을, 배반을, 무책임을 긍정하기로 하자. 마지막으로 한 번만이다. 꼭 한 번만, 그리고 나는 내게 주어진 한정된 책임 속에서만 살기로 약속한다. 전보여, 새끼손가락을 내밀어라. 나는 거기에 내 새끼손가락을 걸어서 약속한다. 우리는 약속했다.

그러나 나는 돌아서서 전보의 눈을 피하여 편지를 썼다. "갑자기 떠나게 되었습니다. 찾아가서 말로써 오늘 제가 먼저 가는 것을 알리고 싶었습니다만 대화란 항상 의외의 방향으로 나가버리기를 좋아하기 때문에 이렇게 글로써 알리는 것입니다. 간단히 쓰겠습니다. 사랑하고 있습니다. 왜냐하면 당신은 제 자신이기 때문에 적어도 제가 어렴풋이나마 사랑하고 있는 옛날의 저의 모습이기 때문입니다. 저는 옛날의 저를 오늘의 저로 끌어다놓기 위하여 갖은 노력을 다하였듯이 당신을 햇볕 속으로 끌어놓기 위하여 있는 힘을 다할 작정입니다. 저를 믿어주십시오. 그리고 서울에서 준비가 되는 대로 소식 드리면 당신은 무진을 떠나서 제게 와주십시오. 우리는 아마 행복할 수 있을 것

입니다." 쓰고 나서 나는 그 편지를 읽어봤다. 또 한 번 읽어봤다. 그리고 찢어버렸다.

덜컹거리며 달리는 버스 속에 앉아서 나는, 어디쯤에선가, 길가에 세워진 하얀 팻말을 보았다. 거기에는 선명한 검은 글씨로 '당신은 무진읍을 떠나고 있습니다. 안녕히 가십시오'라고 씌어 있었다. 나는 심한 부끄러움을 느꼈다.

(1964)

야행

현주는 자기 몸에 눌어붙고 있는 사내의 시선을 느꼈다. 확인해 보나마나 알지 못하는 술 취한 어떤 사내이겠지. 그 사내가 자기를 향하여 다가오고 있는 것을 현주는 돌아보지 않고도 느낌으로써 알 수 있었다.

"댁이 어디십니까?"

사내가 앞을 가로막으며 말을 걸어왔다.

사내는 말과 힘께 들큼한 술 냄새를 뿜어냈다. 넥타이의 매듭이 헐렁하게 늘어져 있고 와이셔츠의 꼭대기 단추가 채워져 있지 않았다. 그 때문에 현주는, 헤드라이트의 밝은 불빛에 드러나곤 하는 사내의 목줄기를 볼 수 있었다. 그것은 깃털을 몽땅 뽑아버리고 빨간 물감을 염색해놓은 수탉의 껍질 같았다. 튀어나온 울대가 그 껍질 속에서 재빠르게 꿈틀대며 한 번 위로 올라갔다가 내려왔다. 침이라도 삼켰나 보다. 아니면 무슨 말을. 어떻든 사내가 긴장하고 있음에는 틀림없었다. 아마 꼼짝도 하지 않고 무표정하게 자기의 목 언저리만 응시하고 있는 현주의 자세가 사내를 불안하게 한 것이리라.

"댁이 어디신지, 같은 방향이면 택시 합승을 할까 해서……." 변명을 시작하는 것으로 봐서 사내는 슬그머니 도망할 차비를 차리기로 한 것 같았다. "보시다시피 이 시간엔 택시도 어차피 합승해야 하니까요……."

현주는 사내가 손짓을 과장하여 가리키고 있는 차도를 보는 대신 사내가 손에 들고 있는 서류용 봉투를 보았다. 술집에서는 아마 궁둥이 밑에라도 깔고 앉아 있었던지 그것은 주름투성이로 구겨져 있었다. 시뻘겋고 닭 껍질처럼 땀구멍이 오돌토돌 들여다뵈는 목줄기, 주름투성이로 구겨진, 흔해빠진 누런 대형 봉투, 들큰한 술 냄새, 그리고 헐렁하게 늘어져 있는 넥타이 위의 얼굴이 불안에 떠는 가쁜 숨결을 내뿜고 있었다. "댁이 어디십니까?" 하며 당당하게 앞을 가로막던 그 음색은 벌써 아니었다.

풋내기다. 사내는 모처럼 용기를 냈겠지, 술의 힘을 빌려서. 이 시간, 통금 시간이 머지않은 이 시간이면 종로의, 그리고 을지로나 명동 부근의 모든 정류소에서 술 취한 사내들이 자기 근처에 있는 여자의 앞을 가로막는, 우연과 만나보려는 저돌적인 몸짓을 사내는 수없이 보아왔겠지. 그리고 한번 흉내 내보았던 것이리라. 여자가 앙칼진 목소리로 욕설을 퍼붓고 피해 간다고 해도, 그렇다고 해서 미리부터 그런 시도를 해볼 생각도 하지 않는다는 건 그야말로 아무것도 아니다. 어떤 여자가 어떤 남자의 곁을 우연히 지나쳐 갔을 뿐이라면 정류소의 이 시간이 다른 시간과 다른 게 무엇이랴!

더구나 짓궂은 장난인 듯이 가장하고 있는 사내들의 그 행위 속에는 대낮의 생활로부터, 이 도시로부터, 자기의 예정된 생활로부터, 자

기가 싫증이 날 지경으로 잘 알고 있는 자기 자신으로부터 도망해보고 싶은 욕구가 움직이고 있음을 현주는 알고 있는 것이었다. 또 그 여자는 알고 있었다. 도망할 수 있는 사람과 욕구는 있지만 그러지 못하고 마는 사람이 있다는 것을, 닭 껍질 같은 목줄기, 구겨진 대형 봉투, 그리고 이제는 여자의 꼿꼿한 침묵 때문에 불안하여 떨리기 시작한 목소리. 이 사내는 평생 도망가지 못하고 말리라. 그의 말마따나, 1인당 100원씩 받는 택시 합승으로 집으로, 그의 일상으로 돌아가는 수밖엔 없으리라. 돌아가게 해주자, 그가 바라고 있는 것은 그것이므로.

"전 집이 바로 요 건너에 있어요."

그 여자는 아직도 사내의 얼굴을 보지 않은 채 나직이 거짓말을 했다.

"아, 그러세요. 이거, 잘못 알고…… 실례 많았습니다."

사내는 사실 이상으로 취한 채, 몸을 가누기도 힘들다는 듯이 비틀거리며 현주의 앞을 떠나 사람들 틈으로 끼어들어 가버렸다.

사내가 가버리기 전에 그 여자는 일부러는 아니었지만, 그 사내의 얼굴을 보고 말았다. 얼른 지적할 만한 특징이 있는 건 아니면서 호감이 가는 생김새였다. 무엇보다도 그는, 얼굴을 보기 전까지 그 여자가 본능적으로 펼친 상상 속에서보다는 젊은 것이었다. 스물일고여덟 살쯤 됐을까?

문득 뜻하지 않은 느낌이 그 여자의 몸속에서 번지기 시작했다. 그것은 쓸쓸함이었다. 외면적으로야 자신과는 완전히 관계없는 일 때문에도 느껴지는 순수한 쓸쓸함이었다.

그것은 가령, 그 여자가 언젠가 극장에서 뉴스영화를 볼 때 느껴 본 적이 있던 느낌과 같은 종류의 것이었다. 베트남 전선으로 가는 군인들이 군함의 갑판 위를 새까맣게 덮고 있었다. 그들은 꽃다발을 하나씩 목에 걸고 웃으며 부두에 서 있는 사람들을 향하여 끊임없이 손을 젓고 있었다. 그들의 얼굴이 모두 어리다고 생각될 만큼 너무 젊은 것을 새삼스럽게 발견하고 현주는 충격을 받았다. 그리고, 그렇게 많은 얼굴들을 한꺼번에 놓고 보게 되니 문득 우리 종족의 얼굴의 특징이 잡혀지는 것이었다. 그들의 얼굴이, 제 나름의 색다른 인생에 의하여 싫든 좋든 이미 강한 개성을 가져버린 늙은이들의 얼굴이 아니라 이제야 자기 나름의 인생을 살게 될 나이에 있는 젊은이들의 얼굴이었기 때문에 그 여자가 우리 종족의 얼굴의 특징이라 하여 그 스크린 속에서 붙잡아본 것들은 아마 거의 정확한 것이었을 게다. 그 특징들에 의하여 현주가 내린 결론은, 우리나라 남자들은 도무지 군인으로서는 어울리지 않는다는 것이었다. 미군식의 유니폼 때문일까? 뉴스영화를 보고 있으면서 그 여자는 집에 돌아가는 대로 곧, 한국 남자들이 입어서 군인답게 보일 수 있는 유니폼을 디자인해봐야겠다고 생각하고 있

었다. 그러면서도 동시에 어떠한 디자인도 그들을 그렇게 보이게 할 수 없으리라는 단정을 막연히나마 내리고 있었다. 문득, 다른 사람과 마찬가지로 꽃다발을 목에 두르고 웃으며 손을 젓고 있는 한 군인이 클로즈업되었다. 카메라맨은 어떤 의도로써 그 젊은이를 클로즈업시켰는지 알 수 없었으나 그 화면을 보면서 현주는 치밀어 오르는 감동에 아랫입술을 지그시 물었다. 그 화면 속의 인물이야말로 그 여자가 발견한 그 특징들을 가장 잘 구현하고 있는 얼굴이었기 때문이었다. 납작한 이마, 숱이 짙은 눈썹, 크지 않은 눈, 광대뼈가 약간 불거졌으면서도 갸름한 얼굴⋯⋯. 현주는 그 젊은이를 군함에 태워 보내고 싶지 않다는 충동을 느꼈다. 하마터면 화면을 향하여 두 팔을 내밀 뻔하였다. 그러나 화면은 곧 바뀌어서, 나부끼는 태극기의 물결로부터 군함은 점점 멀어져 갔다. 그때 그 여자는 지친 듯 허탈해지면서 느릿느릿 밀려드는 쓸쓸한 느낌을 경험하게 되었던 것이다.

마지막 버스를 놓치지 않으려고 이리 뛰고 저리 뛰는 사람들 틈을 걸어가면서, 현주는 자기를 붙잡는 사내들의 얼굴은 될 수 있는 대로 보지 않기로 자신에게 약속시켰던 점을 새삼스럽게 다행으로 생각했다.

그 여자가 자기 자신에게 그런 약속을 시킨 맨 처음의 동기는, 그 뒤에 그 약속이 나타낸 효과와는 정반대였다. 즉, 밤거리에서 자기에

게 말을 걸어오는 사내의 얼굴을 그 여자가 애써 보지 않으려고 하는 이유는, 사내에게 용기를 주기 위해서였다. 그 여자의 생각으로는, 만일 자기가 남자라면, 밤거리에서 장난 반 진담 반으로 지나가는 여자를 붙들어 세웠더니 그 여자가 차마 자기의 얼굴도 보지 못하고 묵묵히 서 있기만 하는 걸 보면 없던 용기가 부쩍 솟으며 이젠 사태가 진담이기만 할 뿐이라는 즐거운 절박감조차 들지 않을까 하는 것이었다. 만일 자기가 남자라면, 그렇다, 더 이상 군말 없이 그 여자의 손목을 잡아끌고 가리라. 끌고 가리라.

그러나 그 여자의 침묵과 외면이 사내에게 작용한 결과는 번번이 사내로 하여금 불안과 경계심으로 떨게 할 뿐이었다. 그 여자가 만났던 사내들 중에서 가장 뻔뻔스럽다고 생각되는 사내도, "뭐 이런 게 있어? 벙어린가?" 하며 슬슬 물러가버렸던 것이다.

예상과는 전연 반대로 나타난 이 효과에 대하여 그러나 현주는 결코 불만스럽게 생각하지 않았다. 오히려, 그것 때문에 많은 것을 절약할 수 있음을 알고 기뻤다. 시간도, 말도, 그리고 무엇보다도 말을 붙여오는 그 사내가 자기에게 필요한 사내인가 아닌가 하는 것을 알아보기 위한 노력이 절약된다는 건 참 다행스러운 일이었다.

그리고 이제, 다행스럽다고 생각되는 이유가 하나 더 늘어난 것이다.

그릇 속의 물에 떨어진 한 방울의 잉크가 번지듯이 그 여자의 안에

서 번지기 시작하여 이제는 발끝까지 가득히 채우고 있는 저 쓸쓸한 느낌이, 만약 그 사내가 말을 걸어오던 처음부터 그의 얼굴을 보았음으로써 이내 그 여자를 사로잡았더라면 아마 그 여자는 자기 쪽에서 먼저 사내에게 팔을 내밀어버렸을지도 모를 일이었다. 마치 극장에서 스크린을 향하여 팔을 내밀 뻔했듯이. 사실 그럴 수 있는 가능성은 있었다.

최근에 와서 그 여자의 욕구는 비틀거렸다.

그 여자는, 자기의 욕구가 지나치게 무모하고 비상식적이고 반사회적이라는 걸, 그 욕구의 싹이 자기의 내부를 자극하기 시작하던 처음부터 깨닫고 있기는 했다. 그러나 그 여자로 하여금 그러한 욕구를 갖도록 해준 어떤 경험이, 그리고 인간이 지니고 있는 욕구는 그것이 어떠한 것이든지 그 속에 한 줄기 강렬한 빛을 발하고 있다는 자각이 그 여자로 하여금 그 무모하고 비상식적이고 반사회적이라고 생각되는 울타리를 감히 넌지시 넘도록 한 것이었다. 어느 시각, 어느 장소, 어느 사람들 사이에서는 그것은 결코 무모하지도 않으며 비상식적인 것도 아니며 반사회적인 것도 아닐 수 있으리라. 가령, 그 여자는, 포로수용소를 탈출하고 싶어 하는 포로를 상상한다. 그는 철조망의 한 곳이 허술한 것을 우연히 발견한다. 그것을 발견하자 그는 자기가 이 수용소로부터 탈출하고 싶어 했다는 걸 비로소 깨달은 것이다. 그는 계

획을 세우고 준비한다. 그리고 예정했던, 어느 달 없는 밤에 그는 철조망을 넘어선다. 어느 입장에서 보면 그의 행위는 분명히 무모하고 비상식적이고 반사회적이다. 그렇다고 하여 그의 욕구가 완전히 부정되어야 할 것인가.

현주가 자기 몫의 허술한 울타리를 경험한 것은 8월 초순의 어느 날이었다. 그것은 이젠 어떠한 수단으로써도 정정할 수 없는 과거의 사실임에도 불구하고 그 여자는 그것이 대낮에 일어난 일이었다는 게, 오히려 시일이 갈수록 더욱 믿기어지지 않는 것이었다. 물론 그것은 대낮이었다. 해도 긴 8월의 오후 3시경이었다.

그 여자는 신세계백화점 앞의 육교 계단을 느릿느릿 올라가고 있었다. 그 여자가 입고 있던 옷은, 은행원의 제복이 아니라 분홍빛 나뭇잎 무늬가 있는 원피스였다. 그 여자는 일주일 동안 얻은 휴가를 보내고 있는 중이었다. 그날은 휴가의 마지막 날이었다. 그 여자는 몇 시간 전에 시외버스에서 내렸었다. 휴가를 고향의 어머니 곁에서 보냈던 것이다.

모처럼의 휴가를 두고 그 여자의 계획은 너무나 많았었다. 그러나 그 계획들은 어느 것 하나도 실행되지 못하고 말았다. 처음의 계획에는 들어 있지도 않았던 엉뚱한 곳에서 휴가를 보냈다. 결국 어떤 의무감에서 나온 결정이었는데, 그 여자는 오랫동안 만나보지 못한 고향

의 어머니 곁에서 휴가를 보내기로 결정했었던 것이었다. 그래서 그 여자는 어머니한테 갔었다. 모녀는, 첫날은 오랜만의 상봉에 기쁨으로 들떠서 지냈다. 다음 날엔, 집안의 여러 가지 일에 대하여 도란도란 얘기를 주고받았고, 그다음 날엔 어머니 특유의 나무랄 수 없는 잔소리가 시작됐고, 그다음날엔 딸 특유의 신경질이 되살아났으며, 마지막으로 모녀는 한바탕 크게 싸웠다. 다음 날 새벽, 딸이 버스 정류소로 가기 전에 모녀는 어느새 슬그머니 화해를 하고 있었으며 딸이 버스에 올랐을 때 어머니는 헤어지는 슬픔 때문에 차창에 매달리며 쿨쩍쿨쩍 울었고 딸은, 딸도 눈물을 글썽거렸다. 그뿐이었다. 그 여자의 휴가 동안에 일어난 일이라고는. 번잡한 육교의 계단을 올라가면서 그 여자는 샌들의 가죽끈 밖으로 가지런히 내밀어져 있는 자기의 발가락을 내려다보고 있었다. 그것들은 땀과 흙먼지로써 남 보기에 창피할 만큼 더럽혀져 있었다. 그 부분만은 그 여자의 것이 아닌 것 같았다. 아니 그 부분만이 참으로 자기의 소유인 것 같다고 그 여자는 느끼고 있었다.

계단을 오르기 조금 전에 그 여자는 남편에게 자기가 돌아온 것을 전화로 알렸다. 남편은 그 여자와 같은 은행에 근무하고 있었다. 그러나 그 두 사람이 사실상의 부부라는 것을 알고 있는 사람은 그 직장 안에는 아무도 없었다. 그들은 그 직장 안에서 알게 되어 연애를 했

고 부부가 됐다. 그러나 결혼식을 하지 않은 부부였다. 부부 관계라는 것도 애써 숨겼다. 직장에서는 그들은 전연 타인들끼리처럼 행동했고 일 때문에 부득이 말을 주고받아야 할 경우에도 반드시 무표정한 얼굴로 "박 선생님", "미스 리" 했다. 그들의 연극은 지난 2년 동안 한 번도 탄로 난 적이 없었다. 이젠 두 사람 자신들도 자기들이 연극을 하고 있다는 의식에 사로잡혀 있지는 않았다. 다른 사람들이 자기들의 관계를 눈치채지 못하도록 조심하는 것도 이젠 이미 습관이었다. 물론 불안한 습관이긴 했지만, 그들이 그러할 것을 처음 제안한 사람은 남편이 아니라 현주였다. 그 여자의 직장에서는 기혼 여성은 쓰지 않았다. 결혼을 하게 되면 여자 직원은 그 직장을 그만두거나 기혼 여성이어도 무방한 다른 직장으로 옮겨야 했다. 그러나 현주의 경우, 두 가지 중 어느 것 하나도 할 자신이 없었다. 그 여자는 남편의 수입만으로써는 생활이 주는 평범한 행복을 얻어낼 수 없을 것 같은 불안에 사로잡혀 있었고 좀 더 저축이 불어날 수 있다는 가능성을 차버리고 싶지가 않았다. 남편은 처음엔 남자로서의 자존심을 내세웠으나 현주의 거의 호소에 가까운 주장으로써 자기의 자존심이 달래지고 나서는 그러기로 동의했다. 물론 언젠가는, 그들은 남들과 마찬가지로 정식으로 청첩장을 돌리고 은행장을 주례로 모신 결혼식을 올릴 터였다. 현주는 퇴직금을 받고 즐거이 직장을 그만둘 것이며, 남편에게 피임 기

구를 사용하게 하지도 않을 것이며, 그때쯤은 계장이 되어 있을 남편에게 "당신 밑에 있는 사람들, 오늘 저녁 식사는 우리 집에 와서 하시라고 하세요"라고 말할 터였다. 그것은 불안한 습관이 되어버린 그들 부부의 연극을 확실히 보상해주고도 남음이 있을 즐거운 꿈이었다.

그런데 왜 이렇게 더러워 보일까? 그 여자는 계단을 오르고 있었다. 이젠 직장을 그만둬야 할 때가 온 것일까?

"저예요. 아침에 도착했어요. 퇴근하고 오실 때까지 잠자코 있으려고 했지만, 보고 싶어서, 히잉…… 곁에 누가 있어요?"

"응." 남편의 대답은 짧고 무표정했다.

"그래요? 그럼 이따가 만나요. 저 시장 좀 봐가지고 들어가겠어요. 물론 일찍 들어오시겠죠……."

"그러엄."

"끊어요."

"끊어."

그 여자의 귓속에서는 아직도 수화기 특유의 윙 하는 금속음이 울리고 있었다. 계단을 내려오고 있던 파라솔 하나가 살대의 뾰족한 끝으로 현주의 관자놀이를 아프게 스치고, 그러고도 시치미 뚝 떼고 지나갔다. 한국은행 본점의 돔 그늘에서 비둘기 몇 마리가 뜨거운 햇빛을 피하고 있는 게 보였다. 현주는 계단의 마지막 층계를 오르고 있는

중이었다. 그때였다. 낯선 사내의 억센 손이 그 여자의 팔꿈치 근처를 움켜쥔 것은.

한 번도 본 기억이 없는 사내였다. 아니 본 적이 있는지도 모른다. 만원 버스 속에서 또는 시장의 좁은 통로에서 또는……. 그런 곳에서라면 얼마든지 보았던, 전연 기억되지 않는 얼굴이었다. 사내는 약간 비대하였고 햇빛에 그을려 갈색인 얼굴은 땀을 뻘뻘 흘리고 있었다. 삼십사오 세? 못생기지는 않았다.

"왜 그러세요?"

현주는 사내의 손아귀에서 팔을 빼내려고 하였다. 땀에 젖어 있던 사내의 손바닥이 미끄러운 마찰을 일으켰다. 그러나 사내는 손을 떼지 않았다.

"조용히 드릴 얘기가 있습니다. 아무 말씀 마시고 절 따라와주세요."

말하고 나서 사내는, 처음엔 현주의 팔꿈치를 잡고 있던 손을 아래로 미끄러 내려 손목을 힘주어 잡았다. 그리고 그 여자가 방금 올라왔던 계단 아래로 내려가기 시작했다. 그 여자는 휘청거리며 끌려 내려갈 수밖에 없었다. 사내의 절박한 표정에 속았던 것이 아니었다. 공포가 그 여자의 목구멍을 틀어막고 있었기 때문이었다. 뭔가 오해하고 있는 것이겠지. 이 사내가 품고 있는 오해가 내가 해명해줄 수 있는 오해였으면…….

"왜 이러시는 거예요? 정말……."

"잠깐이면 됩니다."

"어디로 가는 거죠?"

"바로 요 됩니다."

"손은 좀 놓으세요. 따라갈 테니까. 절 아세요?"

"압니다."

사내는 손목을 놓지 않고, 그리고 현주의 얼굴을 돌아보지 않고 말했다. 육교에서 팔꿈치를 잡고 말을 걸어오던 때를 제외하고는 그는 내내 여자를 돌아보지 않고 걸었다.

그 여자는 공포와 혼란의 늪 속에서 허우적거리기 시작했다. 숨이 막히는 것 같았다. 발버둥 쳐보았지만 혼란의 늪 속에는 디딤돌이 없었다. 그 여자의 머릿속은 뜨겁고 부푼 진흙으로 가득 차버렸다. 그 여자는 생각하였다. 아아, 마침내 내 연극이, 속임수가 탄로 나고 만 거야. 탄로 나고 말았어. 속임수를 썼던 죄로 나는 지금 잡혀가고 있는 거야. 그들은 나를 고문할까? 아냐, 고문하기 전에 내가 먼저 자백해버리겠어. 아냐, 그럴 필요는 없지. 물론 우리는 결혼식을 하지 않았어, 하지만 앞으로도 하지 않을 거야. 그래, 그러면 나에게 자백할 게 아무것도 없어지는 셈이지.

그들은 백화점을 끼고 돌았다. 그들은 차도를 건너질러 갔다. 도중

118

에, 차도의 복판에서 차가 몇 대 지나가기를 기다리느라고 잠깐 걸음을 멈춘 동안, 사내는 문득 "날씨가 몹시 덥죠?" 하고 중얼거렸다. 그것은 여자에게라기보다 자기 자신에게 들려주기 위한 중얼거림 같았다. 차라리, 사내가 여자에게 말하고 있는 것은 여자의 손목을 잡고 있는 그의 손을 통해서였다. 여자는 빼내려 하고 사내는 놓치지 않으려 하는 두 손은 몹시 미끄럽게 마찰되고 있었고 그 움직임이 문득 눈에 뜨이자 현주는 마치 사내가 자기를 애무하고 있는 게 아닌가 하는 착각에 휘말려드는 것이었다. 사내는 손을 묘한 형상으로써 그 여자의 손목을 잡고 있었다. 즉 사내는 엄지손가락의 끝을 나머지 네 개의 손가락 끝에 맞대어 일종의 고리를 만든 것이었다. 그 고리 속에 현주의 가느다란 손목이 갇혀 있는 꼴이었다. 그 고리는 여자의 손목이 마음대로 움직일 수 있을 만큼 헐렁하였다. 그러나 빠져나올 수는 없었다. 사내 손의 그 섬세한 조작이 그 여자의 마음에 들었다. 공포 속의 안심이라고나 할까, 그 여자는 그런 걸 느꼈다. 그 여자는 손목을 빼내기를 단념했다. 그러자, 그 고리가 점점 오므라들어, 움직이기를 멈춘 여자의 손목을 아프지 않은 한계 안에서 조이는 것이었다. 그 여자는 문득, 자기의 손과 사내의 손이 그 땀에 젖어 미끄러운 틈으로부터 생명의 거친 숨소리가 들려오는 것을 의식하였다. 그것은 북소리처럼 둔중했고 생선의 아가미처럼 가빴다. 사내의 생명도 자기의 생명도 아

닌 전연 낯선 생명이 지금 마악 땀에 젖은 손과 손의 틈바구니에서 태어난 것 같았다. 그러자 그 여자의 공포와 혼란은 더욱 말할 수 없는 힘으로 그 여자를 흔들어놓기 시작했다.

"뭘, 저한테 뭘 요구하시는 거예요?"

"요구하다니, 오해하지 마시오. 당신한테 할 말이 있다니까."

사내는 침착하게 나직나직 말했다.

사내의 목적지가 기꺼운 다방이나, 최악의 경우, 파출소쯤이려니 생각하고 있던 현주는, 사내가 회현동 골목 속에 새로 단장한 지 오래지 않은 듯한 2층 건물 속으로, 한마디의 해명도 없이 그리고 고개 한 번 돌려 보는 법 없이 자기를 끌고 들어섰을 때는 너무나 놀라서 아래턱만 덜덜 떨 뿐 말 한마디 꺼내지 못하고 있었다. 그것은 여관이었다.

"자, 그만 울어. 이젠, 경찰에 가서 강간했다고 고발해도 돼. 난 감옥에 가는 걸 무서워하지 않거든. 당신의 팔뚝이 몹시 매끄러워 보이더군. 내 손 속에 넣고 만지고 싶었어. 당신을 그냥 지나쳐버렸더라면 어떻게 됐을까? 어떻게 되긴, 뭐 아무것도 아니지. 당신도 역시 아무 일도 일어나지 않는 게 좋다고 생각하는 그런 여자인가? 어어, 굉장히 더운 날이지? 그만 울어요, 여름에 울면 감기 걸린데."

사내가 말할 게 있다던 것은 대강 그것이었다.

그 일이 있고 난 직후엔, 그 여자는 그 일을 단순한 봉변으로 돌려

버리고 싶어 했다. 자기의 죄의식과 어떤 불량배의 무도한 욕구가 우연히 부딪쳐서 튀긴 불똥이었다고 생각하려 했다. 그 사건 자체에 대해서는, 그 여자는 자기에게 책임이 있을 수 없다고 생각하려 했다. 남편 아닌 다른 사내의 몸이 자기의 몸에 닿았던 점에 대해서는 남편에게 미안하게 생각하지만 그렇다고 그 사건을 고백하고 용서를 구하고 하는 따위의 일은 조금도 하고 싶지 않았다. 그 여자는 가능하다면 하루빨리 그 사건이 망각되어지기만을 바랐다.

그러나 시일이 갈수록 그 일이 그 여자에게 남기고 간 흔적은 뚜렷해졌다. 마치 피와 고름과 살덩이가 범벅이 되어 뭐가 뭔지 형체를 알 수 없던 상처가 오래 후엔 한 가닥의 허연 흉터로 모습을 분명히 나타내듯이 그 사건은 그렇게 그 여자의 내부에 자리 잡혀 간 것이었다.

그 사건이 생긴 데 대하여 책임져야 할 사람이 있다면 그것은 그 불량배가 아니라 자기와 자기의 남편이어야 한다고 그 여자는 생각하였다. 뿐만 아니라 이제는 그날 그 육교 위에서 손목을 잡힌 사람은 그 불량배였는지 자기였는지조차 판단할 수 없다고 생각하였다. 자기는 자기의 더러움을 보았다. 그리고 그곳에 있는 모든 것으로부터 도망하고 싶었다. 마침 한 사람이 자기 곁을 지나가고 있었다. 자기는 그 사람의 손목을 붙잡고 이곳이 아닌 다른 곳으로 데려다 달라고 애원하였다. 그 사람은 자기를 데려다주었다. '이곳'이 아닌 다른 곳으로.

더 나은 곳인지 아닌지는 몰라도 적어도 '이곳'이 아닌 것만은 틀림없었다. 그 점에 대해서는 의심의 여지가 없다. 얘기가 이렇게 되는 것이 그 사건의 정확한 줄거리라고 그 여자의 의식은 말했다.

그 여자는 자기가 확실히 그 사내에게 매달리고 있었음에 틀림없다고 생각하게 되었다. 그리고 그 사내는 믿음직스럽게 행동했던 것 같았다. 타성이 그 여자에게 불어넣어준, 그 사내에 대한 저항을 사내는 얼마나 멋있게, 꼼짝할 수 없도록 때려 뉘었던가! 땀, 그렇다. 쉴 줄 모르고 솟아나 온몸을 목욕시키던 땀은 그 여자의 '이곳'이 패배의 쓰라림에 흘린 눈물은 아니었던지!

그러나 그 여자의 외면적인 생활은 여전히 계속되었다. 남편과는 20분 간격으로 은행에 출근하였고, 은행에선 두 사람은 될 수 있는 대로 접촉을 피했고, 부득이 말을 주고받아야 할 경우엔 "박 선생님", "미스 리" 했다. 하루 일이 끝나면 남편은 으레 다른 남녀 행원들과 함께 문을 나섰고 그 여자 역시 다른 남녀 행원들과 함께 문을 나섰다. 그 후에 그들이 집에서 만나게 되는 시간은 대중없었다.

어느 날 밤늦게 그 여자는 중앙극장에서 영화의 마지막 회를 보고 명동 입구까지 걸어 나와서 버스를 탔다. 바의 여급들이 술에 취해 비틀거리며 집으로 돌아가는 시간이었다. 버스에 올라 자리를 잡고 앉은 현주는 차가 출발할 때까지 차창을 통하여 내려다보이는 거리의

풍경을 눈여겨보고 있었다. 이 시간의 이 거리가 그 여자에게는 어쩐지 심상치 않게 보이는 것이었다. 이 거리는 그 여자가 일하고 있는 은행의 이웃이었다. 그러므로 대낮이나 초저녁의 이 거리에 대해서는 그 여자도 익숙해 있었다. 그런데 이 시간의 이 거리는 왜 이렇게도 낯설어 보이는 것일까? 막차를 놓치지 않기 위해서 사람들이 초조한 걸음으로 이리 뛰고 저리 뛰기 때문만은 아니었다. 명동 안쪽의 상점들이 모두 불을 끄고 셔터를 내려버렸기 때문만도 아니었다. 버스 안 가득히 술 냄새가 풍기고 있기 때문만도 아니었다. 유치하게 화려한 차림의 여급들이 거리낌 없이 쌍소리를 높은 음성으로 재잘대며 버스에 오르기 때문만도 아니었다. 이 거리의 어디로부터 지금 자기의 귀가 듣고 있는, 헐떡이는 숨소리가 들려오고 있는 것일까? 누가 자기를 부르고 있는 것일까? 왜 이 거리에서 지금 공포와 혼란의 거센 바람소리가 들려오는 것일까?

마침내 그 여자는 그 모든 소리들이 어디서 오는 것인가를 찾아냈다. 거리의 여기저기서 사내들이 지나가는 여자의 앞을 가로막는 모습이 눈에 뜨인 것이었다. 아까부터 자기가 보고 있었던 것은 바로 그들임을 현주는 깨달은 것이었다.

어떤 여자들은 자기에게 말을 붙인 사내들을 따라갔고 어떤 여자들은 가지 않았다. 그 여자들의 대부분이 여급이라는 건 차림새로 봐서

짐작할 수 있었다. 물론 사내를 따라간 여자들은 그들의 직업으로 봐서 낯선 사내와 동행한다는 일에서 별다른 의미를 느끼지 않는지는 알 수 없었다. 그러나, 버스 속에 앉아서 창을 통하여 그들을 발견했을 때 현주는 자기 자신을 더럽게 여기고 있는 여자들이 그렇게도 공공연하게 많다는 사실을 하나의 충격으로서 받아들이지 않을 수 없었다.

따지고 보면, 그 여자는 그 풍경을 오늘에야 처음으로 본 것은 결코 아니었을 게다. 본 적이 있다고 얘기할 자신이 없을 만큼, 눈여겨보지 않았을 따름이었을 게다. 전에는, 그 여자가 그들을 보았다고 해도, 거기서 아무런 의미를 볼 수 없었기 때문에 무심히 지나쳐버릴 수 있었을 뿐일 게다.

달리는 버스 속에서 그 여자는 그들에 대하여 생각하고 있었다. 그들은 울타리를 넘어 어디로 갔을까? 그들이 도착한 곳은 어떤 곳일까? 울타리를 넘다가 그들은 감시병의 총격을 받지는 않았을까? 군견의 헐떡이는 숨소리가 뒤를 쫓고 서치라이트의 동그란 불빛이 그들의 등을 끝없이 쫓아가고 있지는 않을까? 그 여자는 그들이 무사히 도망했기를 빌고 싶었다.

그 이후로 그 여자는 가끔, 자기가 뜨거운 8월 어느 날, 우연히 한번 넘어서본 적이 있던 그 울타리를 넘고 싶다는 욕구를 발작적으로 강렬하게 느끼곤 하였다. 드디어, 어느 날 밤, 밤거리로 나섰다. 일부러

바가 문을 닫는 무렵의 시간을 택했다.

그 여자는 이따금 다른 사람들과 어깨를 부딪쳐가며 느릿느릿 걸었다. 한 시간쯤 후엔 이 도시에 셔터가 내려진다. 자동차들은 무서운 속도로 질주하고 있었고 행인들의 발걸음은 바빴다. 그 속에서 그 여자의 느린 걸음걸이는 눈에 뜨이는 것이었다. 그 여자는 그것을 계산하고 있었다.

아직도 가을이라 생각하고 있는데 기온이 갑자기 영하로 내려간 밤이었다. 종로백화점 옆 골목의 그늘 속에 어떤 사내가 쭈그리고 앉아 욱욱 소리를 내며 토하고 있었다. 그날 아침에 세탁소에서 찾아다 입은 듯한 깨끗한 외투의 밑자락이 사내가 괴로워서 몸을 뒤틀 때마다 땅바닥에서 이리저리 끌리고 있었다. 기름칠하여 단정하게 빗어 넘긴 머리가 가로등의 형광빛을 받아 철사처럼 번쩍이고 있었다. 거의 비슷한 차림인 다른 사내가 낄낄대며 그 사내의 등을 주먹으로 쿵쿵 내려치고 있었다. 토하고 있는 사내가 한 손을 어깨 너머로 돌리고 흔들며 말했다.

"이 새끼야, 아파, 아프다니까, 이 씹새끼야."

그 여자는 그들을 더 이상 보지 않고 지나쳤다. 그들에 대한 말할 수 없이 강한 증오심이 끓어올랐다. 그렇다. 그 여자는 자기가 증오하고 있는 게 누군가를 알고 있었다. 그 여자는 그들과 자기 남편을 구

132

별할 수 없었던 것이다. 그들의 아마 옷차림 때문이었을까? 서울 중심지에서는 얼마든지 볼 수 있는 월급쟁이들의 그 어슷비슷한 복장 때문에 그 여자는 잠깐 그들과 자기 남편을 혼동하였던 것일까? 그리고 그들 중의 하나는, 친구의 구토를 진정시켜 보겠다는 진심에서가 아니라 오직 그러는 것이 재미있기 때문에 주먹으로 친구의 등을 내리치며 낄낄대고 있고 그리고 다른 하나는 그 깨끗한 옷차림에도 불구하고 마치 자의식 없는 깡패들처럼 욕설을 지껄이고 있음이 그 여자는 미웠고 그 미움은 곧 자기 남편에게로 돌려진 것이 아닐까? 저렇게 유치하게 굴 수 있는 자들이야말로, 같은 직장에 자기 아내를 숨겨두고도 무표정한 얼굴을 잘도 꾸밀 수 있는 게 아닐까?

그날 밤, 그 여자는 길거리에 쭈그리고 앉아서 토하고 있는 사내를 여러 명 보았다. 그리고 그 여자가 기다리던 것을 만났다.

"어디까지 가세요?" 현주 옆으로 다가와 어깨를 나란히 하고 걸으며 사내가 말했다. 그 여자는 걸음을 멈추었다. 사내의 얼굴을 돌아보고 싶은 욕망을 누르고 그 여자는 땅바닥만 내려다보고 서 있었다.

"어디 가서 커피라도 한잔 마실까 하는데 같이 가시지 않겠어요?"

사내가 현주의 어깨에 손을 얹으며 말했다.

현주는 잠자코 있었다. 자기 내부에서 저 안면 있는 공포와 혼란이 일어나기를 기다리고 있었다.

"아직까지 문을 열고 있는 다방이 있을 겁니다. 갑시다."

사내가 결심을 굳힌 듯 현주의 어깨를 가볍게 떠밀며 말했다. 그러나 그 여자는 한 발자국도 움직이지 않았다. 사내의 손힘이 너무 약했던 것이다.

"허어, 돌부처로군. 그럼 나 혼자 갑니다. 아아, 커피, 얼마나 맛있을까 커피……."

사내는 슬슬 물러가버렸다.

사내가 자기의 침묵을 겁냈던 것을 그 여자는 비로소 알아차렸다. 사내가 자신의 행위를 농담으로 돌려버리려 했다는 것이 그 여자에게는 몹시 불쾌했다. 사내가 가버리고 난 후에야 그 여자는 자기가 기다리고 있던 것은, 공포와 혼란이기도 했지만 그보다 먼저 사내의 억센 끌어당김이었다는 걸 알았다. 그 여자의 내부에서 공포와 혼란의 뜨거운 늪이 들끓지 않고 만 것은 당연했다. 그것은 사내의 손이 그 여자의 손목을 억세게 잡아끈 이후에야 생길 터였기 때문이다. 그 여자는 지난여름에 자기를 습격했던 그 사내가 몹시 그리워질 지경이었다. 결국 그날 밤엔 택시를 타고 집으로 돌아갔다.

그 여자의 서성거림은 번번이 그런 식으로 끝나곤 하였다. 차츰 그 여자는 깨달았다. 사내들이 탈출하고 싶어 하는 욕구는 거의 모두가 조건부라는 것을. 다시 말해서 사내들은 영원히 '이곳'을 떠날 의도는 없

어 보였다. 그들은 잠깐 울타리를 뚫고 밖으로 나가 본다. 그러나 아침이 되면 얼른 제자리로 돌아온다. 아니 미처 그것도 아니다. 울타리 안에서 울타리를 만지작거리며 생각만 한없이 되풀이하고 있는 것이다.

그리고 그 여자는 새삼스럽게 깨달았다. 자기의 욕구는 반드시 사내들이 자기네의 욕구를 과감히 실천할 때 함께 성취될 수 있음을. 그렇다, 사내가 그 여자의 내부에 공포와 혼란을 일으켜놓지 않는다면 그 여자는 어떻게 자기의 더러움을 자백할 수 있을 것인가!

그 여자는 걸었다. 걸었다, 걸었다. 그러나 아무도 "감옥에 가는 것을 겁내지 않거든" 하고 말해주는 사람은 없었다. 그 여자는 택시를 타고 통금 시간이 임박해서 집으로 돌아가야 하는 것이었다.

어느 날 직장에서 그 여자는 무의식중에 자기 남편을 향하여, 집에서 하듯 "여보!" 하고 불렀다. 남편의 얼굴이 새빨갛게 굳어지는 것을 보고 그리고 남편 곁에 있던 행원들이 요란하게 웃음을 터뜨리는 걸 보고서야 그 여자는 자기의 실수를 깨달았다. 이제껏 그런 실수는 한 번도 하지 않았던 그 여자였다. 남편이 얼른 "왜! 내가 미스 리 남편 같소?" 하고 농담으로 얼버무렸기 때문에 그 여자의 실수는 하나의 농담인 듯 끝날 수 있었지만 그 여자 자신에겐 무척 충격적인 것이었다. 연극이 탄로 날 때가 온 것이다. 연극은 탄로 나야 한다고 그 여자는 집요하게 생각하고 있었다.

어느 날 밤, 그 여자는 좀 색다른 사내를 만났다. 어쨌든 그 사내는 그 여자의 손목을 힘차게 잡아끌고 간 것이었다. 그 사내가 목적지로 정한 것이 분명해 보이는 어느 골목 속의 호텔이 저만큼 보였을 때 그 여자는 기다리던 공포와 혼란이 증기처럼 피어오르는 걸 느꼈다. 그 여자 자신이 그것을 객관할 수 있을 만큼 그것의 양은 적었지만 어떻든 그것은 그 여자의 내부에 생겨난 것이었다. 그들은 호텔의 현관 앞에 이르렀다. 그때 문득 여자는 사내가 자기의 얼굴을 돌아보고 있는 걸 보았다. 사내는 마치 "정말 괜찮겠느냐?"고 그 여자에게 묻고 있는 것 같았다. 그러자 갑자기 그 여자의 공포와 혼란은 깨끗이 스러져버리고 그 대신 사내에 대한 혐오감만 잔뜩 부풀어 오르기 시작하는 것이었다. 그 여자는 사내의 손을 뿌리치고 골목 밖으로 달려 나왔다. 그리고 택시를 타고 집으로 돌아왔다. 차 속에서 그 여자는, 8월의 그 사내가 여관 안에 들어갈 때까지 한 번도 자기의 얼굴을 돌아보지 않았던 것의 의미를 깨달았다. 그것은 확실히 중요한 의미를 갖고 있었다.

그제야 그 여자는 자기의 욕구가 쉽사리 이루어질 수 없다는 걸 깨닫게 되었다. 8월의 그 사내와 똑같은 사내가 얼마든지 있다고는 그 여자도 생각하지 않았다.

그리하며 최근에 와서 그 여자의 욕구는 비틀거렸다. 이따금 그 여자는 그 공포와 혼란이 없이도 사내의 손에 이끌려 갈 수 있는 게 아

닌가 하고 생각해보곤 하였다. 창녀들처럼 아니 절실하게 기도해야 할 것이 별로 없음에도 불구하고 미사에 참석하는 신자들처럼.

그러나 그 여자가 가장 두려워하는 것은 자기의 욕구를 그러한 의식으로써 포장하게 될까 봐 하는 것이었다. 막연하나마 그 여자는, 만약 자기에게 공포와 혼란이 없이 그것을 한다면 마침내 의식만이 남게 될 뿐이며 자기는 파멸할 것이라는 걸 알고 있었다.

그 여자가 바라는 것은, 그렇다, 파멸이 아니라 구원이었다. 속임수로부터의 해방이었다.

그럼에도 불구하고 욕구의 자리에 의식을 대신 들어앉히려는 유혹은 그 여자의 서성거림이 잦아질수록 증가하는 것이었다. 그 유혹을 그 여자가 겁내는 까닭은 그것이 그 여자의 내부에서 오기 때문이었다. 가령, 조금 전, 그 사내의 얼굴이 그것이었다. 아니 그 사내가 젊고 호감 가게 생겼다는 그것이 아니라 그 얼굴을 본 이후에 그 여자의 내부에 번진 그 쓸쓸한 느낌이 그것이었다. 스크린을 향하여 하마터면 팔을 내밀 뻔했던 그 유혹이었다. 꽃다발을 목에 걸고 손을 저으며 웃으며 죽어가는 종족에 대한 안타까움이 그것이었다.

"집이 어디세요?"

어떤 사내가 그 여자의 앞을 가로막으며 말을 걸어왔다.

(1969)

그와 나

내가 그를 처음 만난 것은 서울행 기차 칸에서였다.

기차는 2월의 춥고 캄캄한 어둠 속을 질주하고 있었다. 차 안은 초만원이어서 2인용 좌석엔 세 사람씩 꽉 끼어 앉았고 통로에도 강생회 판매원이 물건 팔기를 포기해야 할 만큼 승객들로 꽉 차 있었다. 나는 좌석에 앉아 있는 축이었다. 운이 좋아서가 아니라 상당한 노력의 결과였다.

전국의 거의 모든 고교 졸업생들이 서울로 몰려가는 이 시기에 지정 좌석이 없는 대신 차비가 비교적 싼 야간 보통 급행열차의 좌석을 차지하기가 쉽지 않을 것이 뻔해서 나는 일부러 고향의 기차역에서 타지 않고 버스로 1시간 반이나 달려 그 기차의 시발역까지 가서 탔던 것이다. 시발역에서도 개찰구에서 기차가 서 있는 곳까지 다른 사람들과의 있는 힘을 다한 경주 끝에 겨우 자릴 잡고 앉을 수 있었다. 서울까지 9시간 동안을 서서 가야 한다는 것은 말도 안 되는 소리였다. 상당한 노력을 바치고 잡은 자리였기 때문에 나는 가령 노인이라든지 아이를 업은 아낙네 따위의, 내가 자리를 양보하지 않으면 안 될 사람이 내 근처에 오게 될까 봐 두려워하고 있었다. 그래서 시발역에서부터 나는 잠을 청하는 체 눈을 감고 있었고 실제로 잠깐씩 얕은 잠에 들었다 깨곤 했다.

기차가 새로운 역에 도착할 때마다 나는 확성기 소리와 불빛 때문

에 잠이 깬 표정을 지으며 잠깐 눈을 떠서 역명(驛名)을 알고 나서는 도로 눈을 감아버리곤 했다. 내 바로 곁, 통로에 서 있는 사람들과는 되도록 시선이 마주치지 않아야 했다. 시선이 마주치면, 그들은 옳다 구나 하며 재빨리 이렇게 말할지도 모른다. 학생, 자리 좀 잠깐 교대할 까?

　그때 나는 검정색 고등학교 제복을 아직 그대로 입고 있었다. 얼마 전에 졸업식을 치렀기 때문에 고3임을 나타내는 T 자 배지는 뗐지만 모교 배지와 이름표는 아직도 목깃과 왼쪽 가슴에 붙인 채였다. 머리 칼이 제법 자라 있는 머리엔 고교생의 교모도 아직 그대로 쓴 채였다. 모교에 대한 감상적인 정절 이상의 무엇이 나를 인도하고 있었다.

　졸업식을 해버렸고 이어서 지망했던 대학의 합격 통지서를 손에 들 었다고 해서 재빨리 교복을 벗어버리고 맨머리에 잠바나 양복을 걸 치고 어느 틈에 배웠는지 담배를 물고 있는 동창생들만큼 나를 어리 둥절하게 하는 것은 없었다. 그들을 음험한 배신자로 보려고 하고 있 는 나 자신을 나는 간신히 이렇게 타이를 수 있을 뿐이었다. 열등생으 로서 지녀야 했던 고교 시절의 제복이 그들에게는 죄수복처럼 느껴졌 을 것이다. 또한 앞으로 그들이 다녀야 하게 된 삼류 대학의 교복 역 시 그들로서는 명예롭게 여겨질 리 없다. 그들은 익명의 옷을 입지 않 고서는 부끄러워서 견딜 수 없는 것이다.

나는 어떤가? 나로 말하자면 내가 다음 달부터 다니게 될 서울대학교의 교복을 입지 않는다는 건 상상조차 할 수 없었다. 어쩌면 오로지 그 교복 자체가 지난 수년 동안 코피를 쏟아가며 수험 공부를 해온 유일한 목적이었다. 혹시라도 금년부터 재수 없이 대학교에서 교복 착용 제도가 없어지지 않을까 전전긍긍할 정도였고 나아가서, 금빛 지퍼가 세로로 두 줄 달린 그 감색 윗도리의 앞가슴에 왜 이름표를 달지 않게 하는지 몹시 유감스러울 지경이었다.

그러나 그 대학 교복을 나는 입학식날 아침에야 입을 작정이다. 입학식 전날까지는 모교의 교복을 그대로 입고 있을 터였다. 그리하여 내가 사랑했고 나를 사랑했던 고교 시절은 대학교 입학식 전날 밤에야 끝이 나는 것이다. 고등학교 제복과 대학교의 제복 사이에 단 하루의 틈도 있을 수 없었다. 단 하루라도, 학생인지 공무원인지 상인인지 건달인지 알 수 없는, 익명의 사복 차림의 꼴을 나는 결코 자신에게 허락하지 않을 터였다. 인생의 한 단계가 얼마나 조리 있게 끝났고 또 얼마나 정연하게 시작되려 하는가?

하기야 나 역시 지난 20년 동안 잘도 견디며 살아왔던 초라한 지방 도시로부터의 해방감으로 몹시 들떠 있긴 했다. 어머니가 '기차 칸과 서울 거리의 쓰리꾼들'에 대비하여 팬티 자락에 재봉틀질로 봉해준, 내 허벅다리 맨살에 거북스런 감촉을 주고 있는 돈다발을 바지 위에

서 슬그머니 어루만져 확인하곤 할 때마다 그 해방감은 더욱 내 어금니를 간지럽혔다. 물론 그 돈은 대학교 입학금, 등록금, 교복값, 책값, 한 달 치 하숙비, 이발값, 교통비 따위로서 어머니가 연필심에 몇 번씩 침을 묻혀가며 빠듯이 계산한, 한 푼의 여유도 없는 돈이었으나 어떻든 그 돈은 나만을 위해서 쓸, 내 손으로 세어서 줄 내 돈인 것이었다.

그때까지 한 번도 만져본 일조차 없는 많은 액수의 돈을 어머니의 간섭 없이 고스란히 내가 관리할 수 있다는 사실이 내 해방감을 고조시켰고 내가 성인이 되었음을 확인시켜주는 것이었다.

그렇다고는 하지만 이 해방감이 내가 인생의 한 단계를 조리 있게 끝맺음한 데 대한 보답으로 얻어진 다음 단계에 보너스로 곁따라온 것 이상이 아님을 나는 잘 안다. 보너스는 어디까지나 보너스, 허상은 어디까지나 허상. 이 해방감이 나의 예정과는 아무런 관련이 없음을 나는 잘 안다. 오히려 이 해방감은 불청객, 나의 결정되어 있는 미래를 엉뚱한 웃음거리로 만들어버릴 수 있는 함정을 한구석에 숨기고 있는지도 모른다.

그렇다, 두려워하지 않으면 안 되었다. 아무리 두려워하고 아무리 긴장하고 아무리 섬세하게 살펴도 결코 지나친 법은 없었다. 그리고 그 두려움, 그 긴장, 그 조심성은 나에게는 결코 낯선 것이 아니었다. 오히려 습관처럼 익숙해 있었다. 그것은 내가 대학 입시 수험생이기

훨씬 이전, 이 사회가 우리의 인생을 위하여 조리 있게 여러 단계를 마련해놓고 있다는 것을 의심 없이 믿게 된 국민학교 고학년 시절에 계시처럼 내 이웃에 생긴 어떤 웃음거리에 연유한 것이다.

그 무렵까지도 나의 고향에서는 소집 영장을 받고 입대하는 장정들에게 동네마다 제법 성대한 환송식을 차려주고 있었다. 일제 시대부터의 풍속인지, 또는 입대라는 것이 곧 전사(戰死)나 부상을 의미하던 6·25때 생긴 풍속인지 알 수 없으나, 태극기를 그린 수건을 두른 입영 장정들은 출발 며칠 전부터 떼를 지어 몰려다니며 별의별 난장판을 다 벌이곤 했다. 그 정도가 지나쳐도 경찰은 못 본 체해줬고 주민들도 입영 장정들의 특권을 인정하고 있었다. 나의 이웃집에 바로 그런 청년이 하나 있었다. 그의 특권 행사는 유난히 심했다.

입영 날짜는 아직 멀었는데도 벌써부터 수건을 두르고 벌겋게 술 취한 얼굴로 이 집 저 집 찾아다니며 술 내놔라 밥 내놔라 어리광을 부리고 다녔다. 그의 입영 환송식은 동회 앞마당에서 성대하게 거행되었다. 동장님의 환송사가 있었고 주민들이 모은 축의금 전달이 있었고 그는 답사를 했고 우리는 만세 삼창까지 해줬다. 식이 끝나서 그는 장정들의 집결 장소인 역 앞 광장으로 갈 준비를 하느라고 그때까지 신고 있던 비교적 깨끗한 구두를 벗어놓고 헌 농구화로 갈아 신고 있었다.

그런데 그때 그는 땅바닥에 한 끝을 단단히 박고 있는 녹슨 쇠못에 발바닥을 깊이 찔린 것이었다. 피가 꽤 많이 흘렀다. 동장님이 재빨리 상처에 담뱃가루를 바르고 붕대로 처매주었다. 아픈 것을 참고 우리들에게 억지로 웃어 보이고 갔다. 그러나 다음 날 아침 그는 논산에 있지 않고 자기 집 안방에 누워 있었다. 다리가 퉁퉁 부어 있었다. 얼마 후에 그는 기피자로 체포되었고 체포된 며칠 후에 파상풍으로 죽어버렸다.

그가 입영을 기피하기 위해서 일부러 부상한 것이 아니라는 건 우리가 증언할 수 있었다. 그 느닷없는 녹슨 쇠못만 아니었더라면 그는 무사히 입영을 했을 것이고 그 성격상 아주 군인다운 군인이 되었을 것이다.

아아, 그 하찮은 녹슨 쇠못 한 개! 불가시적인 작은 우연이야말로 내가 가장 두려워해온 것이었다. 시험공부를 할 때도 내 눈에서 빠져나간 외마디 단어 하나가 나에게 미역국을 먹일지도 모른다는 생각 때문에 나는 전율했다. 인생이란 얼마나 조심스러운 것이냐! 아무리 찬찬히 주의해서 걸음을 내디뎌도 결코 지나친 법은 없는 것이다! 그 입영 장정의 웃음거리가 되고 만 인생은 자라나는 나에게 그 어떠한 좌우명, 어떠한 설교보다도 무서운 교훈이었다.

내 인생이 나의 사소한 소홀과 부주의 때문에 웃음거리가 되어버

릴지도 모른다는 상상만 해도 나는 미칠 것 같았다. 따라서 내가 무언가 평가하거나 선택하지 않으면 안 될 경우에 닥칠 때마다 그것이 나에게 한 개의 녹슨 쇠못이 되는 것은 아닌가 하는 점을 따져버릇했다. 두려워하고 긴장하는 것은 나에겐 익숙한 습관이었고 그 습관은 나에게 손해를 가져다준 일이 한 번도 없었다. 그러므로 기차 칸에서 내 어금니를 간지럽히고 있는 그 해방감 역시 나는 경계하지 않으면 안 되었다.

바로 그때 그 친구의 말소리가 내 귀에 들린 것이었다. "난 말이지 여태까지 사람의 양심이 몸 어느 부분에 붙어 있는지 몰랐어. 남들이 흔히 간이 없다, 쓸개가 빠졌다 하길래 양심이 간이나 쓸개에 붙어사는 놈인 줄로만 알고 있었지 뭐야. 그렇지만 이제 알겠어. 양심은 말이지, 사람들의 감은 눈꺼풀에 대롱대롱 매달려 있구만그래. 저 친구 좀 봐. 저 눈꺼풀이 떨리는 걸 보란 말야. 자리를 양보하긴 싫고 미안한 생각은 있어서 말야." 이어서 그의 친구들의 걸걸한 웃음소리가 요란하게 들려왔다.

나는 눈을 뜨고 말소리의 임자를 돌아봤다. 그가 어느 역에서 올랐는지 생각나지 않는다. 싱글싱글 웃으며 그는 나를 빤히 내려다보고 있었다. 코트의 목깃에 서울대학교의 배지가 붙어 있었다. 머리칼이 아직 짧은 건 그 역시 이번 신입생이란 걸 알려주는 것이겠다. 나는

그를 묵살하는 수밖에 없었다. 빈정거림이야말로 늦게 탄 자들이 먼저 탄 자를 몰아낼 때 곧잘 쓰는 수법이라고 나는 생각했다. 또 그 친구의 말소리가 들려왔다. "하기야 나쁜 건 철도청이야. 좌석을 지정해 주는 특급열차하고 이 차하고 운임 차이가 700원이라지만 말야. 내가 대강 계산해도 이렇게 사람을 때려 싣고 보면 특급열차의 수입을 훨씬 상회한단 말야. 이건 폭리야." 나는 속으로 중얼거렸다. 난 체하고 있군. 그래서 어쨌다는 거야? 더 이상 그에게 관심을 갖지 않기로 하고 나는 눈을 감았다.

그러나 '감고 있는 눈꺼풀에 대롱대롱 매달려 있는 양심'이라는 말이 악성 병균처럼 내 안으로 끈질기게 파고들어오는 것에 나는 당황하지 않을 수 없었다.

그런 식의 표현 자체에서 나는 마치 비릿한 물이끼 냄새가 풍겨오면 강이 가까워졌음을 알 수 있듯 대도회의 세련된 문화와 성인 세계의 윤리가 나에게 임박한 것을 느끼며 뭔가 숨쉬기가 답답해졌다. 가난한 지방 도시에서는, 그리고 자라나는 유소년 시절엔 옆엣사람을 돌보지 않는 악착스런 경쟁과 경쟁에 진 자의 굴종이 스스럼없이 공존하는 것이다. 그 공존에 불평을 하거나 야유를 한다는 건 가난한 지방 도시의 문화와 유소년 시기의 윤리를 파괴하는 것이다. 먼저 타고자 노력을 한 자가 자리를 잡고 앉는 것이 당연한 것이다. 그 친구의

빈정거림은 어쩌면 내가 살아왔던 공간과 시간 전부를 모욕하는 것이었다. 그러나 그 모욕에 어떻게 대처해야 할지 나는 알지 못했다. 새벽에 서울역에 도착하여 홈 밖으로 나가기 위하여 줄을 짓고 서 있을 때도, 공교롭게 내 바로 뒤에 서 있던 그 친구는 또 한 번 내 부아를 돋우었다. "편하게 살기가 제일 불편한 거요. 인연이 있으면 또 만납시다." 나는 서울의 차가운 새벽 풍경만 보고 있는 체했지만 빙글거리며 빤히 쳐다보고 있는 그 친구의 얼굴을 등으로 충분히 느끼고 있었다. 그 얼굴에 대고 나는 중얼거렸다. 입만 까진 녀석, 네까짓 게 녹슨 쇠못을 어떻게 알겠느냐!

그 친구와는 만날 인연이 있었다.

두 번째로 우리가 만난 것은 저 역사적인 데모의 인파 속에서였다.

데모란 나로서는 전연 예정에 없는 등록금과 하숙비의 낭비에 불과했다. 학교에 나와보니 갑자기 모든 학생들이 책가방을 챙겨들고 교문 쪽으로 몰려간다. 학생들이 몰려가는 곳이기 때문에 나도 빠질 수 없을 뿐이었다. 이것이야말로 녹슨 쇠못이다, 이것에 발을 찔려 나는 예정했던 길을 못 가고 말지 모른다고 깨달았을 때는 이미 늦었다.

나는 어깨동무를 하고 겹겹이 에워싼 학생들의 한복판에서 빠져나갈 틈을 한 치도 찾을 수 없었다. 그들에게 떠밀려가면서 나는 점점 멀어지는 학교 건물을 돌아보았다. 왜 우리를 붙잡지 않는가. 왜 우리

를 불러들이지 않는가. 버스를 잘못 타고 목적지와 정반대 방향으로 멀어져가는 자의 안타까움 때문에 내 온몸은 땀투성이였다. 데모대가 외치는 구호, 내휘두르는 피켓에 씌어진 구호 자체에 반대하는 건 아니었다. 그러나 그 따위 구호야 아무래도 무슨 상관이냔 말이다.

그 구호의 요구 조건이 그대로 관철되었을 때 가장 이익을 볼 자들이 아무 소리도 않고 있는데 왜 애꿎게 우리가 나서서 야단이냔 말이다. 난 진심으로 시간이 아깝고 돈이 아깝다. 하숙방의 벽에 꼼꼼히 그려 붙여놓은 내 하루의 시간표와 이번 학기의 공부 목표량은 결코 멋으로 붙여놓은 것이 아니다. 어머니가 부쳐주는 돈도 쓰고 남아서 보내주는 것이 아니다. 과(科)에서 야유회를 갔을 때도 나는 낭비에 대한 안타까움으로 가슴이 타는 듯 쓰라렸다. 이건 야유회보다도 더하지 않는가. 내 인생에서 중요한 이 단계를 뒤죽박죽으로 헝클어놓지 말라. 이 단계를 조리 있게 끝맺음하지 못했을 때 나를 기다리고 있는 다음 단계가 나를 쌀쌀하게 취급한다고 해서 나는 어디다 대고 호소할 것인가! 누가 나의 미래를 보장해주는가? 아무것도 없다. 이 경쟁 사회가 마련해두고 있는 시험 제도밖에는 아무도 나를 보장해줄 건 없다. 그렇게 생각하고 있는 자신을 나는 결코 비겁하다고 여기지 않는다. 비겁한 것은 나의 귀중한 시간과 돈을 나와 한마디 상의도 없이 자기네 멋대로 동원하여 낭비하고 있는 데모의 선동자들이고 그들을

방관하고 있는 학교였다. 사실 박차고 열외(列外)로 나가버리지 못하고 엉거주춤 휩쓸려 떠밀려가고 있는 이유로 다만 학교에 돌아가봤댔자 교수들이 나 하나만을 상대로 강의를 해줄 것 같지 않기 때문일 뿐이었다.

그리고 비겁한 것은 사회인들이었다. 부정 선거로 표를 도둑질당했다고 이 아우성이지만, 도둑질당한 표에 학생들의 표가 많았겠는가, 사회인들의 표가 많았겠는가. 아우성을 쳐야 할 건 지금 길가에서 데모 대열을 구경하며 박수를 치고 있는 저 사회인들이고 우리야말로 그들이 아우성칠 때 곁에서 박수나 쳐주면 충분한 게 아니냐 말이다. 직접 당사자들이 왜 침묵하고 있는가를 왜 이 어리석은 학우들은 모른단 말인가? 내가 가르쳐주마. 인생의 예정된 단계를 밟아 올라가는 데는 이따위 데모는 아무 관계가 없기 때문인 것이다. 인생은 그토록 조심스러운 것이며 이따위 데모는 아무리 잘 봐준대도 가난뱅이가 골동품을 사는 것과 같은 도락(道樂)에 불과한 것이다.

그때 대열의 앞쪽에서 한 학생이 다른 학생의 어깨 위에 무동을 타고 불쑥 솟아서 뒤따라오는 우리를 향하여 외쳤다. 기차 칸에서 만났던 바로 그 친구였다. "여러분, 새로운 구호를 전달하겠습니다. 힘차게 외칩시다. '우리에게 가르친 대로 그대로 행하라.'" 학생들은 신난 음성으로 복창했다. 우리에게 가르친 대로 그대로 행하라. 그 구호는

수없이 반복되어 외쳐졌고 반복될수록 더욱 열기를 띠었고 종로의 빌
딩들 벽에 포성처럼 메아리쳤다. 나는 그 구호 때문에 하마터면 함정
에 빠질 뻔했다. 우리에게 가르친 대로 그대로 행하라. 그 구호를 외칠
수 있는 것은 사회인이 아니라 우리 학생들일 수밖에 없었다. 동시에
그 데모 역시 강의실의 연장일 수 있는 것이었다. 아스팔트 강의실이
라고나 할까. 나는 자신으로서는 처음 느껴보는 어떤 감격에 눈물조
차 핑 돌았다. 어느새 나 역시 주먹으로 허공을 때리며 그 구호를 외
치고 있었다. 그러나 얼마나 다행이던가, 나의 일시적인 착각을 시정
해주는 경찰들의 총소리가 요란하게 터지기 시작했고, 선두의 학생들
이 쓰러졌다는 전달이 이 입에서 저 입으로 뛰어다녔다.

머리 위로 날아가는 총탄 소리에 우리의 대열도 수은 방울처럼 흩
어졌다. 엉거주춤 따라온 나조차도 경찰이 설마 실탄 사격을 해대리
라고는 예상하지 못했다. 이거야 말로 녹슨 쇠못 정도가 아니다. 보아
라 친구들아, 인생에 어리광 같은 도락이 끼어들 자리는 없는 것이나.
나는 옆구리에 끼고 있던 책가방을 어디서 떨어뜨렸는지도 생각나지
않았다. 빈손인 것을 깨달았을 때는 하숙집 앞 골목 안으로 숨이 턱에
닿아 뛰어들고 있을 때였다.

그 친구를 다시 본 것은 그 데모가 있었던 날로부터 열흘쯤 후, 데
모가 목적 이상의 성과를 거두고 그동안 폐쇄되었던 대학교의 교문이

활짝 열린 날 학교 구내의 잔디밭에서였다.

그 역사적인 사건을 취재하기 위해서 날아왔다는 미국의 한 방송국 스태프들이 무비 카메라를 뻗쳐놓고 '역사를 창조한 학생들'과 인터뷰를 하고 있었다.

빙 둘러서 있는 학생들의 무리 쪽으로 내가 어슬렁어슬렁 다가가 어깨 너머로 엿보았을 때, 지금 미국인 방송 기자와 더듬거리는 영어로 얘기를 주고받고 있는 것은 바로 기차 칸의 그 친구였다. 그 친구가 그 역사적 사건의 주동자나 대표자가 아니란 건 분명하지만 하기야 '위대한 학생들' 중에서 임의로 뽑아 인터뷰를 한다면 나는 어쩐지 그 친구만 한 적격자도 없을 것 같았다.

나로 말하자면, 그 데모로 인한 사태가 예상보다 빠르게 결말이 나서 학교가 문을 연 것만이 기뻤다. 물론 그 데모가 성공한 쪽이 실패한 쪽보다 낫긴 하지만 그건 무슨 일이든지 시작한 일은 성공하는 쪽이 좋다는 뜻이지 뭐 실패했다고 해도 별로 유감스러울 게 없을 것 같았다. 운동 시합에서 우리 편이 이겼다고 내가 내 인생을 위하여 해야 할 일을 하지 않아도 좋은 건 아니었다. 오히려 경찰의 총에 맞아 죽은 자들 덕택에 저 녹슨 쇠못의 교훈은 진리임을 확인할 수 있었을 뿐이었다. 내가 태어나서 20년 동안 믿고 의지해온 사회가 내 인생을 위하여 마련해두고 있는 단계들—그 체제를 건드리지 않는 한 나로서

는 그런 사건이 성공해도 좋고 실패해도 그만이다.

아니 가장 좋은 것은, 그런 사건이 아예 일어나지 않았더라면 하는 것이다. 왜냐하면 나는 아직도 눈에 선한, 나로서는 생전 처음 구경한 그날의 그 거대한 군중의 집단에 아직도 압도되어 위축되어 있기 때문이었다. 외면상으로나마 나 역시 그 군중들 중의 한 사람이었기에 망정이지 그리고, 가령 하숙집 주인아저씨 같은 사람들이 나의 그 외면을 존중해주고 있기 망정이지 만약 그 군중들이 나의 적이라면 어찌할 것인가! 정말이지 하숙집 아저씨가 나를 그 사건의 대표자라도 되는 양 취급해올 때는 이마에서 식은땀이 줄줄 흘렀다. 따라서 그 데모가 실패하지 않고 성공한 바람에, 적어도 그런 건 사치스런 도락 이상이 아니라고 감히 입 밖에 내어 말할 수 없게 된 것이 우울했다. 한편 별로 달가워하지 않는 사람조차도 끌어들여 집단적인 의사라는 것을 만들어내고 마는 군중이라는 존재를 처음 내 눈으로 본 경험에 어리둥절해 있었다.

요컨대 그 데모와 나와의 관계는 그 정도라고 나는 생각하고 있었다.

그런데 그때 미국인과 인터뷰하고 있는 그 친구가 하고 있는 말이 내 귀를 때렸다. "아이 빌리브 위 머스트 인벤트 아워 퓨처 앤드 위 캔 두 잇." 나는 그가 한 발음 그대로를 알파벳으로 허공에 써보았다. I believe we must invent our future and we can do it.

인벤트, 발명하다. 인벤숀, 발명. 인벤트 아워 퓨처, 우리의 미래를 발명하다. 아이 빌리브 위 머스트 인벤트 아워 퓨처 앤드 위 캔 두 잇. 나는 믿고 있습니다. 우리는 우리의 미래를 발명하지 않으면 안 된다는 것을. 그리고 믿고 있습니다, 우리는 발명할 수 있다는 것을. 나는 갑자기 숨쉬기가 답답해지는 것을 느꼈다. 기차 칸에서도 그 친구는 그 현학적인 표현으로 내 호흡을 답답하게 했었다.

'감은 눈꺼풀에 대롱대롱 매달린 양심.' 그 말은 병균처럼 내 머릿속으로 파고들며 나를 아프게 쑤셔댔었다. 서울역에서는 '편하게 사는 것이 가장 불편한 거요.' 데모 대열에서는 '우리에게 가르친 대로 그대로 행하라.' 거기다가 오늘은 '자기의 내일을 발명해야' 한단다.

발명해야 한단다. 기다리고 있지 않단다. 기다리고 있지 않단다. 발명해야 한단다. 그런데 왜 나는 이렇게 저 말장난에 불과한 현학적인 표현에 현혹당하려 하는가. 그렇다, 나는 알고 있었다. 그 데모의 성공, 망할 놈의 '역사적 사건' 위에 저 장난 같은 말이 자리를 잡고 있기 때문에 이토록 나를 압도해오는 것이다.

우리의 내일을 발명한다? 말은 근사하지만 그 사건의 경험이 없었더라면 나는 이토록 당황하지는 않을 것이다. 이제야 나에게는 그 데모와 나와의 관계가 분명히 드러나는 것이었다. 그것은 성공해도 좋고 실패해도 그만인, 나와 아무 관계가 없는 도락이 아니라 반드시 실

패했어야 할, 내가 20년 동안 믿고 의지해왔던 것을 송두리째 파괴시
켜버리려는, 실패했어야 할, 반드시 실패했어야 할 나의 적이었다. 그
리고 제 맘대로 나의 몫의 내일까지 발명하겠다고 호언하는 그 친구
역시 나의 적인 것은 분명했다. 또는 그에게 있어서 나는 그의 적이
분명했다.

(1972)

확인해본 열다섯 개의 고정관념

할 수 있을까? 저 허술한 벽에 킴 노박의 볼을 붙이는 일. 문제는, 내가 자리에서 일어나서 책상 위에서, 오려진 킴 노박의 볼을 집어들고 어디 있는지 모르는 핀을 찾고⋯⋯ 그럴 만한 기운이 지금 내게 있느냐 하는 것이다. 이불을 아무리 몸에 감아도 2주일 동안이나 불을 때지 않은 방의 냉기를 막아낼 수는 없다. 그리고 배가 고프다. 내게 지금 일어날 기운이 있을까? 이렇게 정기 없는 눈으로 보아도 벽의 그 귀퉁이는 아무래도 허술하다. 벽의 그 귀퉁이가 허술해 보이는 그 것은 이젠 내 고정관념 중의 하나이다. 벽의 그 귀퉁이로 눈이 가기만 하면 나는, 허술하구나라고 생각해버린다.

선반이 굵게 가로질러 있고 그 선반 위엔 선반의 부속품인 듯이 보이는 내 여행 가방이 직사각형으로 위치하고 있다. 그 가방은 이제라도 들고 나가주기만 기다리고 있다는 듯한 모습이다. 그 선반이 걸린 벽과 모서리를 대고 있는 이쪽 벽은 텅 비어 있다. 옷을 걸게 되어 있는 못이 두 개 박혀 있지만 그 못이란 극히 작은 점에 불과하다. 그 작은 점 두 개가 저 벽을 장식해줄 수 없다. 만일 그 못에 옷을 건다면? 이러지 말자. '옷을 건다면'이라니, 마치 목 매어달아 죽어 있는 사람 같은 형상으로 옷 두 개가 축 늘어져 있는 모습을 보고 싶단 말인가? 그보다는 차라리 텅 빈 저대로의 벽이 더 낫다. 그렇지만 그대로는 아무래도 허술하다. 저 벽이 조금만 잘 꾸며져 있다면 이 방도 퍽 맘에

들 거다. 어떤 식으로 꾸며볼까? 몬드리안의 캔버스를 생각해본 적도 있다. 선반의 굵은 직선과 그 선의 삼분지 일쯤에 위를 향하여 위치하고 있는 내 여행가방의 직사각형 때문에. 그러나 몬드리안의 흉내를 내기에는 벽의 색채들이 너무 보잘것없다. 언젠가 우연히 본 일본제 부채를 생각해본 적도 있다. 그 부채는 JAPAN AIRLINE의 손님들에 대한 선물용이었는데 거기에 그려진 도안이 퍽 예뻤다. 금빛과 자줏빛의 콤비네이션이었다. 그러나 그것도 결국은 몬드리안의 모방이었기 때문에 나는 포기했다. 거리를 걸을 때도 나는 건물들을 눈여겨봤지만 모두가 몬드리안이었다. 직선은 몬드리안에서 그쳐버렸다는 생각도 이젠 내 고정관념 중의 하나이다.

언젠가부터 나는 이쪽의 텅 빈 벽을 원형의 그림으로써 장식해보기로 생각하고 있었다. 대도시의 이른 아침에, 연기에 가려 뿌연 하늘에 정확한 동그라미로 떠 있는 빨간 해처럼, 그 해는 흔히 얽혀 있는 전선 사이로 보이는 것이지만 그 얽혀 있는 전선마저 이 벽 위에 가져다 놓으면 그 옆벽의 직선과 직사각형은 꼴불견이 되어버릴 거다.

나는 저 허술한 벽에 붙일 동그라미를 찾으러 다녔다. 한번은 카드 한 장이 맘에 들었다. 그것 역시 일본제였는데, 두껍고 하얗고 매끄러운 정사각형의 종이에 빨간 동그라미가 찍혀져 있었다. 그 빨간 동그라미도 아마 떠오른 해인 듯했다. 그 동그라미 곁에 '謹賀新年'이라는

송조체(宋朝體)의 글씨가 금빛으로 찍혀져 있었다. 그래서 나는 일본 사람들은 금빛을 좋아하나 보다라고 생각했는데 그것도 이젠 내 고정 관념 중의 하나이다. 그 카드를 저 허술한 벽에 붙여두고 싶었으나 그러나 그 카드 안의 빨간 동그라미가 벽에 비해서 그리고 직선과 직사각형의 크기에 비해서 너무 작은 느낌이었고 그보다는 그 카드를 가진 녀석이 그 카드를 내게 주려고 하지 않아서 나는 포기할 수밖에 없었다. 그 녀석의 아버지는 얼마 전에 벼락부자가 되었는데 그렇다고 간첩 노릇을 한 것은 아니고 방직공장에 투자해서 그렇게 되었다는 것이다. 그 녀석이 내 마음을 사로잡은 그 카드를 보여주던 날은 내가 잊을 수 없는 날이다. 그날 나는 벼락부자들의 집안에서 흔히 볼 수 있는 2층으로 올라가는 계단―그 광택이 아직 나지 않고 꺼실꺼실한 판자의 촉감이 아직도 남아 있는 계단에 발을 올려놓지 않을 수가 없었다. 왜냐하면 그 녀석의 방은 2층에 있었고 그 녀석이 내 앞장을 서서 나를 자기 방으로 인도하고 있었기 때문이다. 그런데 난처한 것은 내 뒤에, 그러니까 아래층의 복도에 그 녀석의 여동생이 서서 나를 보고 있는 것이다. 그 여동생이 예쁘지만 않았더라도 또는 내 양말의 뒤꿈치에 큰 구멍이 나 있지만 않았더라도 나는 서슴지 않고 계단을 밟고 올라갔을 거다. 내 양말 뒤꿈치의 구멍은 이만저만 큰 게 아니어서 내 발뒤꿈치가 온통 드러나 있다. 그 발뒤꿈치가 양말 색깔만큼이나

검게 때가 끼어 있는 것은 더욱 곤란한 일이다. 나는 창피스러워서 계단을 올라갈 수가 없었다. 왜 올라오지 않고 거기 서 있느냐고 2층에 올라간 내 친구 녀석이 나를 독촉할 때야 나는 눈을 꾹 감고 후닥닥 계단을 뛰어 올라갔다. 발을 빠르게 놀렸으니까 어쩌면 그 예쁜 여자는 내 발뒤꿈치를 보지 못했을 거다. 그러나 창피스러운 느낌은 여전했다. 예쁜 여자 앞에서 내 약점이 드러날 때는 더욱 창피한 법이라는 생각도 이젠 내 고정관념 중의 하나이다. 하여튼 그 2층에서 친구 녀석이 보여준 카드가 내 맘에 들었고 그 친구는, 내게 그걸 줄 수 없겠느냐는 내 청을 거절했다. 그 후로는 맘에 드는 동그라미가 없었다.

춥다. 힘이 빠져나간 몸뚱이가 떨고 싶어 한다. 그러나 몸뚱이에 떨기를 일단 허락하고 나면 몸뚱이는 원래 사양할 줄 모르는 놈이니까 몇 시간이고 덜덜거릴 거다. 발만 조금 움직여서 덮고 있는 이불을 발에 감아버린다. 새어 들어오던 바람이 없어졌다. 밖에 눈이 왔는지 안 왔는지는 모른다. 간밤엔 눈이 내리고 있지 않았지만 간밤에 이 방의 문을 열고 들어온 뒤로는 아직 한 번도 밖엘 나가지 않았다. 나는 꼼지락 한 번 하는 데도 조심을 하며 누워 있다. 쓸데없이 움직여서 에너지를 소모하기가 싫다. 육체 속에 있는 에너지란 돈과 같은 성질이다. 많이 있을 때는 축나는 줄을 모르지만 적게 있을 때는 그 소모가 금방 눈에 뜨인다. 기초대사량조차 유지하지 못하고 있는 지금의 내

몸뚱이는 "이젠 정말 이것밖에 없으니까 더 달라는 소리 말아" 하는 듯이 식은땀만 조금씩, 그것도 사타구니로만 조금씩 흘려 내보내주고 있다. 내가 입고 있는 구멍 숭숭 뚫린 털 셔츠의 올 사이사이에서는 아마 이〔虱〕들이 번식에 분주할 거다. 내 손가락들은 조금도 살의를 갖지 않은 채 올 사이를 더듬고 있고, 눈은 저 허술한 벽을 멀거니 바라보고 있다. 손가락들이 살의를 갖지 않았다는 건 거짓말이다. 이럴 경우에 살의를 갖지 않았다는 것은 살의가 생길 가능성도 없어야 한다는 것인데, 내 손가락들은 올 사이를 더듬다가 탄력을 가진 그리고 온기를 가진 것—말하자면 손끝에 닿자마자 직감적으로, 아 이건 이로구나라고 생각되는 물건을 만나면 그걸 집어서 비벼대고 있는 것이다. 하기야 이라는 놈은 손가락 사이에 넣어서 비벼댄다고 그쯤으로 죽어버리는 바보는 아닐 거다. 그러나 손가락들은 이가 죽기를 바라면서 비벼댄다. 아니다. 이가 죽기를 바라는 것은 나의 두뇌이고 손가락들은 이가 죽든 말든 거기엔 관심이 없이 오히려 이의 동글동글하고 말랑말랑한 촉감을 즐기고만 있다. 수단이 흔히 목적을 배반한다는 그것도 이젠 내 고정관념 중의 하나이다.

　이불 속에 온기가 있다면 그건 내 몸이 마지못해서 내놓은 것이다. 내가 깔고 덮고 있는 이불 속을 제외하고는 차가웁다. 2주일 동안 불을 때지 않은 온돌방의 무시무시한 냉기. 어쩌다가 손이 방바닥에 닿

기라도 하면 그 손은 정신착란을 일으켜버린다. 그래서 그 방바닥이 뜨거운 것인지 찬 것인지도 모른다. 그냥 손은 화닥닥 공중으로 뛰어 올라서 발광한 이들의 춤을 춘다. 헤헤, 꽹과리가 깽깽 울리고…… 에너지가 손끝으로 빠져 달아난다. 손을 얼른 바지 허리춤으로 넣어서 궁둥이 밑에 깐다. 몸에 힘이 없으니까 피도 게으름을 피운다. 잠시 동안 궁둥이 밑에 깔려 있었는데도 손은 곧 저린다. 이럴 땐 손이 없었으면 좋겠다. 인체에서 가장 처치 곤란한 것은 손이다. 장례식에 참석했을 때 또는 연단에 섰을 때, 오늘처럼 겨울날 추운 방에 누웠을 때 가장 처치 곤란한 것은 손이다. 군대에서 가끔은 영리한 짓을 만들어 낸다. 열중쉬엇! 그러면 손바닥 두 개는 척추께에서 서로 만난다. 열중쉬어의 자세가 그러나 이불 속에 누웠을 때는 곤란하다. 척추에 깔려서 손바닥에 피가 통하지 않게 되고 그러면 손바닥은 바람 속에 선전선들처럼 윙윙 소리를 내며 저려온다. 정말 전류가 통해 있는 것만 같다. 손처럼 처리하기 곤란한 물건은 없다는 생각도 이젠 내 고정관념 중의 하나이다. 나는 전쟁터에 팔을 내버리고 온 용사를 하나 알고 있는데 그는 편하게 지내면서도 우울해할 줄 알게 되었다. 그 사람은 지금 시골의 내 집에 있는 바로 내 형인데 집안사람들은 모두 그에 대한 관심을 잠시도 게을리하지 않는다. 그가 팔이 없다는 사실을 불행하게 생각할 틈도 주지 않으려고 애쓴다. 집안사람들은 자기들에

게 팔이 있다는 것을 오히려 부끄러워하고 있는 듯이 생각될 정도이다. 형도 식구들의 보살핌에 대해서 보답하려고 애쓴다. 그러나 때때로 우울해할 줄 안다. 먹고 자고 일하고 계집애들을 소재로 한 농담밖에 할 줄 모르던 형이 말이다. 형이 우울해할 줄 알게 됐다는 건 정말 대단한 사실이다. '미로'의 팔 없는 비너스처럼 형은 팔을 정말 알맞게 처리해버렸다. 팔만 떼어버린다는 조건으로 전쟁이 꼭 한 번만 더 일어났으면 좋겠다. 그 단 한 번의 전쟁이 지구 위에서 앞으로 벌어질 수많은 전쟁을 쓸어버릴 테니까 말이다. 사람들아, 당신이 선 그 자리에서 전쟁을 시작하라. 그 전쟁이 꼭 한 번만 일어나면 세계엔 평화가 온다는 생각도 이젠 내 고정관념 중의 하나이다. 우울해할 줄 아는 걸 심어줄 수만 있다면, 제기랄, 그들의 팔이 떨어지든 다리가 떨어지든 코가 찢어지든 생식기가 뭉개지든 조금도 가슴 아플 게 없을 거다.

나는 목을 조금 들면서 밖을 향하여 "아주머니이!" 하고 부른다. 가래가 목에 걸려서 소리는 말이 미처 덜 되었다. 목청을 가다듬고 나서 "지금 몇 시쯤 됐어요?" "3시 조금 넘었소." 외마디 고함처럼 빠르고 높은 목소리의 대답이다. 요즘 주인아주머니는 내게 방을 빌려준 것을 무척 후회하고 있을 거다. 에그 저 빌어먹을 놈, 이제야 잠이 깼군 하는 욕설까지 저 빠르고 높은 목소리의 대답엔 섞였을 거다. 아닙니다. 아침부터 깨어 있었어요. 그렇지만 믿어주지 않을 해명은 하지 않

는 게 정직하다. 오늘이 처음이라면 내 말을 믿어줄 정도의 아량쯤이 아주머니에게도 있고말고다. 내가 나를 이해해달랍시고 친근한 태도로 아주머니에게 얘기를 시작하기만 하면—아직까지 그래본 적은 없지만 말이다—그렇기만 하면 아주머니 측에선 할 말이 태산 같다고 다가들 거다. 학생은 웬 잠이 그리 많수 응? 아아뇨, 아침밥을 굶어버리기 위해서 그냥 누워 있는 거죠. 거짓말 말아요라고 아주머니는 쏘아붙일 거야. 어차피 믿어주지 않을 해명은 하지 않는 게 정직하다는 생각도 이젠 내 고정관념 중의 하나이다. 요컨대 2시는 넘었다는 대답이었겠다. 아무리 야박하게 계산해도 30분은 기다려주고 나서 내가 나타나지 않을 게 확실하다고 생각되자 슬그머니 일어나서, 비로드로 된 빨간 하트형의 메모판을 훑어보고 나서 그리고 다방 문을 열고 거리로 나와서 그 여자는 어디로 갈까 망설이고 있다. 그럴 필요는 없지만 머리가 향방을 생각하고 있는 동안, 손은 스카프를 만져보기도 하고 스커트 자락을 검사해보기도 한다. 그러면서 혹시 내가 나타날까봐 거리에 깔려 있는 대가리들을 하나씩 하나씩 체크해나간다. '그래도 기다리는 그 사람은 오지 않고……' 어디서 유행가가 들려오는지도 모른다. 미안하다, 영이. 난 지금 멀거니 천장을 올려다보며 시체처럼 누워 있어. 아직 시체는 되지 않았지만 얼마 후에 추위와 굶주림 때문에 시체가 되는지도 모른다. 설마 그러기야 할라구. 그렇지만 일

어날 기운이 없는 건 정말이다. 나의 섹스가 동면성(冬眠性)이란 걸 미리 알 수 없었던 게 잘못일 뿐이지. 동면성의 섹스를 가졌다는 사실을 발견한 것은 영이와 시간 약속을 어긴 사실보다 더욱 중대하다. 영이는 내게 카드를 주지 않은 녀석의 여동생, 내 구멍 난 양말과 그 구멍으로 내민 시꺼먼 발뒤꿈치를 본 그 예쁜 여자다. 언젠가, 그날 내 뒤꿈치를 보았느냐고 물었더니 그 여자는 고개를 끄덕이며 그래서 내가 좋아졌단다. 부잣집 아가씨들에겐 이해하기 곤란한 취미가 있다. 마치 옛 제국들엔 이해하기 어려운 풍부한 기호(嗜好)가 있었듯이 말이다. 부잣집 아가씨들에겐 이해하기 곤란한 취미가 있다는 생각도 이젠 고정관념 중의 하나이다. 그날 만일 내가 천연스럽게 발뒤꿈치를 보이며 계단을 올라갔다고 하면 내가 그렇게 좋아졌을리가 없었을 텐데, 창피해서 후닥닥 올라가버리는 데서 자기로부터 점수를 땄다는 거다. 프라이드가 있다는 것은 참 좋아 보인다고도 덧붙였다. 프라이드, 제기랄 프라이드라니, 후닥닥 계단을 뛰어 올라가는 데 프라이드란다. 프라이드라면 그 반대일 텐데 말이다. 그 여자가 처음부터 내가 좋았던 게 그래서 확실해졌다. 무조건 좋아지게 된 이유는 항상 모순을 포함하고 있는 거니까. 단테가 들려준 이야기—지옥에 가서 가장 고통스러운 형벌을 받고 있는 사람에게 당신이 지은 죄는 무엇이냐고 단테가 물었더니 자기는 지상에 있을 때 프라이드가 강했다는 죄

로 이렇게 가장 심한 고통을 겪고 있다고 대답하더라는 얘기를 내가 들려주었더니, 영이는 만일 자기가 하느님이라면 프라이드를 잃어버리고 살아온 놈들을 지옥의 불구덩이 속에 집어넣어버리겠다는 거다. 영이의 좋은 점이야말로 어쩌면 그거다. 그렇지만 저 사관학교 생도들의 프라이드는 난 질색이다. 멋있는 유니폼을 입고 꼿꼿이 걸어갈 수 있다고 뻐기는 놈들 말이다. 누구나 멋있는 옷을 입으면 꼿꼿이 걸어가게 되는 법이다. 옷을 입고 있는 사람 자체와는 아무런 관계가 없는데 유니폼만 믿고 으스댄다. 어쩌면 유니폼에다가 자기를 때려 박았을 거다. 으스대야 할 건 사람을 꾸겨 넣은 유니폼 자신일 거다. 내 말이 진실이라는 걸 증명해보자. 사관학교를 마치고 나서 후줄그레한 카키색 군복을 입고 비칠거리는 소위님들 중에 꼿꼿이 걸어가는 놈들이 있긴 있다. 그런 놈들의 프라이드는 아마 진짜니까 인정해줄 수밖에 없다. 내가 알고 있는 중에서 가장 좋은 프라이드는 허리를 굽혀 구두끈을 매는 것이다. 케스트너가 《파비안》에서 써놓은 구두끈 매는 얘기 말이다. "'지금이 몇 신지 모르십니까?'라고 누가 곁에서 물었다. (중략) '12시 10분입니다'라고 파비안이 말했다. '감사합니다. 빨리 가야겠군요' 하면서 그들에게 말을 걸었던 젊은 청년은 몸을 굽히고 거추장스럽게 구두끈을 매었다. 그리고 다시 일어나서 무안한 미소를 띠고 말했다. '필요 없는 50전을 우연히 가지고 계십니까?' '네, 우연

히'라고 파비안은 대답하고는 그에게 2마르크를 주었다. '오, 감사합니다. 대단히 감사합니다. 이게 있으면 구세군에 가서 자지 않아도 되니까요' 하고는 그 낯선 사람은 사죄하듯이 어깨를 올려 보이고 모자를 잠깐 벗어 보이고는 빨리 뛰어가버렸다." 막다른 골목에서의 프라이드는 보기 좋은 에티켓으로 형태를 바꾼다. 프라이드도 이쯤 되어야 할 거다. 프라이드가 아름다울 수 있는 가장 빠른 길이라는 생각도 이젠 내 고정관념 중의 하나이다.

영이는 지금 어디쯤 갔을까? 아직까지 다방에 앉아서 나를 기다리는지도 모른다. 그 여자는 내가 낙선한 것을 신문에서 찾아보고는 알고 있을 거다. 그 여자는 내가 오늘 자기 앞에 나타나지 않은 것과 내가 신문사의 소설 모집에서 낙선한 것을 연관시켜서 생각할지도 모른다. 하긴 전연 관련이 없는 것도 아니다. 어느 정도의 관련이냐 하면, 우리나라 사람들이 모두 따지고 보면 일가친척이 된다는 정도의 관련이다. 당선자 발표는 어제 있었다. 당선자는 한 명이었는데 그건 물론 내가 아니었다. 만일 내가 당선되었을 경우를 상상해보자. 어제 나는 며칠 후에 탈 상금을 보증 세우고 누구에게서라도 몇백 원쯤 빌릴 수 있었을 거다. 그러면 엊저녁 밥을 사먹을 수 있었을 거고 오늘 아침밥도 그리고 지금쯤은 점심도 먹고 있을 거다. 영이에게 당선을 알리기 위해서―물론 그 여자도 신문에서 보고 알았을 거지만―조금쯤은 의

기양양하게(배가 부르니까 말이다) 다방에 나갈 수 있었을 거다. 그러나 낙선해버린 것이다. 내게 돈을 빌려줄 친구는 아무도 없다. 내가 돈을 빌려달라는 것은 그저 달라는 것과 같다는 걸 친구들은 알고 있기 때문에 예컨대 당선되어서 상금이 나온다는 보증이라도 없다면 이제 돈을 꾸기도 힘들다. 망할 놈의 소설이 낙선해버린 거다. 당선 소감까지 미리 써두었는데 말이다. 그 당선 소감이란 건 이렇다.

"……가짜를 진짜로 속여서 팔고 난 후의 상인의 심경은 대체 어떤 것일까 하고 항상 궁금하게 여겨왔는데 이번에 그걸 좀 알게 된 것 같다. 그 장사꾼은 상품을 속여서 팔았던 일을 잊어버리고 싶은 것이다. 재미있었다고 생각하는 것도 아니고 부끄러워하는 것도 아니고 속여 팔았다는 사실을 그저 잊어버리기로만 해버리는 것이다. 왜냐하면 돈은 이미 내 손에 들어와 있고 물건을 사간 사람은 속아서 샀다는 걸 알고 벌써 화를 내버렸을 테니까 말이다……."

사실 내가 응모한 소설이란 가짜 상품이었다. 하도 많이 들어서 이젠 구역질이 날 지경인 저 헤밍웨이와 말로 소재에다가 황순원의 문체가 뒤범벅이 된, 말하자면 길가에서 파는 만병통치약 같은 것이었다. 낙선될 걸 알고 있었지만 다행히 심사위원들이 멍청이들이어서 당선될 경우도 없지 않다고 생각하여 당선 소감까지, 아주 정직한 소감까지 써둔 것인데 한번 굉장히 정직해볼 기회가 영 달아나버렸다.

정직해보고 싶은 기회를 주지 않는 게 세상이다라는 생각도 퍽 흔한 생각이지만, 이젠 내 고정관념 중의 하나이다. 가짜인 줄 알면서 왜 소설 응모를 했느냐고 묻는다면 나는 대답한다. 돈이 필요했다. 돈을 얻어 들이는 일이 나 자신에 대하여 가장 정직한 일이었다. 돈이 필요했다면 왜 하필 그런 수단을 썼느냐. 그러니까 말이다, 앞에서 나는 말하지 않았던가, 수단은 흔히 목적을 배반한다고. 딴은 괘씸하기 짝이 없는 명제다. 하여튼 어제 나는 낙심천만하여 찬바람이 휩쓰는 거리를 헤매다가 내 방으로 돌아왔다. 도중에 어느 거리의 벽에선가, 나는 무심히 손을 들어 벽에 붙은 영화 광고용의 포스터를 부욱 찢어냈는데 종이가 찢어지는 부욱 소리에 정신을 차리고 보니 나는 금빛과 연분홍색으로 장식된 종이를 들고 있었다. 내가 들고 있는 종이를 찢어낸 부분에 맞추어보았더니 그건 킴 노박의 볼과 머리였다. 이것을 동그라미로 오려보자. 그리고 내 방의 허술하기 짝이 없는 벽에 붙이자. 이렇게 정기 없는 눈으로 보아도 벽의 저 귀퉁이는 아무래도 허술하다. 벽의 귀퉁이로 눈이 가기만 하면 나는, 허술하구나라고 생각해버린다. 할 수 있을까? 저 허술한 벽에 킴 노박의 볼을 붙이는 일. 고구마 덴뿌라가 먹고 싶다. 하필이면 고구마 덴뿌랄까. 하여튼 그게 제일 먹고 싶다. 검정깨를 뿌려놓은 고구마 덴뿌라. 아니 그게 왔어요 하고 침이 허둥지둥 달려 나온다. 허술한 벽을 향한 채 내 입이 멋쩍게 웃

는다. 엊저녁엔 무얼 먹는 꿈을 꾸었다. 배가 고픈 날 밤엔 항상 무얼 먹는 꿈을 꾼다. 먹는 꿈을 꾸면 감기가 든다. 그러나 감기는 며칠 전부터 걸려 있으니까 뭐 곱빼기로 걸리진 않을 거다. 이럴 땐 그 녀석, 영이 오빠라도 왔으면 좋겠다. 그 녀석이 내 거처를 아는 유일한 놈이다. 그 녀석의 호주머니에는 항상 1,000원짜리 몇 장쯤은 있다. 때로는 바지의 허리띠 밑에 숨어 있는 그 조그만 호주머니, 흔히들 도장을 넣고 다니는 그 호주머니, 나는 기차 여행을 할 때 기차표를 감추어두는 그 호주머니에서 그 녀석은 꽁꽁 접은 500원짜리를 집어내어 보이며, 극장 구경 갈까 하기도 한다. 그럴 때의 그 녀석은 얄미웁기 짝이 없다. 그래서 나는, 너처럼 돈 자랑하는 놈들 보기 싫으니까 철저한 프롤레타리아 공화국이나 되어버렸으면 좋겠다고 쏘아댄다. 그러면 그 녀석은, 야옹 하고 고양이 소리를 흉내 내고 나서 너처럼 가난한 게 무슨 특권이라도 되는 듯이 까부는 놈 보기 싫으니까 무지무지한 자본주의 국가가 되었으면 좋겠다고 응수한다. 그러나 어느 쪽도 되어서는 안 되리라. 팽창되어버린 감정의 의사는 살인적이다. 어느 쪽에도 치우치지 않고 괴로워하며 '사이'에 위치하는 게 좋다. 괴로워하며 '사이'에 위치하는 게 최선의 태도라는 생각도 이젠 내 고정관념 중의 하나이다. 그 '사이'란? 아마 영이쯤이겠지. 부르주아의 딸, 그러나 예지와 미덕이 갖추어진 부르주아의 딸과 프롤레타리아 청년이 연

애하는 얘기는 18세기 소설들이 즐겨 쓰던 소재다. 18세기에는 그런 일이 많았던 모양이다. 아니 실제로는 그리 많지 않았는지 모른다. 단지 소설가들이 그런 경우가 있다면 퍽 멋있을 텐데 하고 바라면서 썼을 뿐일 거다. 왜냐하면 소설가들은 그리 되기를 바라는 것을 사실 그대로인 것처럼 써버리는 놈들이니까 말이다. 어쨌든 20세기가 18세기와 달라진 것은 별로 없는 것 같다. 하긴 달라질 수도 없을 거다. 연애 문제에서만큼은 말이다. 그때도 사랑의 부재를 느낀 사람과 사랑의 절대성을 주장하던 사람이 있었을 거고 지금도 사랑의 절대성을 주장하는 사람과 사랑의 부재를 느끼는 사람이 있을 거다. 현재 있는 것은 옛날부터 쭈욱 있어왔을 거다. 이것도 이젠 내 고정관념 중의 하나이다. 쭈욱 있게 된 건 아마 습관—사람들이 아이를 만들어 세상에 남기고 가는 것과 똑같은 방식의 습관 때문일 거다. 결국은 제 나름으로 살다가 죽어가는 것이다. 그런데 제 나름으로 살다가 죽어가는 사람들의 밖에 서 있는 어떤 미치광이가 그 사람들의 공통점을 만들어내가지고 이러쿵저러쿵하고 있는 것이다. 그러면 죽어간 사람들의 다음에 사는 사람들이 그 미치광이에게 홀려서 미치광이가 만들어놓은 공통점에 자기 자신들을 맞추어보려고 역시 미치광이가 되어가는 것이다. 따라서 진짜로 제 나름으로 멋있게 살아본 사람들은 미치광이가 나타나기 전에 산 사람들뿐이다. 하기야 그런 사람들이 있었을까?

아담과 이브? 글쎄, 나의 가설은 항상 엉망진창이다. 그럴듯하게 맞아 들어가다가 그만 거짓이 탄로되고 만다.

　영이는 지금 어디쯤 갔을까? 그 여자는 지금 꽤 낙심해 있을 거다. 세상에서 가장 나쁜 초조감은 무엇을, 누군가를 기다릴 때 생기는 초조감이다. 기다린다. 멋있는 웃음을, 사람들의 박수를, 뜨거운 포옹을, 밥을, 당선 통지서를, 사장의 칭찬을, 수(秀)를, 이쁜 아들을, 죽음을, 아침이 되기를 또는 밤이 되기를, 바다를, 용기를, 도통하기를, 엿장수를, 성교를, 분노차를, 완쾌를…… 그러나 결국은 환멸을 기다린 셈이 아닐까? 영이는 지금 찬바람이 부는 거리를 헤매고 있을 거다. 코트 깃을 아무리 세워도 가슴이 차가우니 그 여자는 떨고 있을 거다. 병신 같은 사내, 소설 낙선쯤 했다고 나타나지 않을 게 뭐람. 여자는 쓸쓸한 거리를 헤맨다. 눈이 내릴 듯이 어둑신한 거리를. 그때 멋있게 차린 사내가 여자 앞으로 다가온다. 슬퍼 보이는군요 하고 사내가 말한다. 그러자 여자는 정말 자기는 지금 슬프다고 느낀다. 따뜻한 곳으로 가시죠 하고 사내가 말한다. 울림이 있어서 신뢰하고 싶은 목소리. 여자는 조금은 불안해하며 사내를 따라서 걷는다. 여자와 사내는 어디로 갔을까? 쓸데없는 상상을 했다. 우리의 상상도 이젠 틀 속에 갇혀버린다. 누군가를, 기다림에 지쳐버린 한 여자를 어떤 멋있는 사내와 만나게 해놓고 그들을 소재로 상상을 100여 명의 사람에게 하도록

했을 때, 대동소이, 신성일과 엄앵란과 허장강을 벗어나지 못하고 만다. 망할 놈의 영화가 사람들의 상상력을 압박하고 있다. 여자들의 자기 용모에 대한 판단력조차 영화가 압박하고 있다. 배우들 중에 자기가 닮은 배우가 있으면 자기도 미인이라고 생각해버린다. 아무리 못생긴 경우에도 말이다. 배우들 중에 자기가 닮은 배우가 없으면 자기는 미인이 아니라고 생각해버린다. 그 자기가 세상에서 가장 이쁠 경우에도 말이다. 그러다가 마침 자기와 닮은 배우가 하나 스크린에 나타나면 그제야, 아 나도 미인이라고 기뻐한다. 사람들을 영화의 압박에서 해방시킬 수는 없을 것 같다. 이것도 이젠 내 고정관념 중의 하나이다. 그 압박은 사람들이 내부에서, 내부의 아주 깊은 곳에서 행해지고 있으니까. 그들은 압박받는 아픔을 소리쳐서 알리지도 않는다. 그냥 끙끙 신음만 울리며 참고 있다. 그 신음 소리만 듣고 우리는 그 사람이 감기에 걸린 건지 음독한 건지조차 구별할 수 없는 노릇이다. 신음하고 있는 자신밖에 모를 일이다. 나는 무엇을 신음하고 있을까? 고구마 덴뿌라가 먹고 싶어서 동시에 저 벽의 허술함이 괴로워서 동시……

어제저녁 굴다리 밑을 지나오다가 나는 머리 위로 지나가는 기차가 내는 요란스러운 소리를 들었다. 얼른 굴다리를 벗어나서 기차를 올려다보았다. 기차는 어둠 속으로 사라져갔다. 그 기차가 고향으로 가

는 기차라는 걸 나는 알았다. 창마다에서 환한 불빛을 쏟아내며 기차는 남쪽으로 사라져갔다. 기차의 맨 뒤칸에 붙은 빨간 등조차 어둠 속으로 잠겨버릴 때까지 나는 서 있었다. 저 기차를 타면 내일 아침에 고향에 도착할 거다. 그리고 남쪽은 따뜻할 거다. 왜 이 추위 속에 나만 남아 있느냐. 나는 머리를 흔들었다. 내일은 영이와 만나기로 했다. 그 때문에 남아 있는 거다. 내일도 또 내일도 영이와 만나기로 한 거다. 그러나 나는 그 내일에 이렇게 멀거니 벽만 바라보며 누워 있다. 내 동면성 섹스 때문에. 그것을 나는 신음하고 있다. 아니다. 아니다. 무엇을 신음하고 있느냐. 나는 거지의 정열을, 그것을 신음하고 있다. 모든 것을 잃었음에도 왜 정열만은 남는 것일까, 거지에게는. 가가호호의 대문을 두드리는, 거지에게 남아서 사라질 것 같아 뵈지 않는 그 정열, 차분히 생각해보자. 저 벽이 어쨌단 말인가. 왜 그것이 허술하게 균형 잡히지 않아 보인다는 말인가. 가방은 그냥 가방일 뿐이고 선반은 그냥 선반일 뿐이고 벽은 그냥 벽일 뿐이다. 몬드리안이 어째서 저기에 적용될 수 있단 말인가. 거지의 정열이 그렇게 생각할 뿐이다. 던적스러운 정열이. 그러나 생각해보자. 가방은 가방인 동시에 직사각형이 아닐까? 선반은 선반인 동시에 직선이 아닐까? 벽은 벽인 동시에 정사각형이 아닐까? 나는 인간인 동시에? 뭐라고 설명할 수 없는 곡선의 평면이다. 마티스의 저 여인들처럼, 화려한 풍경 속에서 창백

한 백지로 남는, 곡선으로 이루어진 어떤 하얀 평면. 고운 커튼을 드리워놓고 싱싱한 화초를 가꾸어놓고 하늘이 엿보이는 유리창을 달아놓은 그러한 방 속에서 그러나 그 모든 것을 설치해놓은 여인은 텅 빈 백지. 동그라미를 저 벽에 붙이러 일어나보자. 할 수 있겠지? 자아, 내게 가장 귀한 고정관념으로써.

(1963)

다산성

돼지는 뛴다

카운터의 뒷벽에 걸려 있는 전기 시계는 정확하게 6시 반이었다. 거짓말 같아서 손목시계를 보았더니 그것도 6시 반이었다. 초침이 자리를 바꿔 가고 있는 것을 보고 있으니 그제야 시간이 믿기워졌다. 놈들의 웃음소리가, 따로 문이 없는 별실에서 내가 서 있는 다방 입구까지 들려왔다. 녀석들 빨리도 왔군. 이제 레지가 그들을 나무라기 위해서 달려가겠지. "당신들만 손님이 아니에요." 그러나 아무도 레지의 꾸중을 겁내지 않는다. 녀석들 중의 한 놈은 레지의 손을 슬쩍 잡고 "알았습니다, 알았대두요." 그러면서 주물럭주물럭. "이이가!" 레지는 잡힌 손을 홱 빼내면서 눈을 흘기겠지. 다시 웃음소리.

이상한 일이다. 하나하나를 보면 모두 소심하고 말이 드문 애들이다. 그런데 모이기만 하면…… 우리 열 명이라는 밀가루는 반죽이 되면 엉뚱하게도 찐빵이 된다. 하나하나가 지고 있는 분위기는 서로 비슷하면서도 그들이 모였을 때는 전혀 다른 분위가 되어버린다. 조용한 밀가루들은 떠들썩한 찐빵이 되는 것이다.

물론 나는 그게 싫은 건 아니다. 가끔 감당해내기에 벅찰 때가 있을 뿐이다. 그 자체로서 생명을 가지고 있는 찐빵은 대대로 우리를, 찬 겨울날 밤에 남산 꼭대기에 올려놓기도 하고 종삼 골목 속에 몰아넣기도 하고 술집의 사기그릇 든 찬장을 뒤집어엎는 데 끌어내기도 하고

또 때때로 우리로 하여금 눈깔사탕 봉지를 안고 양로원들의 썩어가는 대문을 두드리게도 한다. 모두 찐빵의 횡포 때문인데 우리는 찐빵에게 질질 끌려다니기만 한다.

찐빵, 두려운 찐빵, 나는 다방 입구에서 처음으로 우리를 지배하고 있는 자의 상판대기를 똑똑히 보았다. 그 왕초의 주먹이 내 등을 아프도록 치는 것을 이따금 느끼기는 했지만 그날 오후에야 나는, 왕초의 푸르딩딩한 얼굴을 똑똑히 본 것이다. 그러나 나는, 왕초의 손아귀에서 벗어날 수 없음도 동시에 보았다. 마치 원숭이가 부처님의 손아귀에서 벗어날 수 없음과 같이 귀여운 데가 있는 찐빵의 표정, 내게 관심을 가지고 있다는 듯한 그의 눈짓. 오오 거룩한 찐빵이여라고 소리 내어 외치는 것이 차라리 현명할지도 모른다고 나는 생각했다.

와 터지는 웃음소리, 열 발자국쯤 저편에서 왕초가 손짓을 하고 있었다. 알겠습니다. 나는 히쭉 웃고 그쪽으로 걸어갔다.

약속 시간의 정각에 나타난 내가 가장 늦게 온 셈이었다. 그렇지, 찐빵의 시계는 항상 빨랐었지. 나는 친구들을 둘러보았다. 기름칠해서 빗어 넘긴 머리, 하얀 와이셔츠 칼라, 갈색이나 초록색 계열의 색깔을 한 넥타이, 감색 양복, 무릎 위에 또는 탁자 위에 올려놓거나 궁둥이 밑에 깔고 있는 도시락이 들어 있는 서류용 대형 봉투―지난봄에 대학을 졸업하고 1만원 미만의 월급쟁이가 된 자들의 유니폼이었다.

"넌 어디로 갔으면 좋겠니?"

사회 비슷한 역을 맡고 있는 운길이가 내게 물었다.

"글쎄, 대부분이 행주산성이니까 글루 정하지 뭘."

내가 대답했다.

"더 좋은 데루 다른 장소는 생각나지 않니?"

"별로 생각나지 않는데."

"그럼 우리 다수결로 정하자."

운길이가 좌중을 둘러보았다. 행주산성으로 결정되었다. 그리고 다른 제안이 나왔다. "계집애들을 끼울까?" '계집애'—역시 '지난봄의 졸업생' 아니면 찐빵의 어휘들 중의 하나인지!

"먼저 끼울까 말까부터 정하고 만약 끼운다면 어떤 그룹을 잡느냐 아니면 각자가 데리고 오느냐를 정하기로 하고 그다음엔 계집애들에게서도 회비를 받느냐 받지 않느냐를 정하기로 하고 그다음엔 받으면 얼마를 받느냐를 정하고 그다음엔 도시락을 계집애들에게 만들어 오게 하느냐 식당에 주문하느냐를 정하고……."

운길이가 들놀이에 경험 많다는 것은 증명되었으나, 아깝게도 계집들은 끼우지 않는 게 오붓한 술타령을 할 수 있다는 다수결이었다.

"그럼 술은 무얼로 하지?" 술에 약한 내가 제안했다.

"막걸리냐? 소주냐? 소주라면 '진로'냐? '삼학'이냐?"

운길이가 좌중을 둘러보았다. 다수결은 소주의 편, 다수결은 단맛이 나지 않는 '진로'의 편, 다수결은 대단한 술꾼이었다.

"그럼 도시락은 어떻게 할까?" 운길이의 얼굴은 서치라이트였다.

"애, 애, 도시락도 도시락이지만 말야……." 서치라이트는 탈주자를 포착했다. 탈주자는 신이 나게 뛰었다. 탈주자는 우리 중에서 키가 제일 작은 정태였다. 우리는 그를 정어리와 명태의 튀기라고 놀리곤 한다. 아닌 게 아니라 그의 고향도 정어리와 명태의 명산지인 함경도다. "소주의 안주에는 돼지고기가 그만이거든. 어때? 돼지고기 파티를 갖기로 하는 게 말야. 이를테면 돼지 한 마리를 가지고 가서 통돼지 구이를 만들어 먹는다는 말야. 거 있잖아? 서부 영화나 바이킹 영화에 잘 나오는."

좌중에서 와 하고 환호 소리가 터졌다. 탈주자는 찐빵의 가호 밑에 있었다. 돼지, 아 그것은 먹음직스럽다. 찐빵이여, 만세.

쪽지가 하루 종일 나를 지배했다. 내가 하숙하고 있는 집에서 내게 밥상을 날라 오는 것은 숙이었다. 아침밥을 먹고 나서 나는 밥상 위에 쪽지 편지를 두고 나왔다. 숙이가 밥상을 내어 가는 것을 나는 확인했다. 숙이는 쪽지에 쓴 나의 편지를 읽었을 게다.

숙이, 그 여자는 옛날 어느 천사의 정통적 후손이다. 만일 옛 한 천

사에게 생식기가 있었다면 그래서 그 생식기가 어느 날 그 천사로 하여금 딸 하나를 갖도록 명하고 그 딸이 딸 하나를 낳고 또 그 딸이 딸 하나를 낳고…… 딸의 역사는 계속되고 그래서 낳아지는 딸마다 천사가 넣어준 피는 흐려졌다고 해도 그러나 우생학은 유전인자의 변덕스러움을 우리에게 보장해준다. 아마 옛 천사가 낳아놓은 대대의 수많은 손녀 중에서 가장 그 여자와 닮은 손녀는 숙이일 것이다.

천사는 웃을 줄을 모른다. 천사는 때때로 어지러운 듯이 부엌 문기둥에 손을 짚고 그 손등에 이마를 대고 옆 눈길로 마당만 한 크기의 하늘을 오랫동안 올려다본다. 천사의 볼은 추운 날엔 때가 엷게 일어서 분가루를 잘못 바른 것처럼 가련하다. 말수 적은 천사는 그러나 밥상을 들어줄 때 "많이 드세요"라고 말한다. 천사는 서글프게 웃으면서 그 말을 한다. 고등학교만 나온 천사는 초등학교 3학년에 다니는 동생을 가르친다. 천사의 나직나직한 목소리는 "사구삼십육, 오구사십오……"가 되어, 불 꺼버린 나의 방으로 그 여자 방의 전등 불빛과 함께 스며들어 온다. 천사는 세금 받으러 온 사람 앞에서도 말을 더듬는다. "어머니가 시장에서 돌아오시면……"이란 짧은 말을 하는 데도 5분쯤은 걸린다. 천사는 껍데기가 나무로 되어 있는 고물 같은 라디오를 사랑하여 시간 나는 대로 그 앞에 앉는다. 천사의 라디오는 돌아가신 그 여자의 아버지가 부자였다는 증거품으로서 몇 개 남아 있

지 않은 물품 중의 하나이다. 천사는 결코 라디오의 볼륨을 높이지 않는다. 천사는 내가 방 안에 들어 있을 때는 항상 공부를 하거나 요컨대 중대한 일을 하고 있는 줄로 안다. 천사는 내가 방 안에서 소설책이나 읽고 벽에 낙서나 하고 팬티의 고무줄 밑으로 손이나 넣고 누워 있는 줄은 상상도 하지 않는다. 천사는 내가 신문사에 취직하여 처음으로 출근하는 날, 새벽 4시부터 부엌에 나와 달그락거리며 밥을 짓는다. 천사는, 처음 출근한다는 기쁨 때문에 역시 새벽 4시에 잠이 깨어 있는 나를 아직도 자고 있는 줄로 알고 김치가 있는 장독대로 가기 위해서 내 방 앞을 지날 때 발소리를 죽여 조심조심 걷는다. 천사는 나를 사랑하지 않는다. 다만 천사는 그 앞에서 조심하지 않으면 안 될 손님처럼 나를 생각하고 있을 뿐이다. 천사는 내가 다른 곳으로 하숙을 옮겨 갈까 봐 항상 두려운 눈길로 나를 바라다본다. 천사는 자기 집이 다른 곳과 같은 액수의 하숙비를 받으면서도 반찬은 유난히 좋지 않다는 것을 잘 안다. 천사는 때때로 밤이 깊었을 때 마루에 나와서 소리 죽여 운다. 천사가 우는 이유는 밤하늘처럼 어둡기만 하다. 천사는 성우가 되기 위해서 공부한다. 천사는 고은정의 목소리를, 장서일의 목소리를, 유병희의 목소리를, 윤미림의 목소리를 틀림없이 흉내 낼 줄 안다. 천사의 어머니가 방송 드라마 대본 하나를 구해다 줄 것을 나에게 부탁한다. 천사는 내 방의 불이 꺼지고 내가 잠이 들었

으리라고 짐작되면 내가 구해다 준 대본을 보며 연기 공부를 한다. 천사는 우는 장면을 여러 가지 형식의 울음소리로 연습한다. 천사는 우는 장면을 연습하고 나서는 멋쩍은 듯이 쿡쿡 웃는다. 천사는 여러 가지로 웃을 줄도 안다. 천사가 웃는 연습을 하고 있을 때는 천사가 아닌 것 같다. 천사가 예술이 어떤 것인가를 나에게 가르쳐주고 있다. 천사는 어느 방송국의 성우 모집 시험에 응시한다. 천사의 목소리는 마이크에 맞지 않는다. 천사는 불합격이다. 천사는 더욱 웃을 줄을 모른다. 천사는 이제 방송 드라마 프로는 듣지 않는다. 천사는 자기의 불합격을 몹시 부끄러워한다. 천사가 만일 그 여자의 소원대로 성우가 되었더라면, 아, 얼마나 좋았을까! 천사는 쾌활해졌으리라. 천사는 내가 밀회를 신청하더라도 응할 만큼 스스로를 떳떳하게 생각했으리라. 천사의 손은 너무 빨리 늙어간다. 천사의 손은 구공탄 재가 담긴 쓰레기통과 말표 세탁비누와 찬물 때문에 마흔 살을 먹어버린다. 천사의 마음의 나이는 그 여자의 얼굴 나이와 손의 나이를 합친 것만큼은 된다. 천사는 예순 살, 천사는 할머니, 천사는, 아, 곧 죽어버릴지도 모른다.

그렇지만, 제각기의 인생인 것이다. 스무 살짜리의 얼굴을 가진 할머니는 반드시 불행한 법이라고 누가 나에게 가르쳤단 말인가. 설령 불행하다고 하더라도 누가 아침 밥상 위에 쪽지를 써두고 나오는 따위의 서투른 짓을 하라고 나에게 속삭였단 말인가. "같은 집에 살면

서 말도 변변히 주고받지 못하였군요. 꼭 그래야 할 이유도 없으면서 말입니다. 시간이 나신다면 오후 8시에 요 앞 한길에 있는 매미다방으로 나와주셨으면 고맙겠습니다. 차라도 함께 들면서 세상 돌아가는 얘기나 해보았으면 좋겠습니다." 편지 자체는 별로 우스울 게 없었다. 그러나 그 여자를 다방으로 불러내야 할 이유를 스스로도 충분히 납득하고 있는지가 문제이다. "세상 돌아가는 얘기나 해보았으면." 배꼽 빠질 이유였다. 그 여자는 죽을지도 모른다는 생각도 우습기 짝이 없는 이유가 된다. 그런 생각 속에 숨어 있는 엄청난 기만, 교활, 위선을 과연 스스로 감당해낼 자신이 있다는 얘기인지. 차라리 "그 야자가 탐이 난다"라고 말해보자. '탐', 그것은 우선 그 여자의 하반신을 나의 하반신에 밀착시키는 짓이라고 생각해보자. 그러면 이유는 훌륭하다. 그러나 그것만으로써 끝나버린 상태는 상상할 수가 없었다. '탐'의 대상도 선택되어진 것이니까라고 생각하면 그 '탐' 속으로 자기를 무작정 몰아넣을 수는 있다. 그러나 선택 이후의 사태에 대한 책임을 지는 것은 지금의 내가 아니라 나중의 나이다. 책임지기가 싫어진다면 혹시 모르지만 만일 책임지고 싶어지고 그런데 그건 잘 안 되고 할 때는? 나중의 나로 하여금 갈팡질팡하도록 일을 만들어놓는다는 건 그녀에게 미안스러운 일이다. 제각기의 인생은 제각기의 것이다. 참 옳은 말씀이다. 왜 쪽지 편지를 썼던가. 혹시 나는, 한 인생과 다른 인생

이 접합점을 가졌을 때엔 이 인생도, 저 인생도 동시에 좋은 방향으로 달라지리라고 상상하고 있었던 것일까? 여자, 그것은 스물다섯 살짜리 사내에겐 생활을 구입하는 많은 방법 중의 하나가 될 수 있으니까? 천사 같은 여자, 그것은 나의 종교 노릇을 할지도 모르니까? 하반신을 밀착시키고 싶다는 탐이 거짓된 이유인가? 그 여자는 죽을지도 모른다는 추측이 거짓된 이유인가?

그러나 그런 것을 생각하기에는 너무 이른지도 몰랐다. 숙이가 다방으로 나올 것인지 아닌지가 의문이어야 할 때였다. 나왔다고 하더라도 내가 차 한잔 사준 걸로 우리가 만나는 행사는 끝나버릴 수도 있는 일이었다. 오늘 저녁부터 두 사람의 인생이 금방 달라지기 시작한다고 얘기할 수만은 없었다.

6시에 회사에서 퇴근하자마자 나는 어제저녁 운길이와 약속한 장소로 갔다. 운길이와 내가 돼지 구하는 일을 맡기로 하였었다.

검붉은 색깔은 분명히 미각을 자극한다. 미각을 가진 것은 고등동물이다. 고등동물 고등동물 고등동물……. 고등동물이란 말을 입속에서 짓씹고 있으려니까 그 말의 의미는 마치 이빨에 의해서 잘게 부서진 살코기처럼 목구멍 속으로 넘어가버리고 그 말의 자음과 모음만이 질긴 껍질처럼 혓바닥 위에 생소하게 남아 있었다. 유리로 된 진열장

속에서 고깃덩어리들은 흐느적거리며 서로서로 기대고 있었다.

달구지를 끌고 가는, 배 언저리에 오물이 말라서 조개껍데기처럼 붙어 있는 황소와 푸줏간의 진열장 속에 널려 있는 고기를 연결시켜서 생각한다는 것은 힘든 일이다. 그것이 힘들다는 사실을 아껴라.

"찐빵이 내린 계명 중의 하나이다."

군대에서 제대한 지 오래지 않은 듯, 젊은 푸줏간의 주인은 몸이 날래 보였고 친절했다.

"조그만 돼지 한 마리라구요? 잔치에 쓰시려는 겁니까?

"말하자면, 잔치에 쓰는 셈이죠." 운길이가 말했다. "댁에 부탁하면 구할 수 있습니까?"

"예, 물론 구할 수 있습니다. 그런데 몇 근짜리를 말씀하지는 지……."

"몇 근짜리라니요?"

"돼지의 무게 말입니다. 고기가 많이 붙은 큰 돼지는 근이 많이 나갈 게 아니겠어요. 따라서 값도 그만큼 비싸고……."

"사오천 원에 살 수 있는 것은 몇 근쯤 됩니까?"

"사오천 원이라, 사오천 원…… 아마 팔구십 근짜리는 사실 수 있겠군요. 그렇지만 잔치에 쓰시려면 200근짜리는 쓰셔야죠."

"200근짜리는 얼마나 큽니까?"

"아주 크죠. 어지간한 송아지만큼은 되니까요."

"비싸겠군요."

"만 원 정도면 살 수 있습니다."

"아니 그렇게까진 필요 없어요. 우리들이 하는 잔치엔 열 사람밖에 오지 않거든요. 모두 식성이 좋긴 하지만 소화할 능력에 한계가 있으니까요. 사오천 원 정도로 구할 수 있는 건 아주 작을까요?"

"열 사람에겐 사오천 원짜리도 크죠."

"알겠습니다. 고맙습니다."

나는 주인에게 말하면서 운길이의 팔을 잡아끌었다. 운길이는, 얘기는 이제 시작되는 게 아니냐는 얼굴로 내게 끌려서 푸줏간 밖으로 나왔다. 푸줏간 역시 어디선가 돼지를 사 와야 한다면 우리가 직접 돼지 기르는 곳을 찾아가서 사는 것이 싸게 살 수 있으리라고 나는 생각한 것이었다.

"그렇지만 귀찮지 않아? 푸줏간에 부탁해버리는 게 나을 거야." 운길이가 말했다. 운길이의 말투가 정말 귀찮아죽겠다는 것이므로 그것이 나만의 용어라는 것을 미처 깨닫기 전에 가벼운 분노조차 섞인 음성으로 나는 말했다.

"하지만 찐빵은 우리가 귀찮은 일을 해내어야만 우리를 신임하는 거야."

"찐빵? 찐빵이 뭐지?"

운길이가 물었다. 나는 나의 실언을 깨달았다. 그러나, 우기면 무언가 전해지는 법이다.

"찐빵은 위대한 존재야. 찐빵은 지고한 곳에 계신 존재지. 그분은 무엇이든지 할 수 있어."

나는 운길이의 시선을 나의 시선에 비끌어 맨 뒤에 힐끔 밤하늘을 올려다보았다. 운길이의 시선도 밤하늘로 향해졌다.

"네가 말하고 있는 건 예수쟁이들의 하느님이냐?" 운길이가 물었다.

"천만에, 그 하느님은 이브가 설마 능금을 훔쳐 먹을 것까지는 미처 몰랐지만 찐빵은 그것까지도 미리 알 수 있는 존재야."

가로등의 불빛과 여러 상점에서 쏟아져 나온 불빛과 빌딩의 창마다에서 새어 나온 불빛들이 밤하늘과 우리 사이를 돼지 오줌보만큼의 두께로써 가로막고 있었다.

"이 녀석아, 농담하고 있을 때가 아니야. 빨리빨리 알아보고 집으로 가얄 거 아냐?"

운길이가 투덜거렸다. 히히 하고 나는 웃었다. 그러나 나는 슬펐다. 운길이가 찐빵을 의식하지 못하는 한 찐빵은 그에게 구원의 자비로운 손길을 내밀 것이다. 그러나 나는, 나는 사지로 밀파되는 간첩이 될 것이다. 어느새 이중간첩 노릇을 하게 되고 그러다가 어느 날엔가는 어

242

느 어두운 골목이나, 밤 깊은 강변으로 끌려가서 칼로 목을 찍혀 피를 내뿜으며 거꾸러질 것이다. 찐빵은 자기의 얼굴을 보아버린 자를 그냥 두지는 않을 것이다. 그는 어떻게 할 것인가?

"찐빵은 훌륭한 분이야."

나는 주문을 외우듯이 말하고 나서 다시 밤하늘을 올려다보았다. 돼지 오줌보만큼의 두께밖에 가지지 못한 저 불빛들이 현란한 무늬를 가지고 나의 시력을 교란시키고 있었다.

"너 돌았니?" 운길이가 말했다.

"아아니." 나는 다시 히히 웃었다. 그리고 말했다.

"돼지는 말야, 내가 알아볼게. 오늘은 그만 헤어지자."

"알아볼 데가 있어?" 운길이가 물었다.

"하숙집 주인아주머니가 남대문시장에서 야채 장사를 하는데 장사꾼들끼리는 싸게 구할 수가 있을 거야."

"그래? 그럼 나도 알아보겠지만 너한테 맡긴다. 내일 저녁까진 확실하게 구해놓아야만 한다는 건 잘 아실 게고 그리고…… 그럼 내일 만나자. 자 돈은 네가 가지고 있고 그리고…… 그럼 내일 만나자. 내일 우리 회사로 전화해. 참 우리 어디 가서 대포 한 잔씩 할까?"

"난 그냥 들어가야겠어."

나는 시계를 보았다. 8시가 지금 지나가고 있는 중이었다. 택시를

타지 않으면 안 되겠다. 만일 여자가 나와 있지 않다면? 통금 시간 바로 전쯤 집으로 들어가리라. 그 여자가 대문을 열어주러 나오면 거짓술 취한 척 비틀거리리라. 아무 말 하지 않고, 천사는 그런 내 꼴을 보면 가슴이 아프겠지. 만일 아프지 않다면? 아프지 않다면 천사가 아니다. 아니다. 천사라면 콧구멍도 간지럽지 않을 게다.

　매미다방을 전봇대 한 칸쯤의 간격으로 저쪽에 두고 나는 택시를 내렸다. 그곳은 어떤 양장점 앞이었는데 마네킹을 세운 쇼윈도 안의 형광등이 낡았는지, 불이 사그라졌다가 다시 켜지곤 했다. 마네킹 역시 명멸하는 불빛 때문에 시력을 가눌 수가 없다는 표정이었다. 인도에선 가을 저녁 바람을 즐기는 대학생 차림의 아베크들이 몇 쌍 눈에 띄었다. 모두 고행하는 수도승들처럼 진지한 얼굴을 하고 있으리라는 나의 상상을 그들의 어깨 모습과 걸음걸이가 보증해 주고 있었다.
　나는 숙이가 나와 있을까 있지 않을까 하는 판단을 나의 예감에 물어보았다. 어떠한 예감이 완전히 나를 지배하면 막상 닥친 현실은 흔히 예감의 반대였다. 그래서 요즈음엔 나의 예감은 우왕좌왕하며 나를 지배할 만한 판단을 옛날처럼 곧잘 내려주지 못하였다. 예감에게 충분한 시간을 주었을 때엔 희미하게나마 나에게 어떤 판단을 내려주기는 하지만 그날 저녁 내가 예감에게 준 시간은 전봇대 한 칸 사이의

분량밖에 되지 못했기 때문에 그것에게서 어떤 대답을 얻는다는 것은 완전히 불가능했다. 이미 나는 다방 입구에 서 있었다.

다방 안으로부터 어떤 기타 곡이 불투명 유리를 통하여 다방 밖으로 스며 나오고 있었다. 나는 잠시 동안 그 곡을 들으며 문 앞에 서 있었다. 〈금지된 장난〉이라는 프랑스 영화의 주제곡이었다. 장난이라는 단어가 무언가 건져보려고 허우적거리는 그때의 내 그물에 걸렸다. 장난, 어른들이 어린애들의 행위를 평가할 때 쓰는 자의 한 눈금. 일부러 그 눈금에 맞추기 위하여 행위하는 사람은 하나도 없다. 그런데도 불구하고 생긴 일정한 뜻을 가진 말.

숙이를 불러낸 것이 장난이라면, 천사의 후예라고 좀 엄살을 부리자. 겨우 그 여자를 거의 있는 그대로 표현한 듯하던 느낌도 장난이어야 했고, 택시를 잡아타고 거기까지 달려오던 것도 장난이어야 했고, 그리고 다방 문 앞에 연극 속에서 우두커니 서 있는 것도 장난이어야 했다. 아무것도 장난이 아니었는데 우두커니 서 있는 동안 놀랍게도 그 모든 것이 장난처럼 생각되어버렸다. 장난이 아닌 것으로서 유일한 것은, 만일 그 여자가 지금 저 속에 앉아 있는데도 불구하고 여기서 내가 그냥 돌아서버린다면, 혹시 그 여자가 차를 마셨을 경우 그런데 나를 믿고 돈을 가져오지 않았을 경우에 그 여자가 당할 봉변이었다. 얼마든지 가능할 수 있는 그런 사태, 오로지 그것 때문에 나는 다

방 문을 밀고 안으로 들어섰다.

다방 안쪽의 어두운 구석까지 가보았지만 그 여자는 나와 있지 않았다. '그럴 리는 없지만 혹시' 하는 생각으로 다방 입구에 마련되어 있는 심장 모양의 메모판을 훑어보았다. 나를 위한 쪽지는 없었다. 그러자 나는 장난은 이미 끝나버렸고 그런데 그 장난은 내가 아직 장난이라고 생각하기도 전에 벌써 장난이라는 모습을 해버렸었다는 것을 깨달았다. 나는 손목시계를 보았다. 8시 15분이었다. 내가 정해준 시간을 내가 15분이나 어기고 있었다. 그러자 그 여자는 혹시 아직 오지 않은 것인지도 모른다는 생각이 들었다. 여자와 처음으로 시간 약속을 했을 때엔 여자가 약속 시간보다 늦게 나온다는 것은 일종의 에티켓이다. 나는 앉아서 기다려보기로 했다. 장난은 아직 끝나지 않고 있었다. 장난이 끝날 때를 나는 별로 초조해하지도 않고 기다리고 있었다.

살찐 레지가 재떨이와 성냥과 물수건을 두 손에 나눠 들고 내 앞으로 다가왔다. 가을에 주는 물수건은 뜨거운 것일까 찬 것일까? 물수건은 찼다. 무슨 차를 들겠느냐는 말을 심드렁하게 하고 나서, 내 대답을 들은 뒤, 레지는 문득 잊고 온 물건을 가지러 다시 집 쪽으로 몸을 돌이키듯이 돌아서서 넓은 엉덩이를 느릿느릿 흔들며 카운터 쪽으로 걸어갔다. 레지는 성냥개비로 한쪽 귀를 후비며 분홍빛 딱지를 주방으로 통하는 구멍 속으로 밀어 넣었다. 레지는 잠바 차림으로 혼자 앉아

있는 남자 손님 앞으로 걸어가더니 그 남자의 맞은쪽 의자에 털썩 주 저앉았다. 레지는 그동안 잠시 멈추고 있던 귀 후빔질을 다시 시작하 며 남자에게 무어라고 말하고 있었다. 남자는 엄숙한 얼굴로 한 손을 뻗쳐서 레지의 가슴께를 가리켰다. 레지는 높은 소리로 웃으며 남자 의 뻗친 손을 탁 쳤다. 남자는 빙긋 웃으며 내게로 시선을 돌렸다. 나 는 남자를 건너다보고 있었다. 그의 시선을 피해야 할지 어쩔지를 몰 라서 나는 잠시 동안 눈동자를 이리저리 굴렸다. 그 남자 역시 그런 것 같았다. 나는 시선을 돌리지 않기로 작정했다. 그러기 위해서는, 노 려본다는 형식을 취하기보다 그저 무심히 바라보고 있다는 형식을 취 하기로 하였다. 그 남자가 고개를 다시 레지 쪽으로 돌렸다. 무어라고 말하였는지 이번에는 레지와 함께 고개를 돌려서 나를 보았다. 이번 에 나는 레지의 시선에 내 시선을 부딪치게 하였다. 레지가 잠바 쪽으 로 얼굴을 돌리며 무어라고 말하고 나서 일어났다. 레지는 카운터 쪽 으로 느릿느릿 걸어갔다. 남자의 시선이 내 볼에 와 닿아 있는 것을 나는 느꼈다. 내 볼이 근질거렸다. 레지는 주방으로 통하는 구멍에 대 고 무어라고 말하고 있었다. 접시에 받친 커피 잔이 그 구멍으로부터 밀려 나오고 있었다. 레지와 찻잔의 풍경을 갑자기 무엇이 가로막았 다. 나는 시선을 위로 보냈다. 뜻밖의 환희 같은 느낌이 강렬하게 나를 흔들었다. 숙이가 참 거북해죽겠다는 표정으로 내 앞에 서 있었던 것

이다.

"앉으시죠."

나는 일어서며 내 맞은편 의자를 손짓으로 가리켰다. 숙이는 서투른 솜씨로 의자를 약간 뒤로 밀쳐내며 조심조심 앉았다. 나는 별생각 없이 잠바 차람의 남자를 흘깃 돌아봤다. 잠바는 담배를 피워 물고 앉아서 나를 노려보고 있었다. 나는 얼른 숙이 쪽으로 시선을 돌렸다.

"전 나오시지 않나 했습니다." 내가 말했다.

숙이는 입술을 쫑긋거리며 미소했다. 집에서 입는 옷차림 그대로였다. 낡은 반소매 털실 스웨터와 역시 낡은 바지를 입고 고무신을 신고 있었다. 머리 역시 가다듬지 않은 단발이었다. 자취하는 여학교 학생이 바구니를 들고 시장에 나왔다가 잠깐 다방에 들른 것 같았다. 집에서 늘 보는 그런 차림이 오히려 나에게 특이한 인상을 주었다. 그 여자가 만일 나올 경우엔 으레 좋은 옷을 입고 머리도 가다듬고 나오리라고 무의식 중에 나는 그렇게 생각하고 있었던 모양이었다. 정말 그여자가 그렇게 하고 나왔다면 나는 그 여자 옷차림에서 아무런 인상도 받지 못하였을 것 같았다. 그것이 좋은 인상이든 나쁜 인상이든.

레지가 찻잔을 내 앞에 놓고 나서, 마치 길거리에서 희극 배우를 보는 듯한 얼굴로 숙이를 내려다보고 서 있었다.

"무얼 드시겠어요?"

내가 숙이에게 물었다. 숙이는 숙이고 있던 고개를 더욱 가슴 쪽으로 내리박으며 얼굴을 붉혔다. 그러나 "커피"라는 말을 내가 알아들을 수 있을 만큼은 크게 발음하였다. 레지가 돌아서서 갔다.

"제 편지 우스웠죠?"

나는 호주머니에서 담뱃갑을 꺼내며 말했다. 여자는 고개를 숙인 채 침묵.

"어머니 아직 안 들어오셨지요?"

여자는 숙인 고개를 끄덕였다. 그리고 침을 삼키고 나서 "네"라고 "커피"만큼 작게 말했다.

"동생들은 학교에서 다 돌아왔겠고요……."

고개를 끄덕거리고 그다음에 "네."

"오늘 낮엔 무얼 하셨어요?'

고개를 숙인 채 침묵.

"빨래하셨어요?"

침묵. 나는 방금 한 질문은 나빴다고 생각했다. 그러고 나니까 나는 할 말이 없었다. 나는 레지가 숙이 몫의 차를 빨리 가져오기를 바랐다.

장난은 너무 심심하게 끝나버릴 것 같은 예감이 들었다. 처음부터 장난이 아니었다는 생각이 들었다. 숙이의 수줍음에서 생긴 침묵이 나를 안타깝게 만들었다. 너무 무의미하게 우리의 만남이 끝나버릴

것 같았다. 내가 그 여자에게 묻고 있는 말들이 따지고 보면 그 여자로서는 고갯짓만으로써도 충분히 대답할 수 있는 것이긴 했지만 너무 공허한 것으로 생각되었다. 내가 조금 전에 입을 놀려서 무어라고 말했는지 어쨌는지조차 말이 끝난 바로 다음에는 의심이 되곤 했다. 내가 하는 말들이 그 여자와 나 사이를 메워서 둘을 연결시켜주고 있는 것 같아서 나는 화제를 만들려고 애썼다.

"돌아오는 일요일 날 그러니까 모레죠. 친구들과 행주산성에 놀러 가기로 했거든요. 돼지 한 마리를 사가지고 가서 통째 구워 먹기로 했어요."

숙이는 무엇을 상상했는지 잠깐 고개를 들어서 나를 건너다보며 자기의 어깨를 가만히 조였다.

"돼지고기 싫어하세요?" 내가 물었다.

"네." 그 여자가 대답했다.

"제가 돼지고기를 가장 좋아하는 건 유숙 씨와 시골에 계시는 저의 어머님이 가장 잘 아실 겁니다."

숙이는 고개를 좀 더 숙였다. 아마 웃는 모양이었다.

"육류를 좋아하면 살갗이 거칠어진다면서요? 그래서 여자들은 고기를 좋아하지 않는다면서요?"

웃는 모양이었다.

"나쁜 화장품을 써도 살갗이 거칠어진다면서요? 그래서 국산품을 쓰지 않는다면서요?"

웃는 모양이었다.

레지가 커피를 가져왔다. 한참 동안 내가 들기를 권한 뒤에 숙이는 겨우 찻잔을 들고 커피 몇 방울을 입술에 묻힌 둥 만 둥 하고 다시 탁자 위에 잔을 놓았다.

"제 친구들 중에 한 방울만 혀에 대보고도 그게 진짜 커피인지 가짜 커피인지 가려내는 놈들이 있죠. 전 모두 진짜 같기도 하고 모두 가짜 같기도 해서 아직 커피 마실 자격이 없나 봐요."

커피 얘기, 살갗 얘기가 숙이에겐 얼마나 짐스런 화제였다는 것을 나는 아직도 모르고 있었다. 그 여자가 천사라고 해도 날개가 등에서 솟아나 있기 때문에 하늘을 날아다닐 수 있는 천사가 아니라 잠자리 날개로 지어진 옷을 입었기 때문에 하늘을 날 수 있는 천사라는 것을 모르고 있었다. 나무꾼에게 옷을 도둑질당하고 나면 별수 없이 땅에서 베를 짜고 아이를 낳으며 살아야 하는 그런 천사였다는 것을 나는 아직 모르고 있었다.

찻잔이 비자마자 나는 계속해서, 영화에 대한 얘기, 방송극에 대한 얘기, 해외 토픽난에서 본 얘기, 내가 어렸을 때 본 만화에 대한 얘기, 유머를 모아놓은 책에서 읽은 얘기, 내 직장인 신문사에서 주위들은

얘기, 심지어 외국의 유명한 작가나 철학가들의 에피소드까지 5톤쯤 늘어놓았다. 내 얘기들의 무게가 드디어 그 여자의 고개를 들어 올리게 하는 데 성공했다. 그 여자는 내처 미소를 띠거나 손으로 입을 가리고 고개를 숙이며 웃거나 하면서 내 얘기에 귀를 기울였다. "재미있게 듣고 있는 중이니 어서 계속하세요."라고 그 여자가 마음속에서 말하고 있으리라고 내 속 편한 대로 정하고 나서 나는 그런 얘기들을 했다.

"오늘 낮엔 무얼 하셨어요?"

나는 값을 받는 듯한 태도로 물었다.

"옆집 마당 위에 고추잠자리 떼가 날아다니는 것을 보고 있었어요. 그 집 마당에 코스모스가 많이 있잖아요? 그 위를 잠자리 떼들이 마치 공중에 가만히 떠 있는 것처럼 하고 있었어요."

그 여자는 얼굴을 빨갛게 하고 그러나 고개는 숙이지 않고 성우처럼 또박또박 말했다.

"무슨 생각을 하면서요?" 내가 물었다.

"별루 생각 없었어요. 내년엔 우리 집 마당에도 코스모스를 심어야겠다는 생각 좀…….."

"코스모스 정말 좋지요? 고향엘 가느라고 가끔 기차를 타면 철둑 양쪽으로 코스모스가 피어 있곤 했지요. 한때는 코스모스 라인이라구 해서, 라인이란 건 영어로 '줄'이란 말이잖아요? 전국 철로 양쪽에 코

스모스를 심게 했다는데 요즘은 기차를 타도 그게 없어졌어요. 가뭄에 콩 나기로 어느 시골 정거장에나 좀 심어져 있곤 하지요."

그 여자 얘기의 분위기에 맞추느라고 기껏 한 내 얘기는 그러나 마치 쇼펜하우어가 잉크병에 돈을 숨겨놓고 쓸 만큼 의심쟁이였다는 얘기를 하는 투가 되어버려서 나는 자기의 얘기에 화가 났다.

"코스모스도 좋지만 잠자리 떼가 참……."

그 여자는 눈을 반짝이며 말했다.

"아, 고추잠자리……."

고추잠자리에 대한 내 나름의 회상이 또 나올 판이었다. 나는 그 여자의 말에 감동한다는 뜻을 나타내기 위해서는 더 긴 소리를 하지 않는 게 좋다고 판단했다.

"저어 집에 들어가시지 않겠어요?"

그 여자가 내 눈치를 살피며 말했다. 정말 너무 늦어 있었다. 11시가 가까워오고 있었다.

"어머님이 들어오셨겠군요."

나는 자리에서 일어서면서 말했다.

우리는 밖으로 나왔다. 전차 한 대가 창마다에서 따뜻한 불빛을 내쏟으며 빠르게 우리 앞을 지나갔다.

"동생들에겐 어디 간다구 하고 나왔습니까?"

"저어 김 선생님 만나러 간다구 하고……."

"아니 제가 만나자구 한다고 사실대로 말씀하셨단 말씀인가요?"

그 여자는 그럼 뭐라고 하느냐는 얼굴로 나를 올려다봤다. 그 여자에게 비밀을 간직하게 함으로써 나의 편이 되게 하겠다던 수법은 물거품이었다. 어쩌면 숙이는 자기 집 생활비를 일부 보태주고 있는 사람의 명령으로만 내 쪽지 편지를 이해하고 있었던지도 몰랐다. 내가 반찬을 좀 좋은 걸로 해달라는 얘기나 할 줄 알고 있었단 말인지 참.

"어머님께도 물론 저와 만난 사실을 얘기하시겠군요."

"네? 해선 안……돼요?"

그 여자는 놀란 듯한 얼굴을 하며 물었다. 그 놀란 듯한 얼굴이 음흉스러워 보이고 얄미워졌다.

"안 될 것도 없지만……."

나의 화난 듯한 말투에 숙이는 처음 다방에 들어왔을 때의 꼴로 다시 돌아갔다. 그 여자는 나의 몇 발자국 뒤에서 나를 따라왔다. 나는 자꾸 화를 내는 척함으로써 그 여자를 나의 편에 끌어들일까 하고 생각했다. 그러나 너무 얕은 꾀였고 그런 수법을 쓰기에는 아직 일렀다. 그렇다고 생각하자 진짜 화가 났다. 결국 장난으로 끝났고 다시는 되풀이하고 싶지 않은 장난이었다. 천사인지 돼지 발톱인지, 어느 풀밭으로나 끌고 가서 내 가슴 밑에 그 여자를 깔아뭉개버리고 싶었다.

"둘이 함께 집으로 들어가면 이웃 사람들이 수군거리지 않을까요?"

걸음을 잠시 멈춰서 그 여자가 가까이 왔을 때 내가 말했다. 내 말투만은 속과 정반대로 신선님의 그것 같았다. 그 여자는 우두커니 내 앞에 선 채였다.

"먼저 들어가세요. 난 조금 있다가 들어갈 테니까요."

내가 말했다. 신선님처럼 웃는 얼굴로. 내 웃는 얼굴을 보니까 안심이 된다는 듯이 그 여자는 미소하면서 고개를 숙였다. 염병할, 턱에다 쇠뭉치를 달았나, 고개는 잘도 숙인다.

"아까 저쪽 전봇대 옆에 서 있었는데 알아보시지 못하고 그냥 다방으로 들어가시더군요."

그 여자는 다방 문 앞의 전봇대를 가리키며 뚱딴지 같은 얘기를 했다.

"그래요?"

나는 또 한 번 신선님처럼 웃으면서 말했다. 어쩌면 이 바보 같은 여자의 마음속에도 무언가 전해졌는지도 모르겠다는 생각이 들었다. 그게 아니라면 아무것도 모른 척 자기를 잘도 꾸밀 줄 아는 굉장한 여자인지도 모른다는 생각이 들었다.

"자, 먼저 들어가세요."

나는 점잖게 말했다. 그 여자는 남대문 쪽으로 가고 나는 동대문 쪽

으로 가기 위해서 지금 헤어지는 듯한 느낌이 들었다.

내가 요 몇 시간 동안 만나고 있던 것은 숙이가 아니라 무어라고 말했으면 좋을지 모를 어떤 것, 나에게서도 조금은 나왔고 숙이에게서도 조금은 나왔고 의자에서도 조금은 나왔고 탁자에서도 조금은 나왔고 레지에게서도 조금은 나왔고 잠바에게서도 조금은 나왔고 음악에서도 조금은 나왔고 커피에서도 조금은 나왔고 마네킹에서도 조금은 나왔고…… 그렇게 나온 조금씩의 어떤 것들이 뭉친 덩어리였음을 저 앞에서 걸어가고 있는 숙이의 좁은 어깨를 보고 있는 동안에 나는 깨달았다. 그 여자는 멀어져갈수록 다시 하얀 천사가 되어 나를 유혹했다. 저게 유혹하는 표현이 아니면 무엇일까? 내 시선을 자기 등에 느끼므로 어깨는 웅크러지고 걸음걸이는 절룩거려지며 모로 쓰러질 듯하여 빠르게 걷지 않으면 안 되겠다는 듯한 저 여자의 뒷모습이 주는 것이 나를 유혹하는 행동이 아니라면 무엇일까?

나는 빠른 걸음으로 그 여자의 뒤를 쫓아가기 시작했다. 집으로 들어가는 골목 입구에서 우리는 다시 만났다.

"어머님께서 저와 만났던 얘기를 물으시면 무어라고 대답하시겠어요? 대답할 말, 준비해두셨어요?"

그 여자는 자기의 처지가 무척 딱하다는 것을 표정에서 숨기지 않고 "아니요"라고 대답했다.

"제가 왜 만나자고 했던가는 분명히 알고 계세요?"

그 여자는 고개를 푹 숙였다. 그리고 발끝으로 땅을 툭툭 차고 있었다.

"일요일 날, 제가 친구들과 놀러 가는데 돼지 한 마리를 구할 필요가 있어서 그것 때문에 숙이 씨에게 의논하려고 제가 만나자고 했다고 하십시오. 숙이 씨의 어느 친구 집에서 돼지를 기르는데 팔지 않겠느냐고 갔더니 그쪽에서 팔지 않겠다고 하여 그냥 돌아오다가 다방에서 차 한잔 사주기에 얻어먹었다. 아시겠습니까?"

숙이는 어둠 속에서 하얗게 이를 드러내놓으며 소리 없이 웃었다.

"저희 어머님이 무서우세요?" 그 여자가 물었다.

"남자들이 세상에서 가장 무서워하는 건 여자 친구의 어머님이라고들 하죠."

나는 '여자 친구'라는 말에 힘을 주었다. 힘을 너무 주었던지 그 여자의 고개가 푹 꺾였다.

"자, 그럼 먼저 들어가세요." 내가 말했다.

다음 날 아침, 숙이는 밥상을 방문 앞에 놓고 아무 말 없이 부엌으로 돌아가버렸다. 여느 때처럼 방 안에까지 밥상을 들여주지도 않았고 "많이 드세요"라는 말도 없이. 그것이 좋은 징조인지 나쁜 징조인지는 아직 판단할 수가 없었다. 그 여자와 나와의 관계에 무언가 변화

가 생긴 것은 분명했고, 그것이 내겐 다소 불쾌한 형태로 보였다는 것만 분명했다.

서울역 앞 광장의 남쪽에 있는 천막 휴게소 안에서 우리 열 명은 꿈틀거리는 자루를 앞에 놓고 아득한 느낌 속에 빠져 있었다. 바이킹족을 제안했던 정태 바로 그놈이, 나와 운길이가 번갈아가며 어깨에 메고 온, 주둥이와 네 발을 새끼로 묶어서 광목 자루 속에 넣은 돼지를 내려다보며 맨 처음 한숨을 내쉬었다.

"저걸 어떻게 요리한다지? 불을 피워놓고 불 속에 던졌다가 숯 덩어리가 되면 꺼내나, 도대체 우리 중에 저걸 요리할 놈이 있을까?"

"철사에 꿰어서 불 위에 올려놓고 빙글빙글 돌리며 구우면 되지 않아?"

누군가 말했다.

"양념을 발라가면서 말야. 통닭 굽듯이 하면 될 거야." 누군가 말했다.

"그렇지만 털도 벗기지 않고 그런 법이 어딨어? 먼저 목을 따서 죽여야 되고 배를 갈라서 내장도 긁어내야 하고……." 정태가 말했다.

"넌 그거라도 잘 아는구나. 난 돼지를 산 놈으로 보기를 수년 만에 보는 걸." 누군가 말했다.

"그러구 보니까, 난 고깃간 간판과 그림책에서밖엔 돼지를 본 것 같지가 않은데."

누군가 말하면서 쭈그리고 앉아 자루 묶은 걸 풀고 속을 들여다보다가 후닥닥 일어서면서 즐거운 목소리로 외쳤다.

"야! 정말 그림대로 생겼군. 근데 눈깔이 튀겨 먹기에는 너무 처량하게 맑은데."

자루는 계속해서 꿈틀거리고 있었다. 주둥이를 묶었기 때문에 꿀꿀거리지도 못하겠지만 목적지에 도달할 때까지 숨을 쉬고 있어주기를 나는 바랐다. 죽은 놈을 들고 가는 것보다는 아무래도 살아 있는 쪽이 덜 기분 나쁠 것 같았다.

"난 돼지고길 별루 좋아하지 않는데……." 누군가 말했다.

모두들 외국 영화의 어떤 장면을 실연한다는 것으로만 생각하고 좋아하고 있었나 보았다.

"정태, 네가 하면 되지 않아?" 내가 말했다.

"쥐새끼 한 마리 잡는 데도 벌벌 떠는 내가 어떻게 그걸 하니? 쥐덫을 놓을 줄 안다는 것과 쥐덫에 걸려 죽은 쥐를 집어낸다는 것 사이에는 질적으로 다른 용기가 필요한 거야. 쥐덫을 놓은 사람과 죽은 쥐를 집어내는 사람이 반드시 같아야 한다는 법은 없지 않아?"

그는 돼지를 자기 손으로 죽인다는 것은 생각만 해도 식은땀 나는

일이라는 듯이 얼굴을 찡그리며 말했다.

"좋아, 가르쳐만 줘. 내가 다 할게." 운길이가 결국 나서야 했다.

"출발하기 전에 준비할 것만 다 해야지. 무엇이 필요하지? 철사? 칼……."

정오가 거의 다 돼서 우리는 기차에 올랐다. 돼지가 든 자루를 의자와 의자 사이에 두고 운길이들이 몰려 앉아서 떠들고 있는 것을 저만큼 바라보면서 나와 정태는 떨어져 앉아 있게 되었다. 여느 때엔 바라봄의 대상이 되어 있던 곳에 자리를 잡고 바라보고 서 있던 그곳을 본다는 것은 신기하고 즐거운 일이다. 그것이 여행이라고 하는 것일까. 서울역 구내를 기차가 빠져나가는 동안 나는 염천교 위에 서서 기차가 지금 그 밑을 지나가고 있는 것을 보고 있는 나를 상상해보았고 서대문 담배 공장의 높은 굴뚝을 바라보면서는 나는 담배 냄새가 물씬 풍겨 나오는 공장 앞 한길을 걸어가고 있는 나를 상상해보았고 서대문 쪽 터널로 기차가 들어갈 때는 미동초등학교 앞 한길에서 기차가 굴속으로 들어가고 있는 것을 보고 있는 나를 상상해보았고 신촌역에 기차가 정거했을 때는, 그곳이 서울에서 멀리 떨어진 시골 같은 느낌이 들어서 바로 눈앞에 보이는 이화여대가 마치 서울에서부터 기차 꽁무니에 붙어 왔다가 기차가 서니까 슬쩍 내려서 시치미 떼고 거기에 서 있는 것처럼 괴기하게 눈에 비쳤다.

"사람은 그렇지 않은데 사람이 만들어놓은 것은 모두 장난감 같지 않아?"

정태가 나에게 속삭였다. 나는 정태를 돌아보았다. 녀석의 아프리카 토인처럼 툭 튀어나온 입술이 그때는 무척 영악스러워 보였다. 튀기는 두뇌가 좋다는 일설이 있는데 이 녀석 역시 정어리와 명태의 튀기니까 제법 영리한 말을 할 줄 아는구나. 녀석만은 찐빵의 존재에 대해서 생각해본 적이 있는지도 몰랐다. 그러나 우선 나는 그가 조금 전에 한 말에 대해서 반박을 해야 했다.

"사람이 장난감이 아니란 건 무슨 책에 쓰여 있지?" 내가 물었다.

"사람이 장난감이란 건 그럼 누가 말했지?" 그가 말했다.

사람의 장난감적 성질에 대한 고찰은 그 이상 진전을 하지 못했다. 그 얘기를 우리는 한마디씩의 말장난에서 그쳐버렸다. 보아하니 둘 다 거기에 대해서는 구체적으로 생각해본 적이 없었다. 얘기는 '사람이 만들어놓은 것'으로 되돌아갔다.

"철로니 기차니 학교니 하는 게 장난감 같다는 뜻이야." 그가 말했다.

"그럼 쌀을 만들어내는 논은?"

내가 물었다.

"그것도 장난감 같지 않아?" 그가 말했다.

"왜?"

"그냥 그런 느낌이라는 거야. 왜가 왜 거기서 나와야 하니? 넌 생명을 연장시켜주는 음식을 만들어내니까 논이 얼마나 장난감보다 중요한 것이냐고 말하고 싶겠지. 또는 농부들에겐 결코 장난감이 될 수 없다. 때로는 목숨을 바쳐가면서 그네들은 논에 대하여 생각한다고 말하고 싶겠지. 그런데 어떤 농부 하나는 논에 대해서 어느 날 갑자기 시큰둥해지고 목숨을 바치고 싶어지지도 않는다고 해봐. 그렇다고 그 농부가 특별한 다른 것에 관심이 있어서도 아니야. 그런 경우엔 논도 그에겐 장난감 이상의 것이 아닐 거야."

"그렇지만 그건 어떤 개인이 당할 수 있는 가능성에 대한 얘기가 아냐?"

"그래, 가능성에 대한 얘기야."

"아주 잠정적인 가능성이지."

"그래, 아주 잠정적일 수도 있지."

"네 말대로 그 농부가 논에 대해서 시큰둥해진다면 그 농부는 도시에 나와서 두부 장수가 되겠지."

"천만에, 두부 장수가 안 될 수도 있어. 그 사람은 자살할 수도 있어."

"네 얘기는 아무래도 어디서 들은 적이 있는 것 같은데, 하여튼 그렇다고 하고, 그럼 음악은?"

"그것도 장난감이지. 그거야말로 철저한 장난감이지."

"돼지는?"

"그건 사람이 만들었을까?"

"그럼 돼지를 만든 건 역시 신이라고 생각하는 거냐?"

"글쎄, 그건 모르겠어. 신은 어쩐지 사람이 만든 것 같은데 사람이 만든 신이 돼지를 만들었다는 건 너무 만화 같고……."

"신은 장난감이 아니라는 것이겠지. 신이 사람을 만들었다는 것을 인정할 수 없다고 하더라도 적어도 돼지와 사람과의 관계 정도로는 신과 사람과의 관계를 긍정하는 것이겠지. 안 그래?"

"넌 예수쟁이냐?" 그가 물었다.

"아아니."

"그럼 무신론자면서 신의 존재를 나에게 증명해 보여주려는 거냐?" "난 무신론자도 아니고 예수쟁이도 아냐. 부처님 앞에 무릎 꿇는 것도, 알라를 믿는 것도 아냐. 넌 사람이 만들지 않는 것이 세상에 있다는 것을 알게 됨으로써 간단히 신을 인정할 수 있는 무신론자인 모양이군."

"아냐, 사실은 너와 똑같아. 아니, 아마 너도 나와 똑같은 모양이야. 만들어진 것이라는 것에서부터 생각을 출발시키면 결국 우리는 신을 인정해야만 해. 그런데 왜 그런지 그 신은 서양 사람들이, 마치 기차를

만들어내었듯이, 만든 것 같은 느낌이란 말야. 기차가 장난감으로밖에 생각되지 않듯이 신도 장난감으로밖에 생각이 안 돼. 무언가가 신은 장난감이 아니라고 생각하려는 내 뜻을 가로막고 있어.”

“기차나 논이나 음악이 장난감이 아니라고 생각하려는 뜻을 가로막는 것도 바로 그 무엇이겠지.”

“그런지도 몰라. 그 무엇이 무엇인지는 몰라도…….”

“그 무엇이 바로 너의 ‘나’이겠지.”

“논리적으로는 그래. 그렇지만 그 ‘나’를 모르겠어.”

“소크라테스.”

“농담하고 있는 게 아냐.”

“나도 농담하고 있는 게 아냐. 그 무엇은 바로 ‘신은 죽었다’라는 니체의 선언이겠지. 우리나라의 서양철학 소개자들이 교양 전집 속에서 마구 인용했으니까.”

“그럴지도 모르지. 그러나 서양 사람들이 만든 것으로써 서양 사람들이 만든 것을 부정한다는 건 큰 모순이겠지. ‘서양 사람’이란 말에서 ‘서양’이란 말을 빼도 마찬가지야. 어떤 장난감은 믿고 어떤 장남감은 믿지 않는다는 건 우습지 않어?”

“그렇지만 네가 어떤 장난감만은 사실상 믿고 있을 수는 얼마든지 있지.”

"아냐. 난 장난감은 아무것도 믿지 않아."

"그럼 장난감이 아닌 것은 믿을 수 있다는 얘기냐?"

"글쎄 그런 것 같아."

"신이 장난이란 건 아직 증명되지 않았지."

"그런데 내 기분은 아직 증명되지 않았다고 말하거든."

"네 기분은 장난감이 아닐까?"

"내 기분?"

"마치 그건 믿고 있다는 투로 얘기하잖아?"

"내 기분, 그건 나야."

"그럼 결론이 났군. 넌 널 믿고 있고, 아까 난 농담인 줄 알았더니 실제로도 사람을 믿고 있고……."

우리는 우리가 무얼 얘기하고 싶어 하는지도 모르면서 원시적인 논리로써 즉흥적으로 머리에 떠오르는 예를 들어가면서 그리고 서로의 말을 믿어가면서 얘기했다. 정태와 얘기하면서 나는 지나치게 그의 말 한마디 한마디에만 신경을 바치고 있었기 때문인지 우리가 나눈 대화의 전체를 통해서 정태라는 친구를 파악할 엄두는 생기지 않았다. 다만 느낌으로써—물론 그것이 정확한 것인지 부정확한 것인지는 그때는 알 수가 없었다—그가 중이 될 소질이 없지 않다는 것과 나와의 관계에서는 어쩌면 운길이보다 더 먼 곳에 그가 자리 잡고 있는

지 모른다는 것을 알았다. '더 먼 곳'이란 말이 애매하다면 아주 가까운 곳에 있으나 둘 사이에 건널 수 없는 강이 놓여 있음으로써 더 먼 곳이라고 자세히 설명할 필요가 있을지도 모른다. 그랬기 때문인지 정태는 내가 간단히 설명한 찐빵에 대하여 운길이보다는 훨씬 진지한 반응을 보였다.

"알겠어. 너의 용어로 말하면 찐빵이라는 작자는 나의 용어로 말하자면 장난감인데, 네 얘기는 장난감도 생명을 가질 수 있다는 얘기지? 생명만을 가진 정도가 아니라 우수한 두뇌와 날카로운 도구를 사용할 줄도 안다는 얘기지? 그러니까 얘기는 되돌아가서, 장난감에 대해서 가령 이쪽에서 믿지 않는다고 떠들어보았댔자 믿지 않으면 안 되는, 적어도 그 존재를 인정하고 그의 명령에 복종하지 않을 수 없는 사태가 생겨서 꼼짝없이 이쪽을 끌고 간다는 얘기지?"

"그렇지. 바로 그거야." 내가 말했다.

"네 말대로 그 사실, 그러니까 찐빵이 우리를 지배한다는 사실은 어쩔 수 없다고 하지. 그러나 문제는 그게 아니지 않을까?"

"그럼 무엇이 문제지?" 내가 물었다.

"그 어쩔 수 없는 사실에 대처하는 태도가 개인 개인에게는 문제겠지. 자세히 예를 들면, 찐빵이 있다는 것이 문제가 아니라 찐빵의 눈에 들려고 애쓰는 너의 태도가 문제란 말이야."

"나로서는 그게 최상의 태도라고 생각한 것인걸. 그렇지 않고서는…….."

"죽을 수밖에 없다는 얘기겠지."

"그래."

"죽는 게 최상의 태도라면 그걸 선택할 용기는 있니?"

"아마 용기가 없으니까 복종하며 살아 있기로 한 것이겠지. 그보다 죽어버린다는 것은 태도 중의 하나가 아닐까?"

"죽는다는 것은 분명히 태도 중의 하나이지."

"그건 그렇다고 하고 요컨대 넌 찐빵에 대해서 어떤 태도를 갖고 있는 거냐? 찐빵의 존재를 알고 있기나 했니?"

"너의 용어로서는 아니지만 알고 있긴 있었던 것 같아. 그리고 나의 태도를 얘기하라면 그건 간단히 대답할 수 있어. 찐빵 역시 장난감이야. 장난감을 난 믿지 않는다고 말한 건 잘 알겠지."

"좀 비약하는 것인지 모르지만, 네가 만일 찐빵에 대해서 어쩔 수 없이 어떤 태도를 결정해야 할 때를 당한다면 넌 죽어버리겠군."

"그럴지도 몰라. 그러나 난 내 기분을 믿으면 그만이어도 좋을 것 이상의 태도를 결정해야 할 때를 아직 당한 적이 없어."

"당한 적이 있었겠지."

"없었어."

"없었다고 네가 착각하고 있을 뿐이겠지. 일부러 없었다고 생각하려고 했거나……."

"그렇지는 않을걸."

"하여튼 네가 살아서 내 옆에 앉아 있다는 것이 용타."

나는 말했다. 그로 하여금 살아 있게 만든 것, 그것이 무엇인가에 대해서 생각해보려고 했으나 나는 초등학교에서 배운 '생존 본능'이란 답밖에 얻지 못했다. 그 이상의 복잡한 무엇이 있을 것 같은데도 나는 알 수 없었다. 하기야 우리의 환경은 아직 태도 결정을 우리에게 요구한 적이 없었는지도 몰랐다. 내가 신경과민이어서 디테일하게 전체를 파악하려는 잘못을 저지르고 있는지도 몰랐다.

운길이가 종이컵에 소주를 따라가지고 기차의 진동 때문에 비틀거리며 우리 앞으로 다가왔다.

"자, 우선 한 모금씩!"

"벌써부터 기분 내면 모자라지 않아?"

정태가 말하면서 먼저 잔을 받았다. 술이 모자라는 법은 항상 없다고 나는 생각했다.

능곡에서 기차를 내려서 우리는 철도와 나란히 뻗은 한길을 걸어갔다. 능곡 넓은 들은 익기 시작한 벼로 가득했다. 산성은 동남쪽으로 별로 높아 보이지 않은 산을 가리키는 것이라고 누군가가 손짓으로 가

르쳐주었다. 돼지가 든 자루는 기차간에서 조금씩 마신 술 때문에 용감해진 몇 녀석들이 서로 자기가 메고 가겠다고 나서서 운반되어지고 있었다. 그러나 그것을 서울역까지 가져오기 위해서 택시에 실을 때와 내릴 때 손을 대어본 운길이와 내가 잘 알다시피, 무게도 무게지만 꿈틀거리기 때문에 그것이 얼마나 취급하기 어려운 것이라는 것을 녀석들이 아직 몰랐을 때뿐이었다. 돼지 자루는 곧 자갈길 가에 놓여졌고, "애, 여기서 구워가지고 가자" "우선 죽여서 토막을 내어서 하나씩 들고 가자" "칼이 잘 들까?" "아까 역 앞에서 시골 사람에게 잡아달랠걸" 등등이 꿈틀거리고 있는 더러운 자루 위에 함박눈처럼 쌓였다. 그러나 오늘의 카니발은 계획대로 진행되어야 했다. 결국 자루 속에서 돼지는 꺼내졌고 주둥이와 네 발을 묶고 있던 새끼가 풀어졌고 그 대신 한쪽 뒷다리에만 쇠사슬처럼 새끼를 묶어서 새끼의 다른 쪽 끝을 번갈아가며 붙잡고 산성까지 몰고 가기로 의견은 통일되었다. 돼지는 자루 속에 똥을 유산으로 남겼다. 똥이 든 빈 자루는 길가의 논에 던져졌다. 자루와 똥은 썩어서 금수강산을 더욱 기름지게 할 것이었다. 기름지지 못한 돼지의 털은 시골의 밝은 가을 햇빛을 받자 제법 금빛으로 빛났다. 돼지는 처음엔 엄살을 부리는지 쓰러질 듯 쓰러질 듯했으나 어쨌든 사람 열 명이 자기에게 잘 걸어주기를 호소하고 있는 것은 자랑스럽다는 듯이 뒤뚱뒤뚱 앞으로 앞으로 열심히 걸

기 시작했다. 우리는 한길의, 눈에 보이는 끝까지의 거리를 몇으로 쪼개서 돼지 몰고 갈 사람을 정했다. 정태가 맨 먼저 새끼의 한 끝을 쥐었다. 돼지는 거만하게 정태를 종놈으로 삼고 우리의 뒤에 떨어져서 걸었다. 정태를 제외한 나머지 사람들은 술병들과 점심 대신의 빵 꾸러미를 몇이서 나눠 들고 둘씩 셋씩 짝을 지어 걸었다.

서울에서는 계절의 바뀜을 알리는 것이 라디오 정도였다. 서울에서 조금만 떨어져도 풍경과 계절은 믿어지지 않을 만큼 친한 사이여서 창경원 숲마저 무척 외로운 놈이었다는 것을 알게 된다. 들에는 왜병 대신에 벼들이 차 있고 멀리 보이는 산성은 권총 한 자루보다도 허약해 보여서 역사는 무척 외로운 놈이라는 것을 알게 된다. 산성 밑의 마을까지 뻗어 있는 길에는 자동차 한 대 보이지 않아서 마치 곡예단의 사자처럼 울안에 갇혀서 윙윙 소리 지르며 정해진 장소를 빙빙 돌고 있는 서울의 그 많은 차들이 얼마나 외로운가를 알게 된다. 훌륭하기 때문에 외로운 것도 외로운 것임에는 틀림없다.

한길이 구부러진 곳은 철로와 교차로를 이루고 있었다. 돼지와 그의 종놈을 이젠 꽤 멀리 뒤로한 우리들이 그 교차로를 건널 때 들판의 저 끝에서 사나운 뱀처럼 기차가 대가리를 이쪽으로 하고 달려오고 있는 것이 보였다.

얼마 후, 엉뚱한 사건이 터졌다. 이젠 멀리 떨어진, 우리가 지나온

교차로 쪽에서 정태가 두 팔을 휘두르며 우리를 부르고 있었다. 돌아보니 기차는 벌써 교차로를 지나서 능곡역 쪽으로 달리고 있었고, 정태가 모시고 있어야 할 나리님은 보이지 않았다.

"돼지가 철도 자살을 한 모양이다."

운길이가 소리쳤다. 우리는 돌아서서 청상과부의 구원을 바라는 손짓에 응하기 위하여 길에 먼지를 피우며 달려갔다.

"어떻게 된 거야?"

"저쪽으로 도망갔어"

정태가 철로 곁에서 기차가 지나가기를 기다리고 서 있는데 기차의 꼬리가 교차로를 마악 벗어날 즈음에 자연의 냄새를 맡은 돼지의 근육은 오랜 옛날의 선조의 속삭임을 거기서 들었는지, 마음 놓고 있던 정태의 손에서 탈출을 감행했다는 것이었다. 정태는 당황하여 돼지에게 끌려가고 있는 새끼의 끝을 발로 밟으려고 하였으나 실패. 돼지는 기차의 꼬리와 아슬아슬하게 자리를 바꾸면서 철로를 건너 바로 옆 논 속으로 뛰어들었다. 과연 저쪽 논은 흔들리고 있는 벼들로써 한 줄기 긴 줄을 지니고 있었다. 줄은 점점 길어지고 있었다.

"그 뒤뚱거리던 걸음은 속임수였어. 기차 정도로 빨랐으니까."

정태는 정말 질린 얼굴로 말했다. 우리는 한바탕 웃었다. 줄은 여전히 이어지고 있었으나 속도는 아까보다 훨씬 느려졌다. 줄은 비록 넓

300

은 들 속으로 향하고 있었으나 그놈이 잡힐 것은 시간문제였다.

술병들과 빵 꾸러미를 지킬 녀석 한 놈만 남겨두고 우리는 뿔뿔이 헤어져서 논을 포위하였다. 그런데 예상과는 다르게 그놈을 체포한다는 것이 쉽지 않으리란 것이 점점 뚜렷해졌다. 그놈이 전진할수록 우리들 하나와 하나 사이의 간격은 점점 넓어져갔고 논두렁 속으로 들어가서 보니까 한길에서 들을 볼 때와는 다르게 시야가 넓지 못했다. 게다가 그놈은 이젠 길을 똑바로 정하지 않고 이리 꾸불 저리 꾸불 달리고 있었다.

가을 한낮의 햇빛은 눈부시게 들과 나의 머리 위를 비치고 있었다. 들은 돼지의 탈출을 돕는지 깊은 밤처럼 조용했고 그러나 그것도 내가 걸음을 멈추었을 때뿐, 움직이기 시작하면 들의 시민인 벼들이 내 몸에 부딪쳐 걸음을 늦추게 하면서 바스락바스락 소리를 지르며 내 신경을 피로하게 만들었다. 온 들이 나에게 저항했다. 텅 빈 허공조차 이젠 멀리 떨어진 내 전우의 외침을 나에게 정확히 전해주지 않음으로써 돼지의 탈출을 돕고 있었다. 메뚜기들은 나에게 육탄 돌격을 감행해왔고 진짜 뱀 몇 마리가 나의 사기를 꺾기 위해서 시위했다. 우주가 시시각각 확대되어간다는 과학 책의 가르침을 그 들녘이 내 앞에 본보기로서 자기 몸을 내던졌다. 정말 들녘은 확대되어가기만 했고 나의 전우들은 서로의 외침이 동물의 목구멍 속에서 나온 소리라는

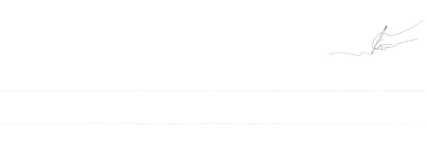

것을 겨우 알 수 있을 정도로 멀리 떨어지게 되었다.

　나도 나의 전우들과 마찬가지로 좁은 논두렁길을 비틀거리며 달렸다. 돼지를 잡기 위해서가 아니라 전우들과 가까워지기 위해서 달리고 있는 느낌이 들었다. 벼들은 더욱 요란스럽게 나를 향하여 짖어대고 논두렁은 자기 몸을 갑자기 꼬아버림으로써 내가 헛발을 디딜 수밖에 없게도 만들었다. 한번은 논두렁이 정식으로 나를 논 속으로 밀어서 자빠뜨렸다. 까칠까칠한 볏잎들이 무자비하게 나를 찌르고 할퀴었다. 볏잎 하나는 자기의 예리한 칼을 정통으로 내 눈에 꽂았다. 겨우 볏잎들의 고문에서 몸을 빼내긴 했으나 한쪽 눈을 뜰 수가 없었다. 볼과 턱과 손등이 긁혀서 쓰라렸다. 나는 조심조심 달렸다. 이미 돼지의 행방은 내 눈에 들어오지 않았다. 전우들이 어떤 한 방향으로 달리고 있는 것을 보고 돼지가 그쪽으로 움직이고 있다는 것을 짐작할 수 있을 뿐이었다.

　나는 정태가 일부러 돼지를 놓아준 것은 아닌가 하고 생각했다. 나는 찐빵은 너무 변덕스럽고 장난스러운 성격을 가졌다고 생각했다. 나는 돼지가 잡히기만 하면 내 손으로 그놈의 목에 칼을 찌르겠다고 생각했다. 나는 빨리 돼지를 생포하고 나서 친구들과 큰 소리로 한바탕 웃고 싶었다. 나는 이렇게 달리고 있는 것도 오늘 프로그램 중의 한 항목이라고 생각했다.

나는 걸음을 멈추었다. 볏잎에 찔린 눈은 눈물이 가득하고 쓰려서 뜰 수가 없었다. 나는 우리의 목적지인 산성을 돌아보았다. 아무리 보아도 높지 않은 산에는 구름의 그늘이 내려져 있었다. 나는 우선 쓰라린 눈을 달래기 위해서 두 손을 밑으로 늘어뜨리고 조심조심 그쪽 눈을 떴다. 눈물이 눈초리를 타고 내렸다. 구름의 그늘이 산성을 슬슬 어루만지며 지나가고 있었다. 문득 온 들녘이 화려한 색채를 띠고 나에게 웃음을 보냈다. 퇴색해가는 초록색이 내 눈을 쓰다듬었다. 들바람이 한쪽으로만 몰려 있던 나의 감각들을 어루만져서 제자리로 돌아가도록 했다. 나의 감각들은 바람의 속삭임과 들이 풍기는 냄새를 즐기기 시작했다. 먼 쪽의 논 하나를 둘러싸고 조금씩 포위망을 좁혀가고 있는 사람들도 그 들녘의 일부분처럼 보였다. 나는 우리가 꼼짝할 수 없이 들의 포로가 되어버렸음을 알았다. 돼지를 결국 잡았는지, 사람들이 얽혀 있는 모습과 그쪽에서 바람이 싣고 온 짧고 희미한 환호 소리조차 들녘의 풍부한 색채와 허공의 형태 없는 숨결을 예배하기 위해서인 것 같았다.

돼지는 온몸에 흙물을 뒤집어쓰고 눈 가장자리와 콧등에 묽은 흙을 주렁주렁 달고 꽥꽥거리며 끌려왔다. 산성에 올라서 대첩비 아래쪽 빈터에 모닥불을 장만하고, 털을 벗기고 배를 가른 돼지를 굽고 있는 동안에도 나는 들녘이 우리에게 던져준 돼지의 껍질을 우리가 굽

고 있는 것만 같았다.

불꽃 위로 돼지의 기름이 뚝뚝 떨어질 때마다 불꽃은 노출된 상처를 찔리기라도 한 듯이 나지막한 비명을 지르며 펄쩍펄쩍 튀어 올랐다. 대가리도 잘리고 털도 벗겨져버려서 완전히 고깃덩어리에 지나지 않는 불꽃 위의 돼지는, 푸줏간의 고깃덩어리와 수레를 끄는 황소를 연결시켜 생각하기 힘들다는 사실을 존중하라던 찐빵의 계명을 나로 하여금 거역하지 않으면 안 되도록 했다. 불꽃 위의 고깃덩어리는 흙탕물을 뒤집어쓰고, 맑은 눈동자를 뒤룩거리는 돼지로서 나를 무자비하게 물어뜯고 있었다.

"어쩐지 맛있을 것 같지 않은데."

누군가 구워지고 있는 돼지를 바라보며 말했다. 모든 사람이 그런 심정이었으리라. 나는 볏잎에 긁혀서 아직도 쓰린 볼과 손등을 쓰다듬어보고 또는 내려다보았다. 돼지는 잡히고 말았지만 너무 처참한 상처를 나에게 주고 나서 잡혔다.

숙이는 마치 나와 싸움이라도 했던 것처럼 움직였다. 마루 끝에 우두커니 나앉아서 닦은 듯이 맑은 하늘을 올려다보는 법도 없어졌다. 부엌 문기둥에 어지러운 듯이 이마를 대는 법도 없어졌다. "많이 드세요"라는 말도 서글픈 웃음도 없어졌다. 자기의 동생들을 여전히 가르

치긴 했지만 내 방에 전해지는 그 여자의 목소리 속에선 열성이 없어졌다. 때때로 일부러가 분명한 높은 웃음소리를 냄으로써 웃지 않는 법도 없어졌다. 라디오를 사랑하던 버릇도 없어졌다. 성우들에 대한 부러움도 없어졌다. 항상 밖에 나가 있어야 하는 어머니 대신 도맡아 하는 살림살이에 대한 열성도 없어졌다. 일요일 같은 때, 내가 방 안에 있으면 손바닥만 한 마당가의 꽃밭에서 이젠 시들어버린 꽃나무들을 쥐어뜯거나 호미로 꽃밭을 파는 필요하지 않은 짓을 하거나 했고 변소에라도 가기 위하여 마당으로 나선 나와 시선이 부딪치면 그 여자의 얼굴은 굳어지곤 했다. 일주일쯤, 나는 그 여자의 이해하기 힘든 변화 때문에 당황했다.

그러다 어느 날, 그 여자는 내게 대문을 열어주고 나서 지난 여러 날과는 다르게 사람들이 무안당했을 때나 웃는 미소를 띠고 나에게 말을 걸었다.

"무슨 재미나는 책 가지고 계시면 좀 빌려주시겠어요?"

이번의 갑작스런 변화는 내게 무엇인가를 짐작하게 했고 지난 여러 날 동안 그 여자가 짓던 태도를 이해하게 해서 나의 아랫배로부터 조용한 웃음을 연기처럼 피어오르게 했다. 그러나 그 따뜻하기 짝이 없는 연기를 나는 심장의 바로 아래에서 흩어지게 해야 했다. 나는 묵묵한 태도로 책을 빌려주었다.

어느 날, 그 여자는 나에게 말했다. "저, 성냥갑을 모으고 있는데 혹시 밖에서 디자인이 새로운 성냥갑을 얻으시면 좀……."

나는 할 수 있는 한 다방을 옮겨 다니거나 식당을 옮겨 다니거나 목욕탕을 옮겨 다니면서 성냥갑을 얻어다 주곤 했다.

어느 날, 그 여자는 나에게 말했다.

"타이프라이터 치는 것을 배워두면 취직할 수 있을까요?"

"잘 되겠지요"라고 나는 대답했다. 그러나 그 여자는 배우러 다니지 않았다. 교습소에 다닐 비용도 없었겠지만 살림을 도맡아 하는 형편이었다.

나는 이따금 창녀의 집엘 찾아가곤 했다. 나는 창녀의 이마 위에 창녀의 눈썹 그리는 연필을 빌려서 까만 점 한 개를 그려놓고 나서야 그 점을 내려다보며 그 짓을 하곤 했다. 창녀는 재미있는 장난으로 생각하고 내가 자기 이마 위에 까만 점 한 개를 그리고 있는 동안 낄낄거렸고 나는 숙이의 이마 위에 있는 보일 듯 말 듯한 까만 점 한 개를 창녀의 이마 위에 옮겨놓기 위하여 이를 악물었다. 까만 점은 마구 흔들렸다. 까만 점은 거짓 헛소리를 한 바께쓰쯤 쏟아놓았다. 까만 점 위에 나는 땀 흐르는 내 이마를 대었다. 까만 점은 내가 흘린 땀에 씻겨져 없어졌다. 나는 구역질이 날 듯한 불쾌감을 돌아오는 길에서 보이는 모든 것에 발라버리려고 애썼다. 그래도 한 숟갈쯤 남은 불쾌감은 대

문을 열어준 숙이 이마 위의 진짜 까만 점을 보자마자 없어졌다.

창녀의 집을 찾아다니는 것에도 지쳤을 때 나는 숙이의 성냥갑 모으는 취미의 정체를 알게 되었다. 그것은 가난뱅이들의 종교였다. 나도 그럴듯한 종교를 가졌다. 그것은 그 여자가 그날 하루 동안에 내게 했었던 말들을 기억나는 대로 빠짐없이 하얀 종이에 써 두는 것이었다. 나의 욕심은 그 여자의 숨결의 높고 낮음도 표정의 변화도 웃음소리도 손짓의 모양들도 적어두고 싶어 했으나 그것은 거의 불가능했다.

몸이 편찮으신가 봐요, 안색이 너무 좋지 않으시네요, 그럼 일이 너무 고되시나 부죠, 여기 물 가져왔어요, 빨래할 거 있으면 내놓으세요, 비가 올 것 같죠? 아이, 비가 하루 종일 왔으면, 어머, 비를 싫어하세요? 전 비 오는 날이 제일 좋아요, 이유는 모르겠어요, 아늑하고 마음이 가라앉고 아이, 모르겠어요, 어저께 저녁때 시장을 다녀오는데 하마터면 차에 치일 뻔했어요, 남자들이 어떻게 웃어대는지 창피해서 혼났어요, 막 놀리기도 하잖아요, 다 잊어버렸어요, 제 친구 소개해드릴까요? 고등학교 때 제일 친한 친구예요, 지금은 이화대학 다녀요, 참 이쁘게 생겼어요, 졸업하면 미국 간대요, 책 잘 봤습니다, 네 재미있었어요, 정말 사람이 그렇게까지 될 수 있을까요? 러시아 소설은 읽기가 힘들어요, 나오는 사람들의 이름이 길고 괴상해서 이름이 나온 대로 종이에 적어두고 맞춰가면서 읽었어요, 다들 죽는다는 건 참 신

기하죠? 이제 마흔한 개 모았어요. OB살롱 성냥은 섬세해서 좋구요, 카이로다방 성냥은 색깔이 은은해서 좋구요. 뉴욕다방 것은 넓적해서 좋구요, 정말 다방 성냥들을 쭈욱 늘어놓고 앉아서 보고 있으면 세계 일주를 하는 것 같아요, 밖에선 무얼 하세요? 아이, 신문사 일 말구요오, 약주 많이 드세요? 요즘 약주엔 약을 타서 너무 많이 마시면 머리가 나빠진대요. 제 친구 소개해드릴까요? 아녜요, 접때 말한 친구는 이화여대 다니는 애구요, 저처럼 집에서 놀아요, 참 이쁘게 생겼어요, 이거 좀 잡숴보세요, 아아니요 안색이 나쁘시니까 어머니가 해드리라구 하셨어요, 아이 제게 무슨 돈이 있어요? 어머니가 해드리라구 하셨다니까요, 인형 만드는 기술을 배워볼까 하는데요, 학교 다닐 때 그림은 반에서 제일 못 그린 걸요, 어머어머 그건 제게 너무 엄청난 일예요, 비가 올 것 같죠? 막 좀 쏟아졌으면 좋겠어요, 엄앵란이가 빗속으로 미친 듯이 달려가는 장면 말이죠? 정말예요 너무너무 좋아요 제가요? 아니 놀리시면 나쁜 분이에요…….

토끼도 뛴다

부장이 적어준 주소를 한 손에 들고 나는 답십리 그 넓은 구역을 뱅뱅 돌았다. 그 전날 오후에 시작한 그가 그날 새벽까지도 왔었으므로

넓다는 아스팔트 길조차도 진흙이 밀려 있어서 엉망이었다. 쉴 새 없이 오고 가는 차들이 내 옷에 흙탕물을 끼얹기 시작한 것은 굴다리를 지나서부터니까, 목적하던 집을 찾았을 때 식모가 대뜸 "다음에 오세요"라고 나를 거지 취급한 것은 결코 괘씸한 일이 될 수 없었다.

집 찾는 데 다소 머리가 빨리 돌아가는 내가 그 집을 찾는 데 무려 두 시간이나 걸린 것은 오로지 비 탓이었다. 답십리 쪽으로는 언젠가 서너 차례 와본 적이 있어서 눈에 익은 곳이라고 자신하고 왔는데 정말 너무 변해 있었다. 얼마 전까지 논이던 곳에 붉은 기와에 하얀 타일을 바른 집들이 빽빽하게 들어서 있고 골목이 수없이 생겨 있었다. 거기에 비가 왔었으니 골목길은 다시 무논이 되어 있었던 것이다. 결국, 골목 안으로 들어서기를 무서워해서 포장한 한길만 오르락내리락하며, 내가 찾고 있는 집이 길가의 어디에 있기를, 다시 말하면 집이 나를 찾아오거나 손짓으로 나를 부르기를 바라던 게 잘못이었다.

복덕방 영감들이 내가 내미는 주소를 보며 "아마 저쪽일 거라"하고 손짓해주는 곳이, 이젠 별수 없이 무논 같은 골목을 헤치며 들어가야 할 곳이라는 게 납득되기까지도 꽤 오랜 시간이 걸렸다. 술 한 방울이 온몸에 퍼지는 시간만큼은 지난 뒤 그동안 아연해 있던 표정을 얼른 거두고 용사 같은 얼굴로 "알았습니다. 고맙습니다." 그리고 이 생소하고 질퍽질퍽한 답십리와 영락없이 닮은 복덕방 영감들에게 꾸벅 절

했다.

그달에 받은 월급에서 천오백을 구두 값으로 쓸 작정을 하고 나니까 그제야 나는 무논 속으로 돌진할 수가 있었다. 눈앞에 반질반질한 새 구두를 떠올리려고 애썼는데 조금은 성공한 것 같았으나 그래도 "곰탕이 스무 그릇, 곗돈은 세 몫, 곰탕이 스무 그릇, 곗돈은 세 몫"이란 소리가 저절로 흥얼거려졌다.

골목 속에서, 나는 창고나 또는 학교 또는 유치원 심지어 목욕탕 같은 건물만을 찾는 실수를 저질렀다. 연극 연습이라면 으레 넓은 장소가 필요할 것이고 그렇다면 가정집은 적당치 못할 것으로만 알고 있었는데 막상 그 주소의 집을 찾고 보니 쇠로 된 대문을 거느린 2층 양옥 가정집이었다. 글자 몇 개와 숫자 몇 개가 눈앞에 커다란 집이 되어 나타나는 것은 신기한 일이었다. 그러나 즐겁다는 느낌은 조금도 없고 무논 같은 골목에 뿌리고 온 1,500원을 현금으로 상상해보니 울화만 치밀었다.

홧김에, 벨을 누르는 대신, 쇠로 된 대문을 주먹으로 세 번쯤 쳤더니, 마침 마당에 나와 있었던지 식모 같은 아가씨가 샛문을 삐쭉 열며 "다음에 오세요" 했다. 나는 샛문이 닫혀버리는 것을 내버려 두고 자신의 몰골을 훑어보았다. 흙탕물투성이가 된 잠바와 바지, 구두는 이미 각오한 바였지만 껴안고 울고 싶을 만큼 처참했다. 나는 다시 한

번 내가 들고 있는 글자와 대문 돌기둥에 붙어 있는 글자를 맞추어보고 나서 이번엔 벨을 눌렀다. 잠시 후에 아까 그 여자가 다시 얼굴을 내밀었다.

"이 집에서 '국민무대'가 공연 연습을 하고 있습니까? 신문사에서 왔는데요."

"아."

아가씨는 얼굴을 붉히며 웃고 샛문이나마 활짝 열어주었다.

그 집의 2층 방은 미닫이로써 연결되어 있는데 미닫이를 모두 떼어내니까 댄스 파티도 할 만큼 넓었다. 연극 연습 장소로는 아주 훌륭했다. 방의 창들이 검은 커튼으로 가려져서 밖에서 들어오는 빛을 차단하도록 해놓은 것은 이상했다. 그 대신 대낮인데도 전등을 켜놓고 있는데 도색영화를 찍는 스튜디오가 아닌가 하는 착각이 들 만큼 음침하고 수상스러운 분위기였다. 연예 담당 기자라는 신분 때문에 나는 공연 연습 장소엘 자주 가보곤 했지만 그렇게 복잡한 곳은 처음이었다. 대개는 학교 교실 따위를 빌려서 마룻바닥에 분필로 세트의 평면도를 그려놓고 의자 몇 개를 놓으면 그만이었다. 우선 가정집 2층이라는 것까지는 그들의 호주머니를 참작하며 상상력을 발동시키면 그럴 수도 있겠지 한다고 하더라도, 그렇게 바깥의 빛을 차단해버리고 자질구레한 도구가 많이 준비되어 있는 것은 이해할 수가 없었다. 제

일 먼저 눈에 뜨이는 것은―그것이 나로 하여금 도색영화를 촬영하는 스튜디오가 아닌가 하는 착각을 하도록 한 것인데―철로 연변에서 나 볼 수 있는 키 작은 신호등 닮은 조명 기구는 세 개였고 그다음에 눈에 뜨이는 것은 수상한 액체를 담은 유리병―그것들은 모두 코르크 마개로 덮여 있고 마개에는 길고 가느다란 고무줄이 하나씩 붙어 있고 고무줄은 관상(冠狀)인지 끝을 작은 솜뭉치가 덮어 싸고 있었다―이 일곱 개 정도, 농악에나 쓸 것 같은 작은 북과 크기가 다른 방울이 여러 개, 그리고 옛날 톱밥을 연료로 쓰던 시절에나 필요하던 가정용 풀무가 한 대 눈에 뜨였다. 그 외에, 배우라는 남자 둘과 여자 하나와 연출자와 무슨 일인가를 맡고 있을 남자 셋은 으레 있는 것이라고 하지만, 토끼가 한 마리 방 안을 뛰어다니고 있는 것은 아무래도 이상스런 풍경이었다.

"이번 국민무대의 레퍼토리는 좀 유별난 것이라고 한다. 무엇이 유별난가. 그것을 잘 알아 오도록!"이라는 부장의 얘기가 생각났다. 우선 연출자의 얘기를 듣기로 하였다. 사계(斯界)의 신인답게 연출자는 의욕과 정열이 가득 찬 음성으로 나의 모든 신경을 자기 얘기 속에 담가버리려고 애쓰기 시작했다.

"우선 제 얘기를 완전히 믿어주실 각오로 들어주시기 바랍니다. 거짓말이 아니라는 것은 제 얘기가 끝나는 대로 증명해 보여드리면 될

것이니까요. 제 얘기를 시작하기 전에 먼저 김 선생님께 물어보고 싶은 게 있는데, 김 선생님은 과학의 위력을 어느 정도로나 믿고 계십니까?"

토론하기 위해서 온 건 아니었지만 그 의욕에 넘쳐 있는 사람의 기분을 맞춰주기 위해서 나는 그 사람의 절반 정도로는 진지하게 "곧 화성에도 인공위성을 발사할 날이 오겠죠"라고 대답했다.

"로켓, 좋습니다." 그는 말했다. "그러나 제가 말하는 과학이란 그런 금속성인 게 아닙니다. 그따위 아동들의 만화 같은 게 아니란 말씀입니다. 사람이 화성에 발을 디디는 것, 대단히 좋습니다. 그러나 사람들이 화성에 발을 디딜 자격이 있다고 생각하십니까? 미래의 인간들에겐 그럴 자격이 주어질는지 모릅니다. 단, 그들도 우리가 지금 무엇인가를 철저히 해놓았기 때문이라는 전제 밑에서 말입니다. 그들이 그런 영예를, 화성에 발을 디디는 것을 영예라고 한다면 말입니다, 그런 영예를 누릴 수 있는 것은 다만 우리보다 늦게 태어났다는 이유 때문입니다. 그 외엔 아무런 이유도 없습니다. 그들에겐 의무 내지 심심하니까 할 일일 뿐입니다. 영예도 쥐뿔도 아닙니다. 제 말을 알아들으시겠습니까? 미래인이 심심해서 할 일을 미리 빼앗아서 하면서 영예니 뭐니 떠들 게 아니란 말씀입니다. 우리는 지금 심심하기 때문에 해야 할 일이 있습니다. 심심하니까란 말은 좀 틀린 것 같군요. 미래인들이

할 일이 너무 없으니까 화성에 발 디딜 생각이나 할 수밖에 없도록 지금 우리가 무엇인가를 해놓아야만 합니다. 그게 무엇이라고 김 선생님은 생각하십니까?"

연출자는 살짝 곰보인 커다란 코를 손바닥으로 문지르면서 나를 노려보고 있었다.

"그것은…… 연극입니까?" 내가 말했다.

"연극 얘기는 좀 나중에 합시다. 그것은 과학적 분야에서의 얘기입니다."

스무고개 같아서 나는 웃음이 나오려는 걸 참았다. "그것은 가지고 다닐 수 있습니까?"라고 묻는다면 이 친구는 "아닙니다. 한 고개" 할 것 같았다.

"글쎄요. 뭐 많겠지요." 내가 말했다.

"뭐 많겠지요, 정도가 아닙니다. 너무 많습니다. 참, 담배 태우시죠."

그는 바지 호주머니에서 '백양'을 꺼내더니 내게 한 개비 권하고 나서 도로 호주머니 속으로 담뱃값을 쑤셔 넣었다. 이번엔 바지의 다른 호주머니에서 라이터를 꺼내더니 불을 켜서 내 코밑으로 들이댔다. 담배 한 대를 권하고 라이터 한 번 켜주면서 마치 유치원 보모가 바지에 똥을 싼 어린애 다루는 듯한 기분을 물씬 느끼게 하는 그의 제주에 나는 감탄했다.

"그것은 무엇입니까?"

나는 담배를 한 모금 빨고 나서 우리의 보모님에게 물었다. 보모님은 마치 분필을 손가락으로 만지작거리듯이 고개를 약간 숙여서 마룻바닥의 한군데를 시선으로 만지작거리며 나직나직한 목소리로 그러나 힘을 말 마디마디에 넣어가며 얘기하기 시작했다.

"전 과학자가 아닙니다. 따라서 전문적으로 이야기할 수는 없습니다. 그럴 필요도 없겠지요. 전 남보다는 좀 더 과학적 분야에 대하여 관심을 가지고 있는 시민의 한 사람으로서 말씀드리려고 하는 것입니다."

그는 이렇게 말을 꺼내놓고 나서 잠깐 동안 입을 꼭 다물고 있었다. 곁에 물이 있었더라면 틀림없이 한 모금 마셨을 것이다.

"진정한 과학자는 반드시 두 가지 부분으로 되어 있습니다. 한 부분은 앞서간 과학자들이 남기고 있는 것을 완전히 이해하고 있는 부분이고 또 한 부분은 인류의 안전과 욕망을 보장하고 만족시켜주기 위하여 엉뚱한 공상을 하는 부분입니다. 그들이 가지고 있는 한 부분, 다시 말하면 제가 방금 앞에 말한 부분은 뒤에 말한 부분을 위해서만 의미가 있습니다. 그러므로 여기서 우리는 두 가지 얘기를 얻을 수 있는데요. 하나는 동시에 첫째는 과학자들이 공상하고 있는 것의 내용이 무엇인가가 아주 중요하다는 것이고 또 하나는 그들이 알고 있는 것,

다시 말해서 선배들이 남겨놓고 있는 것에다가 자기들은 후배를 위해서 무엇을 더 보태어놓았는가가 중요한 문제라는 것입니다.

또 한 모금 마셨을 것이다.

"전 진정한 과학자라고 먼저 분명히 말했습니다. 진정한 과학자란 어떤 개인이나 어떤 국가만을 위해서 일하는 사람이 아니고 모든 사람, 다시 말해서 인간이라면 누구나 바라고 있는 문제의 어느 부분을 위해서 일하는 사람을 가리킨다는 저의 전제가 반드시 필요합니다. 그런 전제 다음에 아까 제가 말한 과학자를 이루고 있는 부분에 대해서 한번 생각해보자는 얘깁니다."

또 한 모금.

"제가 세계 도처에 수많은 과학자들의 연구실을 일일이 방문하고 난 뒤에 다음 얘기를 하려는 게 아니란 건 잘 아실 것입니다. 저는 우리 시대의 정력과 시간의 많은 부분을 차지하고 있는 과학이 좀 엉뚱한 곳에서 뱅뱅 돌고 있지 않느냐는 것입니다.

"죄송하지만……"하고 나는 말했다. "기사를 한 시간 안으로 써 두어야 합니다. 선생님의 과학에 대한 관심의 정도는(표정으로 보아서라고 말하려다가 실례가 될 것 같아서 그만두었다) 잘 알겠습니다. 결론만 간단히 말씀해주시고 이번 공연에 관해서 좀……."

"아, 실례했습니다. 지루하신 모양이군요."

그는 자기 손바닥으로 자기 이마를 한 번 딱 치며 말했다.

"아닙니다. 단지 지금 제게 시간이 없기 때문에……."

"예, 알겠습니다."

내 말에 기분을 상한 것 같지는 않았으나 그는 잠시 말을 멈추고 있었다. 물을 마셨더라면 세 모금쯤 마셨을 것이다.

"글쎄요. 이것이 저의 결론이 될 수 있을는지 모르겠습니다만 들어 보십시오. 전 어렸을 때부터 토끼를 사랑했습니다. 제겐 가축을 기르는 것이라면 무얼 기르든지 좋아하는 성미가 있는데 그중에서도 토끼를 가장 좋아합니다. 토끼를 제가 길렀다기보다 저를 토끼가 기르면서 자라났다고 해도 좋을 지경입니다. 그런데 문제가 하나 있습니다. 제가 토끼를 좋아하고 있는 그만큼 토끼도 나를 좋아하고 있을까? 토끼의 하는 짓을 보면 결코 그런 것 같지 않았습니다. 좋아하기는커녕 도대체 무엇에 관심이 있는 것 같지도 않았습니다. 그래서 슬펐습니다. 물론 어렸을 때의 얘기지요. 좀 자란 뒤엔 사람이 토끼를 기르는 것은 그것을 이용하기 위해서라는 것을 알았습니다. 토끼의 가죽과 털, 토끼의 고기, 토끼의 혈청, 대강 이런 것을 이용하기 위해서입니다. 토끼에 대한 생각은 저의 경우, '그것은 이용하기 위해서 둔다'는 것 이상이었습니다. 이용이라고 하더라도 반드시 분해되어서만 사람을 돕는다는 게 좀 시원찮은 느낌의 원인을 좀 나중에 알게 됐습니다.

저는 토끼의 생명력까지도 이용하려 들었던 것입니다. 토끼가 자연으로부터 배당받은 생명력, 그것은 인간의 그것에 비하면 아주 적은 것인지도 모릅니다. 어느 때 개에 물려 죽는 토끼를 보았는데, 물론 저는 개를 쫓기 위해서 뛰어갔습니다만, 이미 토끼는 죽어가고 있었습니다. 그 토끼의 빛나는 노을 같던 눈동자는 밤에게 유린당하는 노을처럼 점점 회색으로 변했습니다. 그처럼 토끼의 생명력은 빨간 눈동자의 크기 정도밖에 되지 않은 것인지 모릅니다. 그러나 그 생명력을 이용한다면, 물론 공상이었습니다만, 사람들은 얼마나 큰 이득을 볼는지 헤아릴 수 없다고 생각했습니다."

"생명의 신비가 모두 밝혀지지 않은 채 그것을 이용한다는 것은 힘들고 잘못하면 아주 위험하기도 하겠지요."

나는 내 호주머니에서 내 '파고다'를 꺼내어 내 성냥으로 내 담배에 불을 붙일 준비를 하면서 말했다.

"아, 이제야 제 얘기에 관심을 가지시는군요. 여기 있습니다." 그는 재빨리 자기 호주머니에서 라이터를 꺼내어 찰칵 불을 켜서 내 코앞으로 내밀었다. 그러나 벌써 그때는 나의 성냥개비도 불을 밝히고 있을 때였다. 나는 내 손에 들린 성냥불과 코앞에 들이밀어진 라이터 불을 두고 잠시 동안 어쩔 줄을 몰랐다. 라이터 불이 이겼다.

"이제 마악 연극에 대한 얘기가 나오려고 하니까 재빨리 제 얘기에

관심을 나타내시는군요. 대단한 두뇌를 가지신 모양입니다."

그는 우선 나를 칭찬하고 나서 또는 비꼬고 나서 말을 계속했다.

"저는 과학자가 아닙니다. 그러나 제가 기울인 노력이 현대의 과학자들이 기울이고 있는 노력보다 더 귀중했으면 했지 못하다고 생각하지 않습니다. 제가 토끼를 대했던 태도, 그것은 건축으로 말하자면, 너무 뼈대뿐인 것인지는 모르겠으나 모든 현대 과학자들이 가져야 할 기본 태도 내지는 과학의 존재 이유가 되어야 한다는 것입니다."

"토끼에게 어떤 태도를 취하셨던지는 모르겠으나 굉장한 일을 하신 모양이군요. 토끼의 뱃속에 혹시 어린애라도 만들어놓은 건……."

"농담하지 마시기를 부탁드립니다. 현대의 신문사 기자들에 대해서는 전 과학자들에 대한 불만의 천 배 만 배를 털어놓고 싶을 지경입니다. 배우 아무개와 가수 아무개가 연애를 한다. 그러면 부랴부랴 뛰어갑니다. 혹시 어린애 안 만들었어? 안 만들었다. 에 시시하군 하면서 돌아섭니다. 그게 기자라는 것이죠."

"앞으로 주의하겠습니다."

"주의하실 필요는 없습니다. 신문기자 개개인의 탓은 아닐 테니까요. 제가 어디까지 얘기했죠?"

"토끼를 가지고 굉장히 자랑스러운 일을 해내었다는 뜻의……."

"아, 알겠습니다. 저는 이런 일을 했습니다. 불교는 이런 걸 가르쳐

주었습니다. 인간에겐 여섯 가지 식(識) 외에 두 가지 식이 더 있다고 합니다. 그러면 일종의 질량불변의법칙, 이것은 오늘날 좀 의심받고 있습니다만, 하여튼 그것 비슷한 윤회설을 가진 불교가 인간에겐 무엇을 알고 판단하는 수단이 여덟 가지 있다고 말할 때는 동물에게도 그것이 있다는 것이 아닐까. 물론 이건 지극히 비과학적인 가설입니다만 여기서 힌트를 얻었습니다. 그래서 토끼를 상대로 우선 우리가 간단히 알 수 있는 기관들, 즉 토끼의 눈, 토끼의 코, 토끼의 귀에 저는 여러 가지 수단으로써 호소하여 토끼의 생명력을 인간이 이용할 수 있도록 했습니다."

"어떻게 말입니까?"

나는 그의 말하는 투로 보아서 그가 결코 농담을 하고 있는 게 아니라는 건 알 수 있었지만 '토끼의 생명력을 인간이 이용할 수 있다'는 말이 한바탕 우스갯소리로 끝나버리지나 않을까 하는 염려가 생겨서 다급한 목소리로 물었다. 그랬더니 그는 의자에서 천천히 일어서면서 착 가라앉은 목소리로 교장선생님이 불량 학생을 퇴학 처분할 때 마지막으로 한마디 타이르듯이 말했다.

"지루하실 테니까 이 이상 더 말로 설명하지는 않겠습니다. 지금부터 직접 눈으로 보아주십시오. 지금 저기 토끼 한 마리가 있지 않습니까?"

토끼는 방 구석지에 웅크리고 앉아서 고개를 갸우뚱 돌리고 코를 발름거리고 있었다.

"3막 준비!"

갑자기 연출자가 높은 목소리로 말했다. 나는 처음엔 그가 나에게 무어라고 말하는 줄 알았다. 그러나 그것은 대본의 3막 연습 준비를 하라는 연출자의 스태프와 캐스트들에 대한 명령이었다. 연출자의 명령이 내린 방 안은 마치 적의 잠수함을 발견한 구축함 속 같았다. 스태프들로 보이는 사람들이 빠른 걸음으로 내가 그 방 안에 처음 들어섰을 때 이상하게 여기면서 보았던 기구들 앞으로 갔다. 어떤 사람은 철로 연변에 있는 키 작은 신호등 같은 물건 뒤에 서고 어떤 사람은 고무관이 탯줄처럼 달린 유리병들 앞으로 가고 어떤 사람은 농악 할 때나 쓸 듯한 북이며 방울들 앞으로 갔다. 단 한 사람뿐인 여배우가 무대로 약속한 장소의 가운데에 섰다. 남자 배우 두 사람은 연출자의 곁에 그냥 서 있었다. 아마 3막에는 여자의 독백이 있나 보다고 나는 생각하며 이제 시작되려고 하는 이 구축함 속에서 복잡한 무대 위의 연극을 충분히 감상할 자세를 갖췄다. 한 사람이 지금까지 방 구석지에 웅크리고 있던 토끼를 안아다가 실제의 무대라면 오른쪽 출입구가 되는 곳에 앉혔다. 신기한 것은 토끼가 마치 지금 무대 중앙에 서 있는 여배우가 자기를 불러주기를 기다리고 서 있다는 듯이 고개를 들

어 코를 날름거리며 여배우의 얼굴을 올려다보면서 한자리에 가만히 앉아 있는 것이었다. 갑자기 연출자가 신들린 무당처럼 소리쳤다.

연출자 : 헤이, 라이트 들어왔다. 영자 웃으면서…….

여배우 : 호호호호호호…… 호호호호호호…… 여신이시여, 밤의 여신이시여, (한 손을 가슴에 대면서) 저 같은 계집에게조차 밤을 가지라고 주셨군요. 고마우셔라. 하지만 여신이시여, 댁은 혹시 장님이 아니시던가요? (부드럽던 말소리가 갑자기 변하여 기름 장수와 더 달라 못 주겠다 싸우듯이) 필요 없단 말예욧. 나에게는 밤 따위가 필요 없단 말예욧.

연출자 : 숨을 크게 들이마시면서 눈, 눈을 좀 더…….

여배우 : (하늘을 증오하듯이 눈을 치켜뜨며) 팥죽처럼 흐물거리는 욕망과 여우 같은 간계와 그 썩은 부분을 (두 손을 반쯤 들어 손가락을 헝겊 조각처럼 흔들며) 과연 이 먼지 터는 헝겊 조각 같은 열 손가락으로만 막아내라구요. 흥!

연출자 : 하낫, 둘, 셋, 넷, (연출자가 여섯을 세는 동안 여배우는 반쯤 올렸던 두 손을 탁 내려뜨리며 허탈하게 한 곳을 응시하고 서 있다.) 다섯, 여섯, 터뜨렷!

여배우 : (머리를 쥐어뜯으면서 허리를 굽힌다. 높고 울먹이는 목소리로) 싫어요, 싫어요, 저에게 밤을 주지 마세요. 저에게 줄 밤은 밤이 길기를 원하는 사람들에게나 나눠주세요.

연출자 : (여신의 목소리로써) 내가 귀여워하는 가난한 처녀야. 내가 너에게 무엇을 해줄 수 있을까, 내가 너에게 무엇을 해줄 수 있을까.

여배우 : (기도하듯이) 태양의 나라로 보내주세요. 기름진 나뭇잎들이 반짝이는 곳, 잔물결들이 반짝이는 곳, 뜨거운 모래밭, 밝은 합창, 새들의 날개 소리가 들리는 곳…….

연출자 : 태양은 나의 원수, 내 귀여운 가난한 처녀야. 널 어찌 그곳으로 보내랴. 밤은 많은 것을 준비해두었으니 네가 토끼를 사랑할 수만 있다면!

그때 방울 소리가 딸랑 울렸다. 출입구로 약속하는 곳에서 여태까지 우두커니 여배우의 얼굴만 바라보며 얌전히 앉아 있던 토끼가 방울 소리를 듣더니 자기가 나가야 할 때를 잘 알고 있는 배우처럼 깡충깡충 무대로 뛰어나갔다. 여배우를 향하여 뛰어가고 있는 토끼의 바로 코앞을 철도의 신호등처럼 생긴 조명 기구에서 나온 빛이 쭈욱 비추고 있었다. 빛이 토끼를 인도하는 것이었다. 빛은 여배우를 중심으로 하고 빙빙 돌았다. 따라서 토끼도 여배우의 이쁘게 쭉 뻗은 다리를 중심으로 하고 그 주변을 돌며 뛰었다.

여배우 : (혼잣말로) 아니 이게 웬 토낄까? 이 어두운 도시에 이 지저분한 밤에 어디서 온 토끼일까? (그사이 여배우는 무엇인가 깨달은 듯이 점점 밝아지는 표정의 얼굴을 천천히 들어서 하늘을 우러러본다.) 아아, 여

신이시여, 우리에게 어둠을 주시고 어둠 속에서 행해지는 모든 일을 주관하시는 밤의 여신이시여, 이 가련한 소녀에게 당신의 자비로움을 보여주셨군요. (갑자기 몸을 돌려 꿇어앉으며 기쁨에 넘치는 음성으로) 토끼야, 요 이쁜 토끼야, 너의 자비로우신 주인은 어떻게 생겼니?

토끼는 마치 말 잘 듣는 강아지처럼 여배우의 얼굴을 올려다보며 가만히 앉아 있었다.

"됐어." 연출자가 소리쳤다. 그리고 나에게로 몸을 돌렸다. "너무 짧았습니다만, 잘 보셨겠지요. 저건 이번 공연의 3막에 나오는 한 장면입니다."

"아, 놀랐습니다." 내가 말했다. "우선 알고 싶은 것은 방금 제가 구경한 장면의 다음이 알고 싶군요. 계속해서 토끼는 배우로서 연기를 해냅니까?"

"그렇습니다." 연출자는 점잔을 부리면서 말했다. "완벽한 연기를 합니다. 마치 한 사람의 배우처럼 말이죠."

"훈련을 잘 시켰군요. 조건반사를 응용하신 것 같은데……."

"천만에요." 연출자는 펄쩍 뛰었다. "누구나 그렇게 생각할 겁니다. 동물이 말을 잘 들으면 사람들은 으레 조건반사를 생각합니다. 하긴 일종의 조건반사라고 해도 되겠지요. 생명을 가진 것, 이를테면 눈에 보이지 않는 바이니까 그렇지만 흔히 조건반사라고 할 때엔 일정한

학습 기간이 있음을 전제로 해야 합니다. 조건반사라는 것은 어떻게 말하면 아주 비과학적인 것인지도 모릅니다. 제가 토끼에 대해서 감히 과학이라는 말을 써가며 얘기하려고 그런 게 아닙니다. 무어랄까요. 마치 화농성 균이 페니실린에 대해서 a라는 반응을 보이고 B라는 소리에 대해서는 b라는 반응을 보이고 C라는 냄새에 대해서는 c라는 반응을 보인다는 것을 발견하는 것이 바로 과학입니다. 그런데 제가 바로 그것을 발견했단 말입니다. 따라서 조건반사는 개별적인 것이지만 제가 발견한 것은 보편적인 것이란 말씀입니다. 반드시 저기 있는 저 토끼가 아니라도 어떠한 토끼일지라도 우리 연극의 무대에 올려놓으면 우리가 일정한 빛과 일정한 냄새와 일정한 소리를 제공하는 한 토끼는 훌륭한 하나의 연기자가 되는 것입니다. 알아들으시겠습니까?

"놀랐습니다." 내가 말했다.

연출자의 말이 사실이라면 놀라운 발견이었다. 그리고 이 도시의 어느 숨겨진 장소에서 위대한 실험이 반복되고 있는 것을 나는 진심으로 기뻐하고 있었다. 인간들을 위해서 토끼들도 활약할 시대가 오는 것이다. 나는 기사 작성에 필요한 질문을 한 다스쯤 더 물어본 뒤에 말했다.

"공연하시는 날을 손꼽아 기다리겠습니다."

나는 정중한 음성으로 존경심을 나타내려고 애쓰며 그렇게 말했다.

위대한 시대만 온다면, 구두 한 켤레쯤은 아무것도 아니다.

    전연 의식하지 않고 있었는데 그래도 내 귀는 저 혼자서 듣고 있었던지 책상 위에 놓여 있는 사발시계가 갑자기 그 똑딱거림을 멈추었다는 것을 내 귀가 나에게 가르쳐주었다. 나는 누워 있던 자세에서 얼른 몸을 일으켜 시계의 태엽을 감았다. 사발시계의 태엽은 항상 기분 좋을 정도로 알맞게 내 손에 저항해온다. 내가 룸펜이라면 나는 항상 방 안에 누워서 시계가 정지하는 것만 기다리고 있고 싶을 정도다. 가능하다면 한 시간에 한 번씩 태엽을 감아줘야 하는 시계를 구해다 놓고 말이다.

    다시 살아서 똑딱거리기 시작한 시계를 제자리에 세워놓으려는 바로 그때 나는, 지금 집 안에는 나와 숙이를 제외하고는 모두 밖에 나가버리고 없다는 사실을 깨달았다. 그 깨달음이 이상할 정도로 강렬한 기쁨의 떨림을 내 몸에 퍼부어주었다. 그 뜨거운 떨림은 내 몸의 위에서부터 점점 아래로 번져 내려가더니 드디어 아랫배를 무겁게 압박하며 멈추었다. 마치 무인도에 두 사람만이 표류해 와 있는 듯한 정적, 그것이 왜 그렇게도 나에게 기쁨을 준단 말인가?

    나는 아랫배가 느끼고 있는 미묘한 압박의 정체가 무엇인가를 금방 알았다. 그래서 황급히 방바닥에 누워버리면서 일부러 소리 내어 중

얼거렸다. "모두들 어딜 나가서 아직 안 들어오나?" 그러나 그 압박은 가시지 않았다. 오히려 이빨로 아랫입술을 자근자근 씹고 싶을 정도로 더 강해지기만 했다. 내 일에 던져진 가능성의 공간과 시간을 어떻게 처리해야 할지 실로 아득했다.

우선 무인도란 것에 대해서 생각을 집중시켜보기로 했다. 무인도 무인도 무인도다, 무인도. 미국 만화에 곧잘 나오지. 야자나무 한 그루가 있고 머리털과 수염이 원시인처럼 자라난 사람이 옷을 찢어서 수평선에 나타난 점 한 개 정도 크기의 배를 향하여 그것을 내휘두르고 있지. 옷을 찢어서가 아니라 팬티를 벗어서 나뭇가지에 매어 흔들고 있지. 무인도, 무인도다. 남자 둘과 여자 하나가 있지. 힘센 남자가 약한 남자를 물속으로 내던지고 있지. 여자는 여왕처럼 오만하게 앉아 있지. 참 왜 미국 사람들이 그린 만화에는 무인도가 그토록 많이 나올까? 보는 사람들이 그런 만화를 보면 좋아하니까 그러겠지. 왜 좋아할까? 유난스럽게 왜 무인도 만화를 좋아할까? 무인도에 가는 게 꿈인 모양이지. 조용한 곳. 혼자만의 또는 둘만의 시간. 내 아랫배는 여전히 찌뿌듯했다. 무인도 따위의 엉뚱한 생각을 할 게 아니다. 정면으로 숙이와 나에 대하여 생각을 집중시켜보기로 했다. 그 여자와 말을 주고 받기 전엔 나는 그 여자에게 아무것도 요구하지 않고 그 여자를 좋아하고 있었다. 좋아했다는 말이 너무 지나치다면 그 여자를 내 곁에 느

354

끼고 있었다고 하자. 어느 날 문득 '천사의 직계 후손'이라는 말이 생각났다. 그러자 숙이를 거의 완전하게 표현했다는 느낌이 들었다. 그리고 어느 날 그 여자를 다방으로 불러내었다. 서로 무언가 말을 주고받았다. 시시한 얘기뿐이었다. 그 여자를 대단찮게 생각하게 되었다. 대단찮다는 말은 그 여자가 이미 내 속에 들어와 있는 존재가 아니라 앞으로 끌어들여야 할, 내 속에 들어오게 하기 위해서는 그 여자를 둘러싸고 있는 많은 모서리나 돌기들을 내가 힘써 깎아내고 문질러 없애야 할 존재. 다시 말해서 남이라는 것이었다. '대단찮게 생각했다'는 것은 '귀찮게 생각되었다'는 것과 같은 뜻이었다. 귀찮게 여기지 않으면 안 될 어떤 과정을 겪어낼 것은 일단 포기해버리자. 다시 그 여자는 여전히 남이긴 했으나 내 속에 들어와 있는 셈이 되었다.

나는 '귀찮다'라는 것을 내 아랫배를 향하여 강조했다. 그러나 마치 마술에 걸려서 갑자기 무인도에 온 것 같은 느낌을 주는 이 시간이 지나가버리기 전에는 주어진 가능성을 추구해보자고 내 아랫배는 자꾸 나를 쥐어박았다. 그 여자는 그때 안방에 있는 것 같았다. 책이라도 보고 있는지 아무 소리도 들려오지 않았다. 라디오 소리도 나지 않는 것을 보면 낮잠을 자고 있는지도 몰랐다. 어쨌든 처음에는 그 여자는 나를 거부할 것이다. 그럴 때 내가 지어야 할 표정은 어떤 것인가? 멋쩍게 웃을 수는 없다. 화난 체하고, 그럼 그만두자고 나와버리는 건 두고

두고 후회할 짓이다. 그렇지, 눈을 감자. 눈을 꾹 감고 내 아랫배가 명령하는 데 따라서 손을 움직이자. 그런데 정말 그 여자가 나를 거부할 때는? 그 여자에게도 자비심은 있겠지. 나로 하여금 열심히 말을 걸어오고 있었다는 사실이 내 아랫배의 편을 들면서 나를 일으켜 세웠다.

나는 조심조심 내 방의 미닫이문을 열고 마루로 나갔다. 마침 마당 한곳에서 자그마한 회오리바람이 일더니 그 작은 바람기둥은 팽이처럼 마당을 한 바퀴 돌고 사라졌다. 태양 빛을 받아서가 아니라 땅거죽 자체가 발광체인 듯이 마당엔 눈부신 햇빛이 가득하였다. 처마 그림자가 경계가 되면서 그 저쪽과 이쪽이 밝은 곳과 어두운 곳으로 뚜렷했다. 이쪽인 그늘 속에는 버림받은 듯한 꼴로 밟을 때마다 삐걱거리는 마루와 때 묻은 파자마를 입고 서 있는 내가 있었다. 그리고 다른 모든 것은 햇빛 가득한 마당의 저쪽에 오글오글 모여 있는 것 같았다. 나는 안방 앞으로 발뒤꿈치를 올려서 살금살금 걸어갔다. 방 안에서는 아무 소리도 들리지 않았다. 이럴 때 갑자기 안방 문이 왈칵 열리며 숙이가 밖으로 나온다면? 헤헤, 안녕합쇼라고 하나? 내 몸을 지탱하고 있는 발가락 열 개가 바르르 떨렸다. 결국 안방 문은 열지 못하고 말 자신을 잘 알고 있었던 것이 아닐까? 아랫배를 누르고 있던 압력이 네 주제에 이만한 것만도 장하다는 듯이 어느새 사라져 있었고 그 대신, 그 압력이 몸을 바꾼 것인지, 오줌이 조금 마려움을 나는 느

껐다. 나는 안방과 문 하나 사이를 둔 마루 끝에 앉았다. 이미 포기한 이상 나는 일부러라도 큰소리를 내고 싶었다. 그래서 마루에 앉을 때도 마룻장이 울릴 만큼 큰소리를 내며 주저앉았다.

"넘어지셨어요?"

먼저 숙이의 말소리가 들렸고 그다음에 안방 문이 숙이에 의해서 열려졌다. 저렇게 간단히 열 수 있는 문을! 그러나 이젠 다 지나가버린 것이다.

"햇빛 차암 좋네." 나는 혼잣말처럼 중얼거리며 마당을 내다보고 있었다. 나는 빨리 내 방으로 돌아가고 싶었다. 그러나 숙이가 열었던 문을 다시 안에서 닫아버렸을 때는 그 여자와 무어라고 말이라도 건네어보고 싶은 욕망이 울음이 터질 만큼 목 안에 가득했다.

"나와서 햇빛 구경이라도 안 하시겠어요." 내가 좀 크게 말했다.

"네에" 하고 그 여자는 분명히 낮고 떨리는 음성으로 대답했다.

여자의 본능으로써 내게서 어떤 냄새라도 맡았던 것일까? 그 음성은 분명히 경계심과 공포에 차 있었다. 그러자 사라졌다고 생각했던 미묘한 압력이 울컥 다시 아랫배로 몰려들었다. 그러나 동시에 나는 조심조심 달각거리는 소리도 들었다. 그것은 그 여자가 문고리를 내게 눈치채이지 않으려고 애쓰며 안에서 잠그고 있는 소리였다. 갑자기 부끄러움이 세찬 물결처럼 내 얼굴을 때리고 지나갔다. 나는 거의

무의식 중에 어깨를 움츠려 올리고 혀를 쑥 내밀었다. 햇빛 가득한 마당을 향하여…….

"햇빛 차암 좋네."

목에 가래 걸린 소리로 말하고 나는 변소로 갔다.

극장 안은 만원이었다. 표를 사지 못하고 돌아간 사람들도 많았다고 했다. 연극의 관객들은 항상 그 사람이 그 사람이어서 빤한 숫자인 데다가 연극 구경 세 번만 가면 서로 인사를 하지 않은 처지인데도, 응 저놈 왔군, 할 정도로 관객들끼리 서로의 얼굴을 외울 정도라는 이야기도 그날은 거짓말이었다. 오히려 여느 때의 연극 팬들이 표를 사지 못한 축에 더 많이 끼어 있었다고 했다. 왜냐하면 그들은 으레 이번도 관객들은 그놈이 그놈으로서 아무리 늦게 가더라도 표는 남아 돌아갈 테니까라고 생각했었기 때문이었다. 신문에 낸 극단 측의 광고는 서영춘, 구봉서가 나오는 영화의 관객들에게 더 어필할 수 있는 요소를 많이 포함하고 있었다. '토끼가 사람 이상의 연기를 한다'느니 '과학은 예술을 돕는다'느니 하는 식의 캐치프레이즈는 분명히 곡마단의 그것과 거의 비슷한 효과를 내었다. 장내를 한 번만 둘러보아도 관객들의 옷차림에서부터 다른 연극 공연에 온 관객들과는 전연 달랐다. 다른 때 극장의 의자를 차지하고 앉아 있는 친구들이란, 머리가 덥

수룩하고 무릎 위에 대학 노트를 두세 권 올려놓고 세기의 고뇌를 홀몸에 짊어진 듯한 표정으로 앉아 있는 대학생들이나 또는 지난번에 자기들이 지금 올려다보고 앉아 있는 바로 그 무대 위에서 '나타샤'로서는 또는 '브랑슈'로서 입을 벌렸다 오무렸다 하던 현역 배우들이거나 또는 공짜 표는 있겠다 별로 할 일은 없어서 산보 삼아 나와본 아주머니 아저씨가 고작이었다. 그런데 그날은 양단 치마저고리에 가을 코트를 걸쳐 입은 젊은 여자와 그 곁엔 머리를 깨끗이 빗어 붙이고 감색 양복에 붉은 넥타이를 한 청년 사장 또는 불붙이지 않은 파이프를 항상 입에 물고 그것을 이빨로 입의 이쪽저쪽으로 움직이며 들릴 듯 말 듯이 낮은 목소리를 위협적으로 끌어내며 말하는, 동대문시장에 점포를 열 개쯤 가지고 있는 뚱뚱보 사장과 그의 하루살이 애인, 또는 그날 낮엔 어느 중국요리집 2층 방에서 계(契)라는 행사를 지내고, 마침 그 자리에서 수남이 엄마가 "오늘 아침 신문광고를 봤더니 재미있는 연극이 있대요"라고 말을 꺼내자 여기저기서 "그래요.""그래요." "나도 봤어요.""토끼가 나와서 사람만큼 연기를 잘한대요." 어쩌고 저쩌고, 그래서 성미 급한—계꾼들 중엔 반드시 성미 급한 아주머니가 하나쯤 있어야만 계는 빵꾸가 안 난다—정혜 엄마가 "표를 예약합시다." 여기저기서 "그래요.""빨리 갑시다요." 그래서 택시 일곱 대가 부르릉이라는 식으로 여기에 온 아주머니들이 극장을 메우고 있었다.

모두들 입을 다물고 점잖게 앉아 있었다. 영화관에서라면 수군대는 소리 때문에 장내가 수선스러웠겠지만, 영화관에 비하면 훨씬 장소가 좁고 바로 눈앞에 거만하게 드리워져 있는 자주 색깔의 우단으로 된 막을 보니까 좀 기가 죽었는지 그들은 몸을 도사리고 앉아 있었다. 확실히 옛 귀족들이 만들어놓은 것에는 포마드와 대머리들의 기를 죽여 버리는 무엇이 있었다.

"연극 구경, 참 오랜만이죠?"

내 곁에 앉아 있는, 어느 요정(料亭)의 마담 같은 여자가 자기의 저쪽 곁에 앉아 있는 사내에게 소곤거렸다. 사내는 무어라고 대답했다.

"전 연극이 끝난 뒤에 나오는 '버라이어티 쇼'가 더 재미있어요."

여자가 소곤거렸다. 남자도 무어라고 대답한 모양이었다.

"그래요? 요즘엔 '버라이어티 쇼'도 안 해줘요? 아이, 시시하겠네."

여자가 말했다. 여자는 옛 악극단이 전성하던 시절에 살고 있는 모양이었다. 하기야 스크린이 보급되기 전엔 김희갑, 전옥이도 악극단에 있었으니까.

"장내에선 금연으로 되어 있습니다. 담배를 피우실 분은 휴게소를 이용해주십시오." 확성기가 투덜댔다. 잠시 후에 확성기는 또 한 번 투덜거렸다. "장내에선 금연으로 되어 있습니다."

갑자기 장내의 전등이 모두 꺼졌다. 동시에 사람들의 뒤에서 조명

하나가 거만한 우단 막의 중앙을 동그랗게 비췄다. '과학은 예술을 돕는다'는 것을 발견한 연출자가 스웨터 차림으로 조명 속에 나타났다. 그는 고개 한 번 끄덕이지도 않고 대뜸 웅변을 토하기 시작했다.

"여러분, 우리들의 예상을 완전히 뒤집어버림으로써 우리를 기쁘게 해주신 여러분, 여러분은 마침 좋은 때에 여러분 자신의 추악한 면을 발견할 수 있는 기회를 잡았습니다. 우리는 더 이상 여러분이 여러분 자신의 추악한 모습을 깨닫지 못하고 지내는 것을 참을 수가 없었습니다. 우리 '국민무대'는 생각했습니다. 여러분이 여러분 자신의 얼굴을 바라볼 기회를 갖지 못하는 한 여러분은 파멸할 수밖에 없다는 것을. 하여 우리는 장만했습니다. 여러분이 환영할 수밖에 없는 레퍼토리를 가지고 가장 효과적으로 여러분에게 여러분 자신의 모습을 보여줄 것을. 그렇다고 여러분은 우리에게 감사할 필요는 없습니다. 여러분을 구제하는 것, 그것은 우리의 의무니까요. 그러나 우리는 불안했습니다. 아무도 우리의 호소에 귀를 기울이지 않는 한 여러분의 파멸은 말할 것도 없고 우리의 존재 이유마저 물거품이 되고 마는 것이기 때문에. 그런데 여러분, 여러분은 떼를 지어서 이 극장으로 몰려들었습니다. 표를 사지 못한 사람은 더욱 많았습니다만 우리의 공연은 한국어를 알아들을 수 있는 사람이라면 누구나 다 우리의 무대를 쳐다볼 수 있는 바로 그 의자들에 앉을 때까지 계속될 것입니다. 여러분이

바로 그 의자들에 앉은 그 순간부터 여러분은 구제받기 시작했습니다. 그러면 여러분, 연극을 보시는 동안 그리고 보시고 나서 여러분이 우리가 여러분에게 보여주려고 했던 것을 조금이라도 알아보셨다면 그리하여 웃음이 나오거든 실컷 웃으시고 눈물이 난다면 실컷 우십시오. 눈물과 웃음, 그것은 여러분이 구제받기 위하여 쓸 수 있는 여러분의 최상의 바이블이 될 것입니다."

연출자가 관객들의 성분을 조금만 더 세밀히 관찰하였었다면 얘기를 쉽게 했으리라. 그러나 하여튼 관객들은 요란스럽게 박수했다.

"저 사람, 남자답게 생겼죠."

내 곁의 여자가 자기의 사내에게 소곤거렸다. 남자가 무어라고 대답한 모양이었다.

"아이, 당신은 빼놓고 얘기죠."

여자는 교태를 부리며 말했다. 그런데 동시에 남자의 손도 꼬집은 모양이었다.

"호호호, 그게 뭐 아프다구. 엄살도 심하셔."

여자가 말했다. 동그란 조명조차 꺼지고 장내는 깜깜해졌다. 잠시 후에 멀리서부터 점점 가까워오는 소리로 비행기의 폭음이 들리며 막이 올랐다.

극은 비행기의 항로를 하늘로 하고 있는 어느 시골에 사는 처녀가

마당에 나서서 하늘을 올려다보며 매일 밤 정해진 시간에 그 마을의 상공을 지나가는 비행기의 조종사를, 물론 얼굴도 모르는 사람이지만, 짝사랑하고 있다는 얘기에서 시작했다. 그 처녀는 비행기 조종사의 모습을 혼자 상상하며 애태운다. 그 처녀를 짝사랑하는 마을 머슴 하나가 나타나서 그 여자의 꿈이 얼마나 헛된 것인가를 말하려고 하나 차마 그 말은 꺼내지 못하고 사랑하기 때문에 나온 악의 없는 장난만 그 처녀에게 한다. 처녀는 머슴을 경멸한다. "오, 꺼졌다 켜졌다 하는 비행기의 저 빨간 등 푸른 등아. 나에게 네 주인 얼굴을 한 번만 보여다오." 처녀는 그 얼굴도 모르는 조종사를 찾아서 정든 마을을 탈출한다. 1막이 내린다.

"재미있을 것 같죠?"

내 곁의 여자가 자기의 사내에게 말했다. 사내가 무어라고 대답한 모양이었다.

"만날 거예요. 두고 보세요. 틀림없이 만날 거예요."

여자가 말했다. 서울에 올라온 그녀는 그 비행기의 조종사를 찾으러 다닌다. 어느 집 식모를 하며 틈틈이 밖에 나와서 그 조종사를 만날 수 있는 방법을 알려고 애쓴다. 그러나 그 여자가 알고 있는 것은 몇 시에 어느 마을 상공을 지나가는 비행기라는 것뿐이다. 어떤 남자가 나타나서 자기가 그 사람을 찾아주겠다고 한다. 식모 짓도 그만두

고 그 남자를 따라간다. 그 시간에 그곳을 지나가는 비행기는 미공군 수송기일 것이라고 했다. 그러면서 양키 하나를 소개해준다. "어머, 저 미국 사람으로 나오는 사람, 아까 시골의 머슴 아녜요?" 내 곁의 여자가 놀라서 자기의 사내에게 말했다. 아마 사내도 글쎄 이상하다고 대답한 모양이었다. 그 사람들에게 이 전위(前衛) 냄새를 풍기는 연극을 어떻게 설명할 수 있을까? 그럴 필요도 없겠지. 처녀는 저 사람은 아니라고 한다. 그러나 저 미국 사람이 틀림없는데 어쩔 것인가 하고 처녀를 데리고 온 사내가 말한다. 결국은 양갈보가 되고 만다. 2막이 내린다. 3막이 오른다. 조종사를 찾아주겠다고 하던 사내에게 속은 처녀는 이 양키 저 양키의 품속으로 돌아다녀야만 한다. 그러나 자기가 찾고 있는 조종사를 만나게 될 것이라는 기대를 버리지 못한다. 그리고 내가 진흙으로 둘러싸인 답십리의 어느 연습장에서 잠깐 보았던 장면이 나오는 것이다.

히야 하고 나지막한 탄성들이 여기저기서 쏟아져 나왔다. 대망의 토끼, 동대문시장에서 종로 뒷골목의 요정에서 중국요리집 2층 방에서 사람들을 이 극장 안으로 끌어오는 데 성공했던 신문광고의 캐치프레이즈에 등장했던 토끼가 조명을 받으며 지금 무대 위를 깡충깡충 뛰어나오고 있었던 것이었다. 답십리의 2층 방에서 보았을 때와는 다르게 토끼도 다른 배우들이 머슴으로 또는 양키로 분장했듯이 분홍색

으로 하얀 털을 물들여 장식하고 있었다. 아닌 게 아니라 나 역시 감탄할 만큼 토끼는 여자와 어울려 완전히 하나의 역(役)을 해내고 있었다. "토끼야, 이 사랑스런 토끼야, 그분은 어디 있을까? 너의 주인에게 물어봐주렴" 하고 여자가 푸념을 하면 토끼는 "글쎄요, 알아는 보겠습니다만 힘들 것 같은데요" 하는 표정을 몸 전체로 지어 보였다.

토끼의 출연 때문에, 연출자의 의도는 어떠했던지 모르지만, 극은 이제 코미디가 되어 있었다. 관객들의 관심은 온통 토끼의 움직임에만 쏠려버렸다.

그때, 예기치 못했던 실로 뜻밖의 사태가 벌어졌다. 토끼 때문에 넋을 놓고 있었던 탓일까. 관객석의 어느 곳에서 생리학적으로 얘기하자면 어쩔 수 없지만 요령 있게만 한다면 널리 알려지지 않을 수도 있는 소리가 났다. 그것이 사람들로 하여금 요란한 웃음소리를 터뜨리게 했다. 그렇지 않아도 토끼의 연기 때문에 얼마든지 웃을 준비가 되어 있었던 사람들은 그 좋은 기회를 충분히 이용하였다. 온 장내는 사람들의 웃음소리—웃고 생각해보니 또 우습고 그러고 나서 생각해보니 또 우스운 이 시간을 좀 더 연장해보고 싶다는 듯한 웃음으로 가득 차서 깊은 늪이 갑자기 소용돌이치듯 했다.

뿐만 아니라, 이 뜻밖의 사태가 연극에 미친 영향은 너무 컸다. 갑작스런 사람들의 웃음소리, 무시무시한 괴물 같은 웃음소리 때문인지

토끼는 몸을 떨며 한자리에 웅크리고 앉아서 관객 속을 응시하고 있었다. 웃음소리는 번지고 커지고 커진 대로 또 번지는 것이었다. 그때 토끼는 이젠 어쩔 수 없는 곳에 몰린 쥐가 고양이에게 달려드는 듯한 비장한 표정으로 관객석으로 뛰어내렸던 것이다. 사람들은 일제히 자리에서 일어섰다. 웃음소리는 사라졌다. 사람들은 이럴 때 어떻게 해야 하는가를 잠시 생각하고 있는 것 같았다. 생각은 끝났다. 장내는 수런거렸다. 관객석의 의자 밑으로 요리조리 뛰어다니는 토끼를 잡으려는 사람들의 기쁜 흥분이 온 실내를 지배했다.

토끼는 이리 뛰고 저리 뛰었다. 토끼가 막상 자기 가까이 오면 여자들은 비명을 지르며 팔딱팔딱 뛰었고 남자들도 차마 손을 내밀어 토끼의 귀를 잡지는 못하였다. 이제 사람들은 토끼를 잡으려는 것이 아니라 토끼를 두고 매스게임을 하고 있는 성싶었다. 이쪽에서 즐거운 함성이 일어났다.

얼마나 지났을까, 확성기를 통하여 연출자의 분노와 굴욕감을 견디지 못하겠다는 듯한 음성이 울려 나왔다. "여러분 대단히 죄송합니다. 대단히 죄송합니다. 연극은 뜻하지 않은 사태 때문에 여기서 중단하겠습니다. 수부(守部)에서 관람료의 반을 돌려드리기로 됐습니다. 대단히 죄송합니다. 앞으로도 쭈욱 저희 '국민무대'를 사랑해주셨으면 감사하겠습니다. 안녕히 가십시오."

사람들은 하나둘 밖으로 나갔다. 나는 마치 나조차 극단의 한 사람이라도 된 듯이 관객들에게 대하여 죄송한 마음을 금할 수 없었다. 그러나 이상했다. 연극이 중단된 것에 대해서 불평을 하는 사람은 하나도 없는 것 같았다. 오히려 모두 유쾌한 게임을 충분히 즐기고 난 후, 손수건을 꺼내어 이마의 땀을 닦는 듯했다.

다음 날, 나는 숙이를 마른 잎이 수북이 쌓인 정릉으로 데리고 가서 해치웠다.

노인이 없다

오후 4시. 나에겐 없어도 좋은 시간. 난로를 둘러싸고 앉아서 저마다 다른 생각을 하며 그러나 화제는 일관된 것으로서 작은 조리를 갖추기조차 하며 진행되는 시간이다.

"아아, 이젠 슬슬 그놈이나 찾아가볼까?"

라고 누군지가 하품을 하며 말하고 나서, 그 작은 조리 속으로부터 아무런 미련 없이 떠나갈 수 있는 시간이다. 미련이 남는다면, 난로가 내뿜고 있는 열기에 대한 그것이 남는다는 정도이다. 무력한 작은 조리는 곧잘 가던 길을 멈추곤 한다. "아무개 씨가 죽었대." 누군지가 눈

을 툭툭 털며 들어와서 난롯가에 끼어 앉으며 신문 기사식으로 뉴스를 전하면 조리를 세우거나 두들겨 맞추고 있던 사람들은 단번에 순진한 독자가 되어 그 뉴스 맨에게 시선을 쏟는다. "왜?" "심장마비라나?" 그러면 복상사쯤을 기대하고 있던 좌중은 피시시해지고 만다. 그러나 생전의 고인에 대한 얘기가 새로운 화제로서 시작되는 것만큼은 틀림없다. 고인이 남긴 에피소드를 모두들 자기가 알고 있는 범위 안에서 얘기하기 시작하여 차츰 고인의 결과적인 견지에서의 존재 이유까지 얘기하게 된다. 결국은 또 다른 작은 조리가 대두하는 것이다. 그러나 그것도 오래가진 않는다. 방금 갈아 넣은 난로 속의 사구공탄이 지독한 냄새를 피우기 시작하면 난로를 둘러싸고 앉아 있던 사람들은 저마다 눈살을 찌푸리며 구공탄에 대한 얘기로 미련 없이 화제를 옮기는 것이다.

그런데 그럴 수 있던 기자들이 단골로 찾아가는 신문사 뒷골목 속에 있는 다방도 요 며칠 동안은 '내부 수리 중'이란 딱지가 문에 붙어 있어서 기자들은 제각기 자기 취미와 필요에 맞는 다방을 찾아 뿔뿔이 흩어져버렸었다.

나는 청결하지 못한 따뜻함 속에 나를 가두어버리는 밖의 추운 날씨를 원망하며, '갇히다'라는 것에 대해서 요리조리 생각하며, 숙이에 대해서 생각하며, 오후 4시쯤엔 정이라는 외신부 기자를 따라서 'A'

라는 다방에 나가 앉았다. 그 지하실 다방은 스팀 장치가 되어 있어서 좋았다. 될 수 있는 대로 스팀의 곱창을 닮은 파이프가 있는 벽 가까운 좌석에 자리를 잡으려고 눈을 번뜩이며 나는 엉뚱한 작문을 지어 보곤 했다.

"황혼에 밝혀지는 불빛들이 이곳에 나를 가둔다……"는 '가둔다'는 말을 생각했을 때 금방 지어진 문구였고 그 후로 자꾸 지어 본 다른 모든 문구들에서 가장 맘에 드는 문구였다. "스팀의 촉촉한 온기가 이곳에 나를 가둔다." 이건 너무 천박해. "대학에서 배운 지식이 이곳에 나를 가둔다." 이건 어딘가 틀린 것 같고 역시 천박해. "파아란 털을 가진 고양이가 이곳에 나를 가둔다." 멋들어지긴 한데 여학교에 다니는 소녀가 지은 글처럼 의미가 없다. 파아란 고양이란 도대체 무엇을 가리킨다는 말인가. "바람에 흔들리는 구름이 이곳에 나를 가둔다." '혜세'와는 정반대의 의미를 가지면서 '혜세'가 금방 연상되는 문구. "돈이 이곳에 나를 가둔다." 옳고 말고, 그러나 노골적으로 속을 내보인다는 것은 고금동서를 막론하고 상놈의 버르장머리. "황혼에 밝혀지는 불빛들이 이곳에 나를 가둔다." "황혼에 밝혀지는……." 무척 맘에 들었다.

그러나 그런 것이 무슨 쓸모가 있단 말인가. 사(社)가 정해준 퇴근 시간까지, 다음 신문에 들어갈 기사만 꾸려놓으면, 곱창 파이프 가까

운 좌석이나 혹시 비지 않을까 노리고 있고 비생산적인 문구나 속으로 흥얼대고 앉아 있는 시간이 내게는 몹시 아까웠다.

"부업을 가져보는 게 어때?"

어느 날, 정이 내게 말했다.

"부업? 가정교사?"

"예끼! 부업이라면 가정교사밖에 생각 안 되나? 사람도 참!"

나는 무안했다. 하지만 가정교사라면 나는 정말 싫었다. 만일 사람이 일생 동안에 한 번씩은 의무적으로 가정교사를 해야 한다면 나는 대학 다니는 동안에 다섯 사람 몫은 해치웠다. 아이들을 적으로 삼고 하는 전투란 악마도 비명을 지를 도리밖에 없을 것이다.

"가질 생각 없어?"

정은 당장에라도 부업을 구해줄 수 있다는 듯이 재촉했다.

"글쎄."

"돈이 필요하지 않은가?"

돈? 아, 그래. 그게 필요하다고 나는 생각하고 있었다. 내가 애매하게 흘려보내버리는 시간을 아까워하던 것은 그것이 돈으로 바뀌질 수도 있다는 가능성을 무의식 중에 계산하고 있었기 때문이었을까?

"결혼 자금을 장만하긴 해야 할 텐데."

내가 말했다.

나는 숙이와 함께 지내는 시간을 생각했다. 우리는 난로처럼 뜨겁게 달아 있었고 난로 위에 올려진 주전자의 뚜껑처럼 일정한 간격을 두고 들먹거리고 있었었고 그리고 우리는 우리의 결혼에 대해서 얘기를 많이 했었다. 아니 우리의 결혼에 대해서 얘기하는 쪽은 숙이와 나 중에서 거의 오직 나뿐이었었다. 내가 우리의 결혼에 대해서 얘기하는 동안 숙이는 쉴 새 없이 내 말을 부정하거나 의심하기로 작정한 듯했다.

그렇다고 숙이가 나와의 결혼을 싫어하는 것일까? 아니었다. 숙이가 나보다 훨씬 그것을 바라고 있는 것은 분명했다. 다만 어떤 계획이 확실한 모습을 가지고 나타날 때까지는 그것이 성취될 수 없으리라고 의심하기로 하고 있는 모양일 뿐이었다.

나는 다방의 그 청결치 못한 온기 속에서, 나를 가두고 있는 것의 하나가 바로 숙이의 내 얘기에 대한 의심임을 뒤늦게나마 깨달았다. 그 의심으로부터 벗어나기 위하여 나는 친구의 일깨워줌에 의하여 문득 부업을 가질까 하는 생각을 하고 있었고 내가 돈을 필요로 함을 알았고 그것이 결혼 자금 준비라는 이름의 명분을 가짐을 알았다. 나는 숙이 앞에서 다하지 못했던 설명—숙이의 내 말에 대한 의심을 풀어보려는 노력을 숙이가 없는 곳, 말하자면 이 세상에 숙이라는 여자가 있다는 사실도 모르는 정 기자 같은 사람 앞에서 하고 있는 내가 참

딱해 보였다.

"약혼자가 있었어?" 정이 물었다.

"글쎄." 내가 대답했다.

숙이와 함께 여관방이나 다방 따위의 장소에서 우리의 결혼에 대해서 얘기하고 있을 때엔, 내일 신문에 나가도록 써내놓은 기사에 설령 잘못된 부분이 있음을 문득 깨닫게 되더라도 이미 그건 내 힘으론 어쩔 수도 없고 어쩌기도 싫은 듯이 생각되는 것처럼, 밖의 거리를 막아놓고 있는 찬바람이 내는 삭막한 소리와 답답하게 뜨뜻한 다방 속의 공기와 추상적이며 내가 가담해 있다고는 아무래도 생각할 수 없는 화제에 둘러싸여서는 숙이를 사랑하는지 어쩐지, 도대체 숙이와의 결혼을 내가 믿는지 어쩐지, 그것보다도 숙이라는 이름의 생물이 있는지 어쩐지조차 가끔 흐릿해지기만 하는 것이었다. 겨울의 기온이 이따금 사람의 판단력을 흐리게 하는 마술을 부린다고는 할지라도 그것만이 그런 이유의 전부는 아니었다.

오후 4시, 내게는 없어도 좋은 시간, 모든 것이 나와 관계없어 보이고, 아무도 그리고 아무것도 나를 필요로 하지 않는데 내가 무엇에 매달리려고 애쓰는 듯한 느낌 속으로 깊이 빠져 들어가는 시간, 모두들 제 나름으로 잘해나가고 있는데 내가 오직 헛된 노력으로써, 나도 거기에 있어야 한다. 나도 그것을 해야 한다고 안간힘을 쓰고 있었던 것

만 같은 느낌 때문에 숨 쉬는 것도 그쳐버리고 싶은 시간이었다. 모두들 제 나름으로 잘해가고 있는데, 그래, 어쩌면 숙이도 저 나름으로 잘해가고 있는지도 모르는데…….

"따분하군."

기껏 표현한 것이 '따분하다'는 정도는 너무 억울하다고 나는 생각했다.

"가만히 앉아 있으니 따분하기만 할 수밖에. 무엇을 붙들면 되는 거야. 게다가 돈까지 생기는 일이면 더욱 좋고……."

정이 말했다.

"그럴 수만 있다면야. 이럴 땐 예수라도 믿어두었더라면 좋겠어. 기도문이라도 외우며 앉아 있게……." 내가 말했다.

"뭐 그렇게 고상한 것으로써 따분함을 메꾸려고 할 거까진 없어. 정말 부업을 가질 수 있어?"

"정말 가질 수 있다니?"

"말하자면 시간적으로 여유가 있느냐 말야."

"뭐 좋은 일자리라도 있나?"

"하나 있긴 한데……."

그러고는 무엇을 생각했어요? 숙이가 묻는다. 리앵. 내가 대답한다.

392

리앵이 뭐예요? 아무것도 아니라는 뜻인데 프랑스 말이래. 내가 알고 있는 단 한마디의 프랑스 말이지. 좋지? 리앵이란 말. 그 말을 좋아하세요? 응. 프랑스 말은 그것밖에 모르세요. 가만있자…… 아듀라는 말도 알아. 그 말도 좋아하지. 아, 그건 저도 알아요. 작별 인사죠? 그래. 아이, 정말 외국의 작별 인사는 참 좋은 게 많아요. '안녕히 계세요'는 전 싫어요. 너무 길고 복잡하고 그렇죠? '안녕'이라는 말도 있잖아? 그래요. 그건 조금 나아요. 그렇지만 어디 슬픈 기분이 드나요 뭐. 작별 인사는 좀 섭섭한 뜻이 나타나 있어야죠. 작별 인사는 어느 나라 말로 하고 싶지? 어머, 우린 참 우습네요. 왜 작별 인사 얘기를 하는 걸까요 네? 그러게 말야. 헤어지게 될 모양이지? 정말 그러나 봐요. 농담이야. 헤어질 사람은 따로 있는 법야. 어느 나라 말로 하고 싶어? 글쎄요, 생각해보지는 않았었는데…… 음…… '사요나라'도 괜찮죠? 그렇지만 좀 겉치레로만 다정히 구는 듯한 느낌이라죠? '굿바이.' 그건 좀 정이 모자라는 것 같구요. 참, 어느 영화에서 들었는데 '아디오스'라는 작별 인사도 있더군요. 그렇지만, 그것도 좋긴 좋지만, 너무 우렁차서 남자들끼리나 했으면 좋을 인사 같구요. 그리고 보니 '아듀'가 그중 나은 것 같아요. 어쩐지 쓸쓸한 여운이 남는 것 같지 않아요? 그런 줄 몰랐었는데 숙이는 꽤 재치가 있었다. 어감을 구별할 줄도 알았고 남자의 비위를 맞출 줄도 알았다. 그렇지만 난 '아듀'보다 더 좋아

하는 작별 인사가 있어. 네? 그게 뭔데요? 참 어느 나라 말인데요? 어떤 잡지에서 봤는데, 소련 말의 작별 인사가 좋더군. '더스비다니어'라고. '더스비다니어'? 그게 소련의 작별 인사예요? 응. 왜 소련 말을 좋아하세요? 앞으로 조심해야겠어요. 아아냐, 소련 말이라 좋아하는 게 아냐. '더스비다니어'라는 그 말 자체가 좋은 거지. 소련 말들 사이에 끼어 있을 때의 그 말이 좋은 게 아니라 한국 말을 하는 내 입에서 그 말이 나올 때 나는 그 말을 좋아하는 거야. 내 말 알아듣겠어? 한국식의 어감에 대한 감응력으로써…… 아아, 귀찮아. 숙이에게까지 내가 소련을 좋아하지 않는다고 설명해야 되나? 관두세요. 그런 뜻으로 물어본 건 아녜요. 그 말 자체가 좋다고 하셨죠? 그럼 됐어요. 숙이는 마치 정보부의 스파이처럼 말하는군. 그래, 그 말 자체가 좋은 거야. 내 상상력을 자극해주는 말이거든. 숙이, 어디 한번 나를 따라 상상하기 시작해봐. 북쪽 지방의……. 음성을 아주 낮게 하세요. 그래 아주 낮게 말할게. 북쪽 지방의 황막한 벌판을 상상해봐. 아무 데도 산이 보이지 않고 지평선으로만 막힌 벌판이야. 그리고 그 벌판에 눈이 펑펑 쏟아지는 밤을 말야. 그런 끝없는 벌판 가운데 작은 읍이 있고 지금 막 그 읍의 작은 정거장으로 하얗게 눈을 뒤집어쓴 기차가 증기를 내뿜으며 들어오고 있어. 캄캄한 밤이야. 아니지 눈 때문에 하얀 밤이야. 하얀 밤. 알지? 백야(白夜) 말야. 기차가 도착했을 때 한 여자가 기차에 올라

타는 거야. 털이 긴 털외투로 온몸을 싼 여자야. 얼굴만 빨갛게 어둠 속으로 내놓고 있는 아주 아름다운 여자야. 그 여자가 방금 오른 기차의 밖에서는 한 남자가 한 손에 하얀 어둠 속에서 노오란 불빛을 조그맣고 동그랗게 내뿜는 등불을 들고 그 여자를 바라보고 있는 거야. 역시 털외투를 입고 털모자를 쓰고 있는 젊고 잘생긴 청년이야. 기차 안으로 들어간 여자는 자리를 잡고 앉자마자 증기가 얼어붙어서 밖이 보이지 않는 유리창을 손바닥으로 문질러 닦는 거야. 이제 밖이 보이는 유리창에 그 여자는 얼굴을 찰싹 붙이고 등불을 들고 서 있는 남자를 내다보며 입안의 소리로 가만가만히 말하지. '더스비다니어'라고. 그때 기차는 움직이기 시작했어. 밖에 서 있던 남자는 기차를 따라서 달려오며 노오란 등불을 내휘두르지. 그러면서 입을 힘껏 벌려 무어라고 외치는데 여자의 귀에는 그 소리가 들리지 않아. 눈이 내리는 광막한 벌판의 밤을 흔들어놓기에는 너무 작은 소리였는지 모르지. 아니면 그 소리는 차가운 공중에 꽁꽁 얼어붙어버렸는지도 몰라. 그러나 아마도 그 남자가 외친 소리 역시 '더스비다니어'였을 거야. 여자도 남자의 모습을 보기 위해서 더욱더욱 얼굴을 유리창에 갖다 붙이며 입속에서 마구 외우지. '더스비다니어', '더스비다니어'라고. 여자의 눈에서는 눈물이 한 줄기 볼을 타고 빠르게 흘러내려 남자의 노오랗고 작은 불빛도 이내 어둠 속으로 파묻혀버렸어. 기차는 눈 오는 밤

에 지평선 너머로 달려가고……. '더스비다니어'는 길가에서 만나는 사람들끼리 흔히 주고받는 작별 인사래. 그런데도 어딘지 지금 헤어지면 다신 만나지 못할 사람들끼리 주고받는 인사 같은 데가 있지 않어? '더스비다니어'라고 나직이 말하고 나서 그 말을 한 사람은 눈 내리는 밤에 기차를 타고 지평선 너머로 영영 가버리는 거야. 숙이는 고개를 숙이고 조용히 듣고만 앉아 있다. 꼭 오늘 밤처럼 눈이 내리는 밤이겠죠? 숙이가 말한다. 눈? 아 참, 눈이 내리지. 내가 말한다. 어머, 눈이 내리고 있었다는 것도 잊어버리셨어요? 방문 좀 열어보세요. 아직 눈이 내리고 있는지 모르겠어요. 나는 방문을 연다. 전등 불빛이 번져 있는 공중에는 눈이 먼지처럼 흩날리고 있다. 그런데 여관의 좁은 안마당에는 눈이 조금도 쌓여 있지 않다. 콘크리트로 된 마당에는 물이 얕게 고여 있어서 내리는 눈은 마당에 닿자마자 없어져버린다. 지금도 내리고 있어요? 응, 이쪽으로 와서 봐. 숙이는 밖을 보기 위해서 방의 안쪽에서 무릎으로 기어 와서 열려진 방문 앞에 엎드린 자세로 있다. 눈 때문에 가야 할 먼 길을 두고도, 어느 주막에 묵고 있는 여승 같은 숙이. 아이, 이러지 마세요. 약속했잖아요? 손목 좀 잡은 것뿐인데 뭘 그래. 단순한 거지만 장소에 따라서는 의미가 달라져요. 숙이가 얼른 자기 자리로 돌아가며 말한다. 어쨌든 숙이는 내 거야. 그래요. 그러니까 결혼할 때까지는 참으세요. 뭐라구? 뭐가 잘못됐어요? 리앵.

아무 데나 그 말을 쓰나요? 나는 그저 싱긋 웃기만 한다. 웃는 얼굴이 좋아요. 나 말야? 네. 그러니까 늘 웃고 계세요. 싱겁군. 싱겁지 않아요. 정말예요. 대화가 끊어진다. 숙이는 무릎까지 덮고 있는 이불을 내려다보며 손가락으로 이불의 꽃무늬를 꼭꼭 누르고 있다. 그러고 있는 숙이를 나는 이불을 사이에 두고 건너다보고 있다. 숙이가 고개를 든다. 아까 그 얘긴 상상하신 거예요? 무슨 얘기? 그 북쪽…… '더스비다니어'에 관한……. 아, 그거 응, 상상한 거야. 왜? 퍽 좋아요. 꼭 무슨 영화 장면 같아서요. 영화 장면? 그래, 영화 장면이야. 어머, 금방 상상하신 거라구 해놓구선. 상상한 거야. 그런데 영화의 한 장면처럼 돼버렸어. 나는 영화라는 것에 문득 증오감을 느낀다. 영화 만드시면 잘 만드시겠어요. 나는 웃는다. 웃을 수밖에 없다. 또 대화가 끊어진다. 숙이가 말을 시작한다. 저 옆방에도 사람이 들어 있나 부죠? 그런 거 같군. 그럼 저걸 어떻게 하죠? 뭐 말야? 저 전등 말예요. 벽의 위쪽에 사각형의 구멍이 나 있고 거기에 전등이 걸려 있어서 그 한 개로써 두 방이 쓸 수 있도록 되어 있다. 저 방 사람들이 자면서 불을 꺼버리면 우린 어떻게 하죠? 우리도 자야겠지 뭘. 아이, 불을 꺼버리면 싫어요. 저쪽에서 불을 끄려고 하면 못 끄도록 하세요. 네? 나는 고개를 끄덕인다. 지금 몇 시쯤 됐어요? 나는 스웨터 소매를 걷고 시계를 본다. 속일까 하고 나는 생각한다. 그러나 정직하게 말한다. 11시 조금 지났

어. 아직도 버스가 다니겠네요. 그냥 집으로 가요. 네? 내일 아침이 되면 또 보게 될 텐데요. 네? 왜 엄마가 야단칠까 봐 무서요? 아녜요, 어머니한테는 거짓말을 해서 미안해요. 무섭지는 않아요. 오늘만은 손가락 한 개 까딱하지 않겠다고 맹세했잖아? 한 번만 믿어봐. 하긴 나 자신도 믿을 수 없는 얘기다. 오늘만이 아녜요. 네? 앞으로 쭈욱 그러는 거예요. 네? 아무래도 좋아. 우리 둘이서 함께 지낸 밤을 갖고 싶었던 것뿐야. 가지 마. 이렇게 조용한 곳에 들어앉아 있으니까 서울에서 멀리 떨어진 곳에 온 것 같아요. 정말이야. 근데 눕지! 참, 누우세요. 피로하실 텐데…… 전 정말 정신없는 여자죠? 누우세요. 전 이렇게 앉아 있는 게 더 편해요. 나는 숙이의 무릎을 베고 눕는다. 숙이도 그것만은 용서한다. 다른 건 뭐 상상하신 거 없으세요? 상상하신 얘기가 참 재미있어요. 상상한 게 있긴 있어. 뭔데요? 해주세요. 우리가 결혼하고 난 후의 생활에 대해서야. 정말? 결혼하게 될까요? 그럼 하구말구. 무얼 상상하셨어요? 아니, 내가 상상했다고 생각하지 말고 지금부터 함께 상상해보기로 하지. 어때? 전 도무지 상상되지가 않아요. 전 병신인가 부죠? 아냐, 하면 돼. 우선 우리는 결혼식을 올리겠지? 숙이는 대답이 없었다. 어느 예식장이 좋을까? 전 남들이 예식장에서 결혼식 올리는 것을 보고 있으면 괜히 제가 얼굴이 뜨거워져요. 성당이 참 좋아요. 언젠가 고등학교 동창 애 하나가 성당에서 결혼식을 올리는

걸 봤는데 참 엄숙하고 좋아 보였어요. 그래, 그럼 성당에서 식을 올릴까? 그렇지만 그러려면 성당엘 다녀야 되잖아요? 까짓거, 다니지 뭘. 다니실 수 있을 거 같아요? 까짓거 다닐 수 있지 뭘. 숙인? 전 정말 다니고 싶어요. 근데……. 근데 어째서? 근데 사람들이 너무 많아서 싫어요. 숙인 욕심쟁이군. 성당을 온통 혼자 차지하겠다니……. 그건 아녜요. 그래. 하여튼 성당에서 우린 결혼식을 올리겠군? 피시이. 왜 웃어? 마음대로 아무 데서나 결혼식을 올리시는군요. 그럼 마음대로지. 그런 거까지 우리 마음대로 안 되나? 하여튼 결혼식은 올렸어. 신혼여행을 가야겠지? 숙이는 대답이 없다. 내 친구들 보니까 대부분 온양이나 해운대로 가더군. 우린 좀 색다른 데로 갈까? 숙이는 대답이 없다. 어디가 좋을까? 제주도? 설악산? 참 경주도 괜찮겠군. 아니 그 모든 곳을 한 바퀴 돌고 오지 뭐. 신혼여행엔 역시 바닷가와 온천이 있는 곳이 좋은 모양이야. 우린 손을 잡고 백사장을 걷는 거야. 파도가 사악 사악 밀려왔다간 물러가곤 하고. 그리고 밤이면 우린 함께 온천의 목욕탕으로 들어갈 거야. 숙이가 내 등을 밀……. 숙이의 손바닥이 가볍게 내 뺨을 때린다. 그러고 나선 어쩔 줄을 모르겠는지 내 뺨 위에 손바닥을 얹어놓고 있다. 아아, 방금 30년 후가 상상됐어. 숙인 내가 빈 월급봉투를 들고 왔다고 방망이로 날 내쫓을 거야. 숙이가 웃는다. 그건 고바우 만화에나 있는 얘기예요. 아팠어요? 내 뺨 말야? 네. 쩌릿쩌

릿해. 우리의 상상을 계속해야지. 아니 그만하세요. 왜? 재미없어? 숙이는 대답이 없다. 우린 아이를 낳겠지? 아들을 낳아도 좋고 딸을 낳아도 좋아. 아들을 낳으면 숙이가 좋아할 테고 딸을 낳으면 내가 좋아할 거야. 단 어느 쪽이든 숙이를 닮아야 해. 그래야만 내가 아이를 안고 밖엘 나가더라도 사람들이 그 아이 참 이쁘게 생겼다고 할 거니까 말야. 우리는 어디 살게 될까? 변두리에 정원도 가꿀 만한 집을……. 그만하세요. 왜? 재미없어? 아녜요. 재미있어요. 그렇지만 상상보다 더 좋을 수도 있잖아요? 오오, 역시 숙인 욕심쟁이군. 아녜요. 욕심은 부리지 않아요. 저한테 상상되는 건 아무것도 없어요. 조금 있으면 결혼식장에 평택 아저씨 댁 사람들이 식에 참석하실 것이라는 것하구 어머니가 우실 것이라는 것하구…… 뭐 그런 거뿐예요. 친구들도 오겠지? 그래요. 친구들이 몇 명 올지도 모르죠. 그렇지만 시집가버린 친구들이 많아서 걔들이 와줄는지 모르겠어요. 우리의 대화는 오랫동안 끊어진다. 사실 그래. 내가 말한다. 나도 솔직히 말하면 그것에 대해서는 상상하고 싶지가 않아. 상상하다가 보면 우린 늙어서 죽는 거야. 서로 따로따로 죽는 거지. 아니 어쩌면 누가 먼저 병들어 죽을지도 몰라. 난 꼭 내가 무슨 사고나 병으로 죽을 거 같아. 전 제가 먼저 꼭 그럴 것 같아요. 그래, 어느 쪽이든 그렇게 될지도 모른다. 그러면 아이들은 누가 혼자서 맡게 되겠지. 무척 괴로울 거야. 그렇게 나쁘게만

408

생각하지 마세요, 네? 그래. 그렇지만 조금도 떳떳하지 못하게 살지도 모른다는 생각이 가끔 들어. 난 아침 6시 반쯤엔 일어나서 세수를 해야겠지. 숙인 아침밥을 짓느라고 좀 더 빨리 일어나야 되고 애들은 좀 더 잠을 자고 싶어 하겠지. 나도 어렸을 때 그랬으니까. 숙이와 내가 애들에게 호령해가며 깨워야 할 거야. 숙이만 집에 남고 나와 애들은 만원 버스를 겨우 타게 될 거야. 탈 때는 손을 꼭 붙잡고 탔는데 밀치고 밀리고 하다가 보면 애는 운전수 쪽에 처박혀져 있고, 난 맨 꽁무니 의자 쪽에 처박혀 있게 될지도 몰라. 애들은 숙제만 한 아름 안고 집으로 돌아오고 난 술이 취해가지고 돌아와서 괜히 친구들 핑계만 대며 억지 술을 마셨다느니 중얼거리고 있을지도 몰라. 식구들 중에 누가 갑자기 병들면 숙이와 나는 돈을 꾸러 아는 집을 찾아다니며 고개를 굽실거려야 할지도……. 그만하세요. 앞날은 알 수 없는 거예요. 다 알고 계시는 듯이 얘기하지 마세요. 그래 안 할게. 숙이 말이 맞아, 앞날은 알 수 없는 거야. 알 수 없다고 생각하기로 해요. 네? 그래, 알 수 없다고 생각하기로…….

극장 안에서는 거울을 철거할 것을 나는 호소하고 싶었다. 스크린 위의 잘생기거나 멋진 또는 용감한 인물과 자기를 완전무결하게 혼동하고 있던 사람들이, 벨이 울리고 불이 켜진 뒤에 겨우 열 발자국쯤

걸어 나오다가 거울 속에서 자신의 착각을 할 수 없이 인정하고 환멸을 느끼게 해버리는 극장 안의 거울은 과히 재치 있는 도구가 아니다. 밤길을 흐뭇한 기분에 빠져서 걷게 하고 자기 방의 이불 위에 몸을 던지고 손거울을 들여다보고 그제서야 번지수가 틀렸다는 것을 깨닫게 하더라도 그다지 넉넉한 시간을 그 사람들에게 주는 것은 결코 아니다. 그러나 냉정한 정직을 사랑하는 사람들이 많다.

나는 휴게실의 벽에 걸려 있는 거울을 이용하여 영감님을 지켜보면서 그 휴게실을 꽉 채우고 있는 젊은 사람들과 거울과의 관계를 그렇게 생각하고 있었다. 그런 엉뚱한 생각이라도 하지 않고서는 움직이는 것이라고는 축 늘어진 눈꺼풀뿐으로서 마치 부처님처럼 휴게실의 긴 의자 귀퉁이를 차지하고 앉아 있는 영감님을 지켜보며 앉아 있기가 힘들었다. 어쩌자고 주책없이 영화관엘 오는지 몰랐다. 일반적으로 노인과 영화와의 관계에서는 나로서는 생각할 게 없는 것만 같았다. 인생을 영화 속에서 배운다고 하면, 이젠 주어진 시간을 거의 다 써버린 저 영감님 같은 분에겐 영화를 봄으로써 후회나 아쉬움밖에 남을 감정이 없을 것이다. 후회나 아쉬움으로써 자신을 학대하는 취미를 가진 영감이 아닌 바에는 영화관까지 나를 질질 끌고 다니지는 않을 텐데. 그러나 물론 영감의 취미를 나는 알 도리 없다.

하여간 괴상한 영감이었다. 별로 기운이 왕성한 것 같지도 않은데

그대로 꾸물거리며 몸을 여기저기로 옮기고 싶어 하는 영감이었다. 처음부터 괴상한 영감이었다.

　오후 3시경, 집에서 출발. A다방으로 출근. 집에서 A다방으로 오는 동안에 한눈도 팔지 않고 굼싯굼싯 걸어온다. 반드시 A다방으로 간다. A다방의 마담이나 레지 중의 누구에게 마음이 있어서인 것은 결코 아닌 것 같다. 하기야 그렇다고 하더라도 별수 없는 나이다. 아마 커피 맛을 쫓아오는 모양인 것 같다. 커피에 대해서 레지에게 잔소리를 많이 한다. 4시나 5시까지 A다방에 앉아 있다. 그냥 혼자 앉아서 사람 구경만 한다. 오랫동안 A다방을 나가고 있지만 말 친구도 사귀지 않았다. 껌 파는 애들과 이따금 오랫동안 얘기를 하거나 할 뿐이다. 오후 6시 때로는 7시까지는 반드시 집으로 돌아간다. 그러니까 감시해야 할 것은 3시부터 7시까지의 네 시간 정도. 그동안에 영감님이 어디 가 있었는가, 누구를 만났는가를 따라다니며 알아두었다가 흥신소에 보고하는 일이다. 그동안에 물론 눈치채지 못하도록 해야 하는 것이며 특히 중요한 임무는 영감님의 신변을 보호해야만 하는 것이기도 하다. 이 일은 영감님이 살아 있는 동안 아니 자기 발로 걸어서 밖에 나오는 일이 계속되는 한 아마 쭈욱 있을 것이며 그 일을 맡는 사람에게 주는 사례는 일당 500원이다. 이것은 흥신소에서 영감님에게 따르는 소원(所員)에게 내린 지시라고 했다. 정은 덧붙여 말했다.

"그런데 3시부터 4시까지는 구태여 따라다닐 필요도 없어. 반드시 다방에 나와 앉거든. 신변 보호 문제가 남는다, 그건 말하자면 영감쟁이가 자동차에 치이거나 남과 다투어서 얻어맞을 경우를 예상해서 그러는 모양이지만, 저 나이쯤 된 영감에게 행패 부릴 사람은 없을 거고 자동차 사고의 경우를 예상하면 매일 구두 닦는 아이를 한 명씩 교대로 사서―그 애들한테는 50원만 주면 3시부터 4시까지의 보호를 맡으니까 말야―시키면 돼. 7시까지는 틀림없이 자기 집으로 가는 양반이니까. 그 후엔 자유야. 요컨대 6시나 7시까지가 영감쟁이의 자유분방한 시간인데 그 시간에 영감쟁이가 가는 곳이 대중없단 말야. 오늘은 기원엘 가는가 하면 다음 날은 영화관엘 가지. 정말 영화관에 들어가면 딱 질색이거든. 하마터면 잃어버릴 뻔하지 않나. 하마터면 내가 영화 보느라고 넋을 놓아버리지 않나. 그리구 잘 가는 데가 우습게도 파고다공원이란 말야. 글쎄 영국제 천으로 지은 양복과 코트를 입고 중절모를 쓰고 나비넥타이를 잡순 미끈한 영감이 욕설과 불평불만과 엉뚱한 꿈으로써 가득 찬 파고다공원엘 뭐 하러 가는지 나 참. 요샌 겨울이니까 공원엔 다행히 사람들이 나오지 않지만 다른 땐 하여튼 파고다공원에 가서 지게꾼들 틈에 끼어 그들의 얘기에 고개를 끄덕거리기도 하며 몹시 감동하는 듯하단 말이지. 그럴 땐 마치 민정(民情)을 살피러 다니는 일시적으로 은퇴한 정치가 같거든. 그리구 가는

데가 어디더라? 뭐 대중없으니까. 이발소엘 한번 들어가면 안마까지 시켜 받으니까 그럴 땐 슬쩍 뒤따라 들어가서 옆자리에 앉아 나도 이발을 하는 편이 좋을 거야. 아마 돈 많은 영감님이 의사의 권유로 산보를 다니시는데 혹시 교통사고라도 당할까 봐 주인마님께서 비밀 비서를 두자는 얘기인 것 같은데 생각하기보다는 까다로운 일이 아니야. 슬슬 따라다니다가 보면 가끔 재미있다고 생각되는 일도 있을 거야. 단 한 가지 태도만 유지하면 일은 쉬워. 즉 되놈 정신, 여유만만하게 생각하는 거야. 나 말인가? 아, 난 다른 일거리를 주더군. 굉장한 미인의 뒤를 쫓아다니며 그 여자에게 애인이 있나 없나를 알아다 바치는 일이야. 잘만 하면 그 여자가 하루 저녁쯤 같이 지내줄지도 모를 일이거든. 몇 달 동안 영감쟁이만 쫓아다녔더니 나도 굼싯굼싯해지는 게 굼벵이가 다 된 것 같아. 영감 말이지? 글쎄, 일의 성격이 뭐 그런 거니까 알고 싶지도 않아서 캐보진 않았는데 자기 마누라에겐 어린애로밖에 보이지 않는 복 많은 늙은이라고 생각해둬도 무방한가 봐. 아마 활동하던 시절엔 외국에서 지낸 냄새가 나. 서양, 아마 미국에서겠지. 영감쟁이들, 외국에서 지내고 온 양반들이 우습게도 철저한 유교도 노릇을 한단 말야. 기독교인이니 기독교 장로니들 하긴 하지만 그건 거기서 포크와 나이프를 써야 살기에 편하게 되듯이 장사 속셈까지 곁들여 그저 교회에 다녀본 것뿐이고 알맹이는 유교란 말야. 괴상

한 유교도들이지. 아마 아직도 상투 달고 다니던 때에 외국에 나갔다가 그 외국에서는 굽신굽신 헤헤로 살아야 했고 그럭저럭 돈을 모아 늘그막에 고국으로 돌아왔는데 그놈의 고국이란 게 어찌나 변했는지 어떻게 행동해야 옳을지 모르겠고 영감님이 그리워했고 살 수 있던 고국은 상투 시대였고 그런데 눈치를 보아하니 상투식의 생활이 아직도 있긴 있는 모양이고 하니까 괴상한 유교도가 될 수밖에. 내가 짐작하는 것은 그 정도야. 영감쟁이가 파고다공원에 잘 가는 것도 이해를 할 것 같아. 파고다공원식 여론의 발상이란 게 유교에 근거를 둔 것이거든. 거기선 대통령을 뭐라고 부르는지 아나? 나라님이라고 불러. 하여간, 불과 두 시간 정도이긴 하지만 매일 따라다니기가 좀 따분하긴 할 거야. 그저 서울 구경하는 셈 잡고. '돈이 생긴다 돈' 하며 따라다녀 봐. 재미있을 때도 있다니까."

처음 며칠 동안은 신문사 일을 오히려 부업 취급해버리고 온 정신을 눈에 모아서 영감님의 뒤를 쫓아다녔다. 다방에서는 나는 신문으로 얼굴을 가리고 명탐정이나 된 듯한 기분으로 영감을 지켜보고 있었고 거리에서는 영감을 저 앞에 두고 본의 아닌 건달이 되어, 마음에 드는 물건도 없고 있다고 해도 살 돈도 없으면서 상점들의 진열장을 훔쳐보며 어슬렁거렸다.

"어때? 할 만해?" 정이 물었다.

"눈이 빠지겠어. 그것도 고역인걸. 마치 책 몇 권 보고 난 뒤 같아."

"영감이 좀 이쁘게나 생겼으면 좋겠지만……." 정이 말했다.

영감은 다만 영감일 뿐이었다. 표정을 변화시키기에도 힘이 드는지 항상 그저 그렇다는 듯한 얼굴로 앉아 있었고 한 걸음 한 걸음을 조심스럽게 옮겨놓았고 가끔 멋진 중절모를 좀 더 깊숙이 눌러쓰기 위해서 짚고 있던 단장을 옆구리에 끼고 손을 움직이거나 하는 영감이었다. 추운 날씨인데도 늠름하게 거리를 걸을 수 있는 것은 속옷을 많이 껴입었거나 좋은 약을 많이 먹었거나 그럴 리는 없겠지만 감각이 모두 죽어버렸기 때문이겠지. 영감이 길을 걸어갈 때면 추위 때문에 얼음덩어리처럼 꽁꽁 얼어붙어 있는 거리가 영감의 몸뚱이 근처에서는 흐물흐물 녹아서 허공에 몸뚱이 크기만 한 구멍이 피시시 뚫리는 것 같았다.

그처럼 흐물흐물하고 뒤뚱거리며 만사태평인 영감과 그 스무 발자국쯤 뒤에서 온갖 신경을 곤두세우고 코트 깃을 귀 위까지 끌어올리려고 애쓰며 갑자기 횡망스런 종종걸음을 걷다간 금방 걸음을 느리게 하는 나는 아주 대조적이어서 영락없이 만화였다.

영감 뒤를 따라다니다가 보면 때때로 내가 나를 잃어버리고 길 가운데 멍하니 서 있곤 했다. 내가 나를 잃어버렸다는 얘기는, 급히 신문사로 돌아가야 할 일이 있어서 초조해지거나 영감의 하염없이 느리고

태평한 걸음걸이에서는 아무런 사건이 일어날 징조도 보이지 않는데도 무언가 일어나기를 기다리며 허둥거리는 내가 무엇 때문에 이 짓을 하고 있느냐는 의문이 교통신호처럼 대낮의 거리에서 불을 밝히기 때문이었다. 숙이, 일당 500원, 저금…… 그렇게 생각해나가면 웃음밖에 나오는 게 없어서 거리의 시멘트 전봇대에 털썩 등을 기대며 차가운 하늘로 얼굴을 올리고 입을 짜악 벌려버리곤 한다는 말이다.

내가 액자에 넣어져서 벽에 걸린 외국 배우들의 얼굴을 하나하나 구경하고 나서, 배우들은 눈이 예쁘게 생겼군 하고 생각하며 고개를 돌렸을 때 조금 전까지도 그 축 늘어진 눈꺼풀만 씰룩거리며 부처님처럼 휴게실의 긴 의자 한 귀퉁이를 차지하고 있던 영감님이 보이지 않았다. 영감님이 앉아 있던 곳을 중심으로 하고 나는 찬찬히 살펴봤다. 좀 물렁하게 비대한 편이고 까만 외투를 입고 있는 사람들이 몇명 눈에 뜨이기도 했지만 모두 노인의 아들뻘이나 될 만한 중년 멋쟁이들뿐이었다.

나는 황급히 자리에서 일어섰다. 뺑소니를 쳤을까? 설마. 나는 다음 프로를 기다리며 휴게실에서 기다리고 있는 사람들 틈에서 갑자기 영감을 만나더라도 천연스럽게 행동하려고 느릿느릿 마치 화장실에라도 가는 사람처럼 걸었다. 그러나 눈알은 제정신이 아니었다. 극장 안의 휴게실에 앉아 있던 사람이 갈 만한 곳이라고는 영화 관람실과 화

장실과 매점밖에 있을 수 없었다. 그런데 영화 관람실은 지금 아무도 들어갈 수가 없으니 갈 곳은 화장실과 매점밖에 없었다. 나는 우선 금방 눈에 띄는 매점 쪽을 살펴보았다. 어떤 허름하게 생긴 청년이 담배를 사고 있는 게 보였을 뿐 영감은 그 근처에도 없었다. 나는 화장실을 목표로 통로를 걸어가면서도 쉴 새 없이 눈알을 굴렸다. 이상하게도 화장실 안에는 영감은 없었다. 작은 게 아니고 큰 것인 모양이라고 생각하며 나는 '노크'라고 쓰인 곳은 모두 두들겨보았다. 곤란하게도 모두 만원이었다. 혹시나 싶어 다시 한 번 모두 두들기며 나는 안에서 나에게 대답하는 노크 소리를 귀로 관찰했다. 성급하게 대답하는 노크 소리, 귀찮다는 듯이 대답하는 노크 소리, 큰 소리, 작은 소리, 한꺼번에 대여섯 번을 두들기는 소리, 딱 한 번 점잖게 두들기는 소리, 가지각색이었다. 하지만 그 소리들 중에서 어떤 게 그 망할 놈의 영감의 노크 소린지를 분간해낼 만큼 철저하게 사람을 닮았다고는 얘기할 수 없는 소리들이었다. 나는 화장실의 문밖에 서서 여유를 가지려고 담배를 피우며 나오는 사람들을 하나하나 훑어보았다. 굼벵이 같던 영감이 빠르기도 한 게 아무래도 무슨 흑막이 있는 것만 같았다. 변소문은 하나씩 하나씩 열렸고 사람들도 내가 언제 궁둥이를 까고 저 안에 앉아 있었느냐는 듯이 담배를 점잖게 빨며 마치 곰탕 집에서 이를 쑤시며 나오듯이 나오는 사람…… 그래도 영감은 끝내 나타나지 않았

다. 아차, 좌석 번호가 2층이어서 2층으로 올라갔나 보다. 나는 후닥
닥 계단을 밟고 2층으로 뛰어 올라갔다. 2층에 가서는 또 마음과는 반
대로 천연스런 걸음걸이로 의자들 사이의 통로를 걸으며 한 사람 한
사람 눈여겨보았다. 없었다. 역시 화장실에도 가보았다. 서서 용무를
보게 된 곳엔 물론 없었고 노크를 해야 할 곳은 들여다볼 수도 없었
다. 문 하나가 사이에 놓였다는 사실만으로 그 저쪽은 이미 내 능력이
닿지 못한다는 사실 때문에 화가 치밀었다. 내 능력이 닿지 못할 곳
은, 이런 식으로 생각해보면 얼마나 많을 것인가! 세상엔 얼마나 많은
문이 있을 것인가! 문은 사람이 그것을 열고 그 저쪽으로 가기 위해서
있다고? 천만에. 저쪽과 이쪽을 가로막기 위해서 있을 뿐이었다. 고맙
게도 세상에 있는 모든 문을 다 열어볼 필요는 없다. 그러나 그때 내
앞에 있는 일곱 개의 문만은 모두 열어봐야 할 필요가 있었던 것이다.
그런데 열어볼 수가 없었다. 기다린 보람도 없이 하나씩 하나씩 열린
그 문들의 저쪽에서 나타난 모든 사람은, 염병할 것, 영감의 나이만큼
살려면 똥을 앞으로 2,000번도 넘게 싸야 할 놈들뿐이었다.

 "이 극장에 3층이 있던가요?"

 나는 옥수수 튀김을 봉지에 넣고 팔러 다니는 파란 유니폼의 여자
애에게 물었다.

 "네."

"계단이 보이지 않는데."

"아, 그건 사무실예요. 밖에 계단이 있어요."

"고맙습니다."

영감의 행방은 이젠 분명해졌다. 영화를 보고 싶은 생각이 갑자기 없어져서 내가 한눈을 팔고 있는 사이에 밖으로 나가버린 것이었다. 영감이 없어진 것을 발견한 뒤로 시간이 꽤 지나 있었으므로 아무리 굼벵이 걸음으로 걷는 영감이지만 꽤 멀리 갔으리라. 현기증이라도 일으켰던 것일까? 제기랄, 정말 그랬다면 가다가 자전거에라도 부딪칠 건 뻔하다. 정말 그랬다면, 제기랄, 택시라도 불러 타고 곧장 집으로 돌아갔으면 좋으련만.

나는 빠른 걸음으로 극장 밖으로 나갔다. 얼어서 미끄러운 길바닥을 보는 순간 영감에게 무슨 사고가 날 거라는 예감이 더욱 커졌다. 내게 할아버지가 계시더라도 이렇게 모시지는 않을 텐데. 500원어치란 도대체 얼마나 걱정을 해야 다 하는 것인가? 나는 극장 앞 한길가에 우두커니 서서 나의 왼쪽과 오른쪽으로 뻗은 길을 번갈아 돌아보았다. 왼쪽, 그것은 방향이었다. 오른쪽, 그것도 방향이었다. 그러나 왼쪽과 동시에 오른쪽, 그것은 아무것도 아니었다. 문이었다. 지랄이었다. 똥이었다. 개새끼였다. 염병할이었다. 뒈져라였다. 이빨을 뜩뜩 갈…… 누가 내 허리를 쿡쿡 찔렀다. 나는 돌아보았다. 식당 사환 차림

을 한 소년이

"저기서 좀 오시라는대요."

하고 나에게 말했다.

"나를?"

"예, 바로 저기예요."

"누가?"

"어떤 할아버지예요."

"할아버지?"

아니 그럼 영감이란 말인가? 나는 소년을 따라 극장 바로 곁에 있는 음식점 안으로 들어갔다. 나를 골탕 먹인 바로 그 영감이 난롯가 가까운 탁자 앞에 자리를 잡고 문을 들어선 나를 향하여 히죽이 웃으며 고개를 끄덕끄덕하고 있었다. 음식점 안에서 심부름하는 계집애가 물이 든 컵을 창가에 있는 탁자에서 지금 영감이 앉아 있는 탁자 위로 옮기는 것을 보았을 때, 나는 내 얼굴이 화끈거림을 느꼈다. 구렁이가 들어앉아 있었군. 나는 태도를 결정했다.

"아이고, 혼났습니다. 그렇게 골탕을 먹이십니까그래?"

나는 마치 그 영감님과 잘 알고 있는 사이처럼 능청스럽게 호들갑을 떨며 영감과 마주 보는 의자 위에 앉았다. 하기야 2주일 동안 나는 온 신경을 동원해서 영감님을 따라다녔으니까. 그가 나를 모른다고

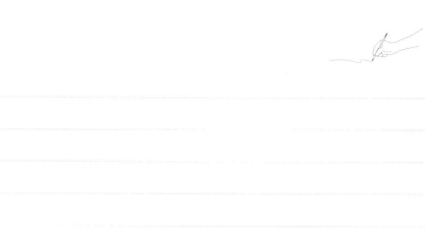

해서 나도 그를 모른다고 할 수 있을까? 더구나 지금 와서 보면 영감님도 나를 알고 있었다.

"그렇게 서툴러가지고⋯⋯."

영감님이 히죽이 웃는 채 나직이 말했다. 정 기자의 말이 맞았다. 영감님의 한국 말은, 해방 후에 생겨난 명물 중의 하나인 띄엄거리고 혀꼬부라지고 토씨를 생략하는 말이었다.

안개 속에서 길을 잃어버리고 정신없이 여기저기 헤매 다니는 꿈을 꾸다가 나는 잠이 깼다. 머리맡에 놓인 탁상시계의 야광판은 새벽 4시가 조금 지났음을 알려주고 있었다. 눈이 쓰렸다. 그제야 나는 담배 연기가 방 안을 꽉 채우고 있음을 알았다. 엊저녁엔 잠자리에 들기 전에 방문을 조금 열어서 담배 연기를 밖으로 내보내는 습관을 까먹었던 것이다. 나는 어둠과 추위가 둘러싸고 있는 나의 작고 조금은 훈훈한 방을 누운 채 눈동자만 돌려서 둘러보았다. 어둠 속에서 내 눈에 보이는 것은 없었으나, 영원과 친구인 바람과 추위와 어둠이 활개를 치는 대기 속에서 작으나 앙칼지게 버티며 위치하고 있는 따뜻한 직육면체를 느낄 수는 있었다. 방들의 수효만큼 세상에 존재하는 기적의 수효. 하나의 방이 꾸며지게 되기까지는 사실 예측할 수 없는 운명의 도움이 필요하다. 운명에 흠이 생겨서 태어나지 못한 방들이 얼마

나 많을 것인가! 여기 있는 방, 그것은 기적이다. 그런데, 많은 사람들이 그 기적의 주인이긴 하지만, 한편 또 얼마나 많은 사람들이 그 기적을 빌어 쓰고 있는 것일까! 바람과 추위와 어둠 속에서 서성거리며 손톱을 깨물고 있는 사람들. 참, 기적의 대량생산이 있었지.

나는 담배 연기를 나가게 하기 위해서 누운 자세로 발가락만 놀려서 미닫이 방문을 열어보려고 했다. 그러나 삐걱거리는 요란한 소리만 냈지 문은 열리지 않았다. 결국 일어나서 손으로 문을 열어야 했다. 차가운 공기가 내 얼굴에 확 끼얹혀졌다. 나는 얼른 이불을 둘러쓰며 몸을 눕혔다. 나는 문이 없는 방을 상상했다. 그것은 무덤밖에 없었다.

나는 마루를 사이에 두고 그 저쪽에 있는 숙이와 그 여자의 어머니와 동생들이 거처하고 있는 방의 문이 열리는 소리를 들었다. 이미 그 소리는 내 귀에 익은 많은 소리들 중의 하나였다. 물론 내가 다른 곳으로 옮긴 후엔 잊어버릴 소리였지만 이 집에서 살고 있는 한 그것은 내 감각 생활을 빠듯이 채워주고 있는 많은 것들 중의 하나였다. 내가 의식하든 안 하든 마찬가지로서 그 소리는 내 귀에 들려올 것이었다. 어둠 속에서 눈을 뜨고 있는 사람의 귀에 들려오는 먼 곳에서 문 열리는 소리, 그것은 그것을 듣고 있는 사람의 가슴을 어떤 내용으로써든지 흔드는 것이다. 그렇다고는 하지만 숙이의 방문이 열리는 소리를

듣자마자 내 가슴이 섬 해졌던 것은 그 방문 열리는 소리가 무척 조심스러운 것이었기 때문이었다. 조심스럽게 방문을 여닫는 소리가 났지만, 으레 그 뒤에 들려야 할, 마루를 밟고 걷는 발자국 소리가 나지 않았기 때문이었다. 숙이구나 하는 생각이 들었다. 동시에 내 방으로 오는 것이구나 하는 생각도 들었다. 잠시 후 과연 내 방의 담배 연기 때문에 열려진 문이 조심스럽게 좀 더 열려지며 숙이가 귀신처럼 방 안으로 들어와서 방문을 다시 조심스럽게 닫았다.

"저예요."

문을 등지고 선 채 숙이가 낮은 음성으로 말했다. 나는 부시럭거리는 소리가 나지 않도록 천천히 상반신을 일으켰다. 상상도 할 수 없던 이 깊은 밤의 뜻하지 않은 그 여자의 방문에 나는 놀랐다. 성욕이 숙이로 하여금 내 방으로 오게 한 것일까? 그렇게 생각하니 나는 숙이의 이 행위가 몹시 귀여웠고 동시에 인간에게 본능을 주신 신의 안녕을 빌고 싶을 지경이다. 나는 한 손을 내밀어 어둠 속에서 그 여자의 손을 더듬어 잡았다.

숙이는 무너지듯이 내 옆으로 이불 속을 파고 들어왔다.

"어머니가 아시면 어떻게 하라구 절 오라구 하시는 거예요?"

숙이가 원망하는 조로 소곤거렸다. 무슨 얘기인지 알 수가 없었다.

"어머니가 아시면 어떻게 하라구……," 그건 바로 내가 하고 싶은

얘기였다.

"응?" 내가 멍청한 음성으로 물었다.

"절 이 방으로 건너오라고 방문을 여신 게 아니었어요?" 숙이가 말했다.

"아아, 그렇게 생각했었나?" 나는 우리 사이에 지어진 작고 귀여운 오해가 우스워져서 웃음 섞인 음성으로 말했다. "담배 연기를 밖으로 내보내려고 열었던 건데……."

"그러셨어요?"

숙이는 내 겨드랑이에 얼굴을 처박고 소리를 죽여 웃었다.

"그렇지만 숙이가 왔으면 하고 무의식중에 바라고 있었던 것인지도 모르지."

"아니 제가 이 방으로 오고 싶어 하고 있는 게 이심전심으로 통했던 게죠?"

"심령술 말이군. 하여튼 난 숙이가 잠들어 있는 줄로만 알았지. 그렇지만……,"

"전 깨어 있었어요. 그래서 방문 여는 소리도 다 들었고 한숨을 크게 쉬는 소리도 들었어요."

"내가 한숨을 쉬었던가?"

"그럼요. 틀림없이 저더러 오라고 하고 계시는 걸로 알았어요. 제가

올 때까지 방문을 열어두실 것 같았어요. 만일 제가 오지 않으면 찬바람 때문에 감기가 드실 것 같았어요. 그래서 어머니가 깨실는지도 모르지만 용기를 냈어요…… 그런데 제가 괜히 왔나 부죠?"

"아니 잘 왔어."

나는 처음 우리가 관계를 가지게 된 것도 피차간의 어떤 작은 오해 때문은 아니었을까 하는 생각이 들었다. 그러나 그렇다고 하더라도 무슨 상관이 있을 것인가. 모든 것이 그럴지도 모르는 것이다. 어떤 사람은 다른 이유로 방문을 열고 그러면 다른 사람은 다른 이유로 그 열려진 방문을 통하여 안으로 들어온다. 그러나 항상 "아니 잘 왔어"라고 얘기하게 되는 것이라면 어쨌든 무슨 상관이 있을 것인가.

"어머니가 아실지 모르니까 그만 돌아가겠어요."

"아니, 조금 더 있다가 가."

나는 황급히 숙이를 껴안으며 말했다. "아니 잘 왔어"는 점점 사실이 되는 것이었다.

"무슨 생각을 하고 계셨어요?" 숙이가 물었다.

"자본주의와 공산주의에 대해서 생각하고 있었어."

"네?"

"아니 참, 방이란 것에 대해서 생각하고 있었어."

"방이라니요?"

"우리의 숙이와 내가 있을 방에 대해서 생각하고 있었어."

"그래서 한숨을 크게 쉬셨어요?"

나는 피식 웃었다. 내가 한숨을 쉬었었던지 어쩐지 나로서는 기억에 없었다. 하지만 숙이가 내 한숨 소리를 들었다고 우기는 한 그걸 인정할 수밖에 없었다. 더구나 숙이를 안고 싶어서 내뿜은 한숨으로 그 여자가 생각하고 있는 바에야…… 나는 숙이의 몸을 더듬었다. 숙이는 조금 몸을 움츠리는 것 같았다. 그러나 팔은 내 목을 아플 만큼 껴안았다.

숙이의 손은 뜨거웠다. 그 뜨거움 속에서 나는 이상하게도 불쾌감을 느끼고 있었다. 마치 발산되지 못한 욕망이 만드는 생리적인 불쾌감 같은 것이었다. 그러나 그것은 나의 배설이 늦어지는 것 때문이 아니었다. 이 어둡고 두꺼운 대기층의 밑바닥에서 촉각을 허망하게 내휘두르며 몸을 꿈틀거리고 있는 두 마리의 못생긴 벌레, 나와 숙이가 그 벌레들인 것 같은 생각만 자꾸 들기 때문이었다.

"허 선생을 마지막으로 본 사람은 당신밖에 없습니다. 그 점을 잘 생각해주십시오." 흥신소 소장인 박 선생은 형사 출신다운 매서운 눈초리로 나를 쳐다보며 말했다. "경찰에 수색을 의뢰하기 전에 이분들께 잘 설명해드리셔야겠습니다."

나는 무엇을 '이분들께' '잘' 설명해줘야 할지 알 수 없었다.

"어저께 박 선생님께 얘기한 그것밖에 더 할 얘기가 없을 것 같군요."

"무슨 얘기 말씀이시죠?"

'이분들' 중의 한 사람인 그 허 영감의 동생 되는 사람이 박 소장에게 물었다. 허 사장이라는 그 50대의 사나이는 요정의 마담들이 사장이라면 이렇게 이렇게 생긴 사람이라고 생각하는 용모와는 아주 반대의 용모를 가지고 있었다. 검다고밖에 말할 수 없는 살결은 기름기가 빠져서 주름살투성이였다. 손가락에 끼고 있는 금반지며 외국제 천으로 지은 양복이며 여자들이 면도해주고 안마를 해주는 이발소를 방금 다녀온 듯한 머리를 그 사람의 몸뚱이에서 모두 벗겨버린 후에 용모만 가지고 그 사람을 얘기하라면 집안에 우환을 많이 지닌 화물 트럭 운전수 같았다.

"아까 제가 말씀드린 얘기일 것입니다." 박 소장은 얼른 허 사장을 향하여 말하고 나서 이번엔 나를 향하여 말했다. "김 선생이 자신의 입으로 똑똑히 좀 말씀드려줘야 되겠습니다."

"어저께 그 영감님을 마지막으로 보았던 때의 얘기를 말입니까?"

내가 말했다.

"예. 그리고 주고받은 얘기랑……." 박 소장이 말했다.

내가 그 전날 하루에 그 영감님과 헤어지게 되기까지의 경과를 얘기하는 일은 아주 간단한 것이었다. 그러나 나는 그 얘기를 하기 싫을 만큼 굴욕감 같은 느낌을 받고 있었다. 그 이유는, 우선 흥신소 소장인 박이란 작자의 말투가 마치 내가 그 영감님을 정릉 뒷산쯤에 생매장이라도 한 것처럼 나를 몰아세우고 있기 때문이었다. 어제저녁에 영감이 집에 들어오지 않았다. 그런 일이 왜 절대로 있을 수 없다는 것인가. 그런데 그 영감의 유일한 보호자라는 허 사장이란 이 화물 트럭 운전수 같은 양반은 아예 그 영감이 어디서 아무도 모르게 맞아 죽기라도 한 듯이 걱정을 하고 있고 거기에 덩달아 박 소장도 속으론 어떻게 생각하든 허 사장의 염려가 아주 타당하다는 듯이 그 영감을 집에까지 호위하지 않은 나에게 그 영감이 전날 저녁 집에 들어오지 않은 책임을 둘러씌우고 있는 것이었다.

나는 그러나 그 불쾌한 좌석을 빨리 떠나기 위해서는 내가 할 수 있는 얘기를 빨리 해버려야 함을 알고 있었다. 나는 고개를 숙이고 잠깐 눈을 감았다. 바로 어저께의 일이지만, 오늘 이런 일이 생기리라고 미리 알아서 열심히 외워두었던 것은 아니기 때문에, 마치 간밤에 요란스럽게 불어젖히던 북풍에 날려 가버리기라도 한 듯이 그 영감님과 주고받은 얘기들의 세세한 점은 생각나지 않았다.

"그러니까, 바로 이 다방에서 나가서 영화관엘 들렀다가 곰탕 집에

서 영감님을 만났고 거기서 나와서 서로 헤어진 얘기만 하면 제가 알고 있는 것은 다 얘기하는 셈이군요."

나는 눈을 뜨고 고개를 들고 나서 한마디 한마디에 힘을 주며 말했다.

"자세히……." 박 소장이 말했다.

"저쪽 좌석입니다." 나는 그 전날 영감님이 앉아 있던 좌석을 손가락으로 가리키며 말했다. "저 자리에서 영감님이 일어났습니다. 시간을 보진 않았습니다만 4시 좀 지나서였습니다. 솔직히 말씀드리면 추운 밖으로 나가기가 싫어서 저는 영감님이 조금이라도 더 아니 쭈욱 이 다방에만 앉아 있다가 곧장 집으로 돌아갔으면 하고 바라고 있었습니다. 그러나 제 임무가 영감님을 따라다녀야 하는 일이니 어떡합니까? 어느 때와 다름없이 스무 발자국 뒤떨어져서 영감님을 미행했습니다. 작정하고 갈 곳이 있는 걸음걸이로 영감님은 한눈도 팔지 않고 걸어갔습니다. 중앙극장까지 갔습니다. 표를 사가지고 안으로 들어가셨습니다. 저도 잠시 후에 표를 사가지고 안으로 들어갔습니다. 아래층 휴게실에 앉아 계시기에 저도 영감님이 잘 보이는 곳에 자리를 잡고 앉아서 벽에 붙어 있는 영화 포스터들을 보고 있었습니다. 그러다가 보니까 영감님이 안 계시더군요. 저는 온 극장 안을 뒤져보았습니다만 안 계셨습니다. 무슨 급한 일이 생겨서 도로 나갔나 싶어서

저도 밖으로 나왔습니다. 길을 살펴봤지만 보이지 않았습니다. 제가 어쩔 줄 모르고 있는데 식당 보이가 와서 저를 음식점 안으로 데리고 갔습니다. 영감님이 저를 부르셨을 때는 벌써 제가 영감님의 미행자라는 사실을 영감님이 알고 계신 게 틀림없다고 생각하여 저는 일부러 영감님을 처음 보는 체할 수가 없었습니다. 영감님도 절 별로 탓하려고 하시지 않고 곰탕을 사주시며 얘기나 좀 하자구 해서 이것저것 얘기를 하다가……."

"무슨 얘기인지 그걸 자세히 좀 하시오." 박 소장이 말했다.

나는 무슨 얘기를 했었던지 기억을 되살리려고 담뱃갑에서 담배를 꺼내며 고개를 숙였다.

"여기 있습니다."

박 소장이 성냥불을 켜서 내 코앞으로 디밀었다. 나는 담배에 불을 붙이고 나서 다시 고개를 숙였다. 무슨 얘기를 했던가? 처음엔…….

"처음엔 이런 얘기를 했죠. 누구 부탁으로 자기를 미행하는가 하고 영감님이 물으시더군요. 저는 흥신소 요원이라고 대답했죠. 그러나 너무 의심하실 건 없으신 게 전 다만 영감님의 호위병 같은 역할을 하라는 부탁만 받았으니까요라고 말했죠. 아마 댁에서 흥신소로 부탁한 게 아닌가 생각하고 있노라고 말했더니, 흥신소란 뭐 하는 데냐고 묻더군요. 그래서 여사여사한 일을 하는 데라고 말했더니, 왜 하필 흥신

소에다가 자기 신변 보호의 일을 부탁했는지 모르겠다고 혼잣말처럼 말씀하시더군요. 제가 미행하는 줄은 언제부터 아셨느냐고 물었더니 며칠 전부터라고 대답하시면서 처음엔 제가 경찰 계통에 있는 사람인 줄 알고, 왜 나를 미행할까 도무지 죄 될 만한 일이라곤 한 적이 없는데 하고 염려하다가 이 다방에서 레지에게 제가 무엇 하는 사람인 줄 혹시 아느냐고 물었더니, 신문기자라고 대답하기에 이번엔, 왜 나를 미행할까 도무지 신문에 날 만한 인물도 아닌데라고 생각하셨다는 겁니다. 너야 미행하든 말든 난 아랑곳하지 않겠다고 작정하시고 며칠을 그대로 지냈는데 그래도 자꾸 신경이 쓰여서 어저께는 일부러 극장으로 저를 끌고 간 뒤에 살짝 저를 따버리려고 했다는 것입니다. 계획대로 저를 따버리긴 했지만 그러고 나니까 정말 당신이 무슨 죄인이기 때문에 그러기라도 해서 미행을 꺼려 하는 듯이, 저에게 보일까봐 곡절이나 좀 알자고 저를 음식점으로 일부러 불렀다는 것이었습니다. 거기서 이런 얘기 저런 얘기를 하다가…….”

“그, 바로 그 이런 얘기 저런 얘기를 자세히 해주시오.”

박 소장이 말했다.

“주고받은 얘기는 나중에 따로 하시고, 그래서요?”

허 사장이 말했다.

“영감님이 그러시더군요. 정말 다른 목적이 있어서 미행하는 건 아

니냐고. 정말 그렇다고 대답했더니 무언지 곰곰이 생각하시는 표정을 하시더군요. 그리고 헤어질 때, 그러니까 곰탕 집에서 한 시간쯤 있었을 겁니다. 그만 나가자고 하여 밖으로 나왔습니다. 헤어질 때 내일부터는 밖에 나오지 않을 테니까 미행할 필요가 없게 됐다고 말씀하시더군요. 돈벌이를 하지 못하게 돼서 섭섭하게 됐는진 모르지만 젊었을 때에 너무 돈만 생각하고 살진 말라고 점잖게 충고를 하셨습니다. 그리고 오늘은 여기서 헤어지자고 말씀하시기에 그렇지만 제 임무가 영감님께서 댁으로 들어가시는 것을 봐야만 끝나는 것이기 때문에 함께 가시자고 했더니 택시를 타고 곧장 집으로 갈 테니 오늘은 여기서 나를 그냥 집으로 가게 해줄 수 없겠느냐고 하시더군요. 그렇게 말씀하시는 표정이 정말 혼자 계시고 싶어 하시는 것 같아서 저는 택시를 잡아서 태워드렸습니다. 택시가 출발하는 걸 보고 나서 저는 곧장 신문사로 들어갔다가 사에서 퇴근하고 흥신소에 들러서 어저께 하루 일을 보고했던 것입니다.

"어디로 가셨을까요?"

'이분들' 중의 한 사람인 허 사장 부인이 처음으로 입을 열었다.

"친구 되시는 분의 댁에라도 놀러 가신 건 아닐까요?"

내가 말했다.

"밤새워 함께 노실 만한 친구가 없습니다. 그리고 설령 밖에서 주무

실 일이 생기시면 반드시 전화를 주시곤 하셨습니다. 지난봄에 귀국하셨을 때엔 몇 번 밖에서 사업 관계로 주무신 적이 있었지요만 근래엔 밖에서 주무시는 일은 없습니다."

허 사장이 말했다.

"정말 전화라도 반드시 하실 분이시거든요."

허 사장의 부인이 말했다.

"스물네 시간이 지나도록 전화 한 번 안 하시는 건…… 아무래도……."

허 사장이 말했다.

"정말 면목 없게 됐습니다." 박 소장이 죄송해죽겠다는 표정으로 말했다. "아무래도 말 못 할 사정이 있으니까 우리에게 부탁을 하셨을 텐데…… 김 선생도(그러면서 박 소장은 턱짓으로 나를 가리켰다) 다만 그분의 신변 보호라고 단순히 생각했으니까 어저께 그런 실수를 했겠지만 사실은 저도 다른 일과 달라서 아주 쉬운 일이라고, 말하자면 정확하게 말씀드려서 여기 있는 김 선생님에게만 맡겨놓아도 잘해낼 일이라고 생각했던 게 잘못인 것 같습니다. 그렇지만 허 사장님께도 책임은 조금 있습니다. 그분이 행방불명이 될 염려가 있어서 우리에게 보호를 부탁한다고 하셨더라면 우리로서는 좀 더 신경을 쓸 수 있었을 것입니다. 그런데 그냥 늙은이니까 무슨 교통사고라도 당할지 몰

라서 부탁하는 것이라고 했으니까…… 하여튼 좀 복잡한 관계가 있다는 걸 암시해주셨으면 이런 일이 생기지 않았을 텐데…….”

“하, 이 양반이 해괴한 말씀을 하시는군.” 허 사장은 박 소장의 음흉한 말뜻을 눈치챈 것 같았다. “사람 찾아낼 생각은 안 하고 이제 와서 책임 회피만 하실 생각이신가요?”

“무슨 말씀을 그렇게 하십니까? 책임감을 느끼니까 그런 얘길 하는 게 아닙니까? 하여튼 그분을 찾아야 한다는 게 우리가 당면한 문제니까 우리로서도 대강 어디 어디에 갔으리라는 추측을 할 수 있을 만한 근거는 알아둬야 하지 않겠습니까?”

박 소장이 은근한 목소리로 말했다. 나는 박 소장이란 사람을 잘 알지는 못했지만 4·19 이후에 사찰계에서 물러난, 일경 때부터 눈치 보기와 냄새 맡기로는 원숭이나 개를 손자로 둘 만큼 영리한 형사였다는 사실 하나만으로써 그의 솜씨를 짐작할 수가 있는 터였으므로 그가 이 허 사장이란 어리숙해 보이는 양반에게서 아마 가족적인 걸로만 그칠 것 같지 않은 문제가 있음을 눈치채고 있지 않나, 그래서 사건을 만일 그것이 있다면 표출해내고 그것이 복잡하거나 이권에 관계되는 것이라면 박 소장 자신에게 어떤 사건이 맡겨질는지도 모를 일이라고 박 소장이 생각하고 있음을 알 수 있었다. 형사 기질이란 남의 사생활도 그것을 담 밖으로 끌어내고 싶어 하는 것이니까 말이었다.

"혹시 지금이라도 댁으로 연락이 왔을지도 모를 일 아니겠어요?"

내가 말했다. 이 음흉한 박 소장에게서 그들을 보호해주고 싶은 심정이 들 만큼 허 사장 패는 멍청했다. 내 짐작이 틀림없다면 하루 세 끼를 붙잡고 씨름을 하고 있던 차에 토정비결이 좋아서였던지, 그동안 생사도 알 수 없던 형이 미국에서 많은 돈을 모아가지고 돌아왔고 덕분에 하루아침에 사장 가족이 된 사람들이었다. 따라서 가난했던 시절의 겸손이며 자비가 이젠 모든 사람에게 다 향해지는 것이 아니라 그것을 바쳐도 좋을 사람과 그래서는 안 될 사람으로 나누어져 배급되는 것이었다. 박 소장이나 나 같은 사람은 허 사장의 입장에서 보면 고용을 해둔 사람들이었다. 허 사장은 머뭇거렸다.

그리고 네 말 때문이 아니라 내가 방금 그럴 생각이 났기 때문에 하는 것이라는 투로 자기 아내에게 말했다.

"집에 전화 좀 해보구려. 혹시 들어오셨는지……."

"지금 전화하실 분이 여태까지 안 하셨을라구요."

이 역시 얼굴에 고생티가 도장 찍힌 부인은 자리에서 일어나며 말했다.

부인이 전화가 있는 카운터 쪽으로 가고 난 후에 허 사장은 무언가 불안을 감추지 못한 음성으로 나에게 말했다.

"어저께…… 그러니까 제 형님과 주고받으신 얘기…… 형님께서

무슨 얘기를 하시던가요?"

"좀 자세히 해보시죠." 박 소장이 눈을 빛내며 내게로 몸을 기울여 왔다.

"그분께서 엊저녁에 댁에 들어가시지 않은 이유가 될 만한 이야기는 한 걸로 기억되지 않습니다. 별로 도움이 되시지 않을 겁니다."

"그렇지만……." 허 사장이 말했다.

"그렇지만 이 자리는 그분이 댁에 들어오시지 않는 것에 제가 아무 관계도 없다는 것을 밝혀야 하는 자리니까 기억나는 대로 자세히 말씀드리지요."

"무슨 얘기를 했었던가?"

"……당신을 수행하면, 그분은 저의 임무가 그분에게서 무엇을 캐내는 게 아니라 그분을 보호해야 한다는 것을 제가 얘기한 후부터는 미행이란 말을 쓰지 않았습니다. 보수는 얼마씩 받느냐고 물으시더군요. 일당 500원씩 받는다고 했습니다."

"하 나 참, 들키기는 왜 들키느냔 말예요? 처음부터 어쩐지 마음이 놓이지 않더라니…… 박 선생의 말만 믿고 그랬더니……." 허 사장은 난폭하게 담뱃갑을 탁자 위로부터 집어 들어 담배를 한 대 꺼내 물며 말했다. "왜 저런 서투른 사람을 쓰시느냔 말예요. 기분이 나쁘셨군. 기분이 나쁘셨어."

"기분이 나쁘셨다니 누가 말씀이시죠?" 내가 물었다.

"누군 누굽니까? 형님 말씀이지. 에이 참, 형님도 형님이시지. 의심은 왜 그렇게 많은지 차암."

"의심이라니요?" 박 소장이 물었다.

"아직 안 들어오셨대요."

허 사장 부인이 수심 찬 음성으로 말하며 자리에 앉았다.

"아무 연락도 없고?"

"네. 무슨 변고가 났어요. 틀림없이. 무슨 변고가 났어요."

허 사장 부인은 가능한 대로 나를 보지 않으려고 애쓰며 부정하듯이 말했다. 나는 화가 울컥 끓어올랐다.

"죄송하지만 전 바쁜 사람입니다. 이제까지 저한테 물으신 것에 대해서만 대답하고 전 가겠으니 필요하신 일이 있으면 다음에 언제든지 저를 찾아오십시오. 앞으론 결코 저를 불러내시지는 마십시오. 하루에 500원을 받는다고 했더니 웃으시면서 그것을 받아가지고 생활이 되느냐고 물으시더군요. 직업은 따로 있고 이거 부업이라고 했더니 참 부지런하군 하셨습니다. 그리고…… 아, 이런 얘기도 하셨습니다. 제가 아마 외국에서 돈을 많이 벌어 오신 모양인데 지금 무슨 사업을 하고 계십니까 하고 물었더니 그렇게 대답하셨을 겁니다. 모두 잃어버렸다고 그러시더군요. 웃으시면서 그러시기에 농담인 줄은 알

았지만 그래서 저도 농담조로 우리나라엔 소매치기가 너무 많지요 했더니, 아니 다른 사람이 훔쳐 간 게 아니라 바로 당신 자신이 훔쳐 가 버린 거라고 그러시더군요. 저 같은 돌대가리는 무슨 말씀인지 알 수가 없다고 했더니, 당신께서 설명해도 아마 저는 잘 모를 거라고 말씀 하십디다. 아드님이 계시냐고 했더니 이제 우리나라 노인들은 아무도 자기 아들을 가진 것 같지 않다고 대답하셨습니다."

"형님은 한 번도 결혼한 적이 없습니다. 미국에 계실 때 중국 여자와 얼마 동안 동거 생활을 하신 적은 있습니다만……."

허 사장이 말했다.

"네에 그렇군요. 그러나 그런 뜻으로 하신 말씀은 아닌 것 같습니다. 하여튼 제 얘기를 하겠습니다. 그분은 이런 얘기를 하시더군요. 당신은 당신의 재산을 관리하는 사람에게, 지금 보니 아마 허 사장님을 말씀하셨던 모양이군요, 그런 부탁을 했다더군요. 학문을 연구하는 사람들에게 재정적인 도움을 주도록 하라구요. 특히 과학 분야의 젊은 학자들을 도우라고 했다더군요."

"그렇습니다. 구체적인 실시를 위해서 조사 연구 중에 있습니다."

허 사장이 말했다.

"그런데 그분은 이렇게 말하시더군요. 평생 놀기만 하고 지내겠다고 작정한 젊은 사람이 있으면 그 사람에게도 생활비를 도와주라고

일러야겠다구요. 그런 사람이 있을까요?라고 제가 물었더니, 당신 생각에는 재물의 궁극적 목적은 그래야만 할 것 같다고 말씀하십디다. 그래서 논다는 것은 어떻게 하는 것을 말씀하시느냐고 제가 물었더니, 그런 것은 이젠 없어져버렸고 생길 가망도 없으니 그 얘긴 그만두자고 하시더군요. 아마 욕망에 대한 얘기가 아닌가 하고 저는 생각했습니다만……"

"좀 알아듣기 쉽게 얘기해주시오. 무슨 얘기를 했는지 좀 자세히……."

박 소장이 말했다. 허 사장도 그리고 그의 부인도 얼떨떨한 표정이었다. 그제야 나는 이상하게도 영감의 실종이 실감되었다. 이 사람들이 찾고 있는 것은 거무스레하고 쭈글쭈글하고 커다란 얼굴을 가졌고 등이 좀 꾸부러졌고 뚱뚱하고 좋은 천의 겨울 양복을 입고 있고 중절모를 썼고 단장을 짚고 있는 노인 한 사람이라는 사실이 실감되었다. 그렇다면 나는 아무것도 모른다.

"대강 그런 얘기를 하다가 그 음식점을 나왔죠. 그리고 아까 얘기한 것처럼 택시를 타고 그분은 을지로 쪽으로 가셨고 저는 걸어서 신문사로 돌아왔습니다. 제 얘기는 끝났습니다. 어제로 흥신소와는 관계가 끊어졌으니 저는 더 이상 여기 있고 싶지가 않습니다. 물으실 말씀이 있으시면 신문사로 찾아와주십시오. 그분이 돌아오시지 않은 것과

저와는 아무런 상관도 없다는 건 제발 좀 알아주셨으면 합니다."

나는 자리에서 일어섰다. 허 사장이 재빠르게 일어서며 나의 팔을 잡았다.

"선생을 의심해서 부른 게 아닙니다. 형님을 마지막으로 보신 분이 아무래도 선생밖에 없으니까, 하도 답답해서 부른 게 아닙니까?"

"그분을 마지막으로 본 사람이 어째서 저라고 생각하십니까? 저와 헤어진 뒤에 또 어떤 사람을 만났을지도 모르지 않습니까? 그 사람을 찾아보십시오.

"이건 아무래도 유괴란 말야. 어떤 놈이 재산을 노린 유괴 사건이란 말야. 흠."

박 소장이 천천히 팔짱을 끼며 고개를 숙인 명상하는 자세로 중얼 거렸다.

"그럴지도 모르죠. 이제 며칠 안으로 범인에게서 협박장이 오겠죠. 그때까지는 아무 일 없을 테니까 다리 쭉 뻗고 자면서 기다리면 될 게 아닙니까?"

나는 말하고 빨리 걸어서 다방 밖으로 나왔다. 찬 공기가 내 얼굴을 때렸다. 나는 내 눈이 닿는 어느 거리에서도 노인은 한 사람도 볼 수 가 없었다. 그리고 나의 세계 속에서는 여태까지 한 사람의 노인도 살 고 있지 않고 있었음을 문득 깨달았다. 시골집에 계시는 내 할머니를

생각했다. 할머니는 콩을 까고 계셨지. 할머니는 마당에 흩어진 벼 알 하나를 바가지에 주워 담고 계셨지. 할머니는 웃으시면 눈에서 눈물이 질금질금 흐르지. 할머니는 할아버지와 증조할아버지와 증조할머니에 대한 얘기를 해주셨지. 그리고…… 그러고는 생각나는 것이 별로 없다. 문득 나는 그 괴상한 영감이 말한 '우리나라 노인들에겐 아들이 없다'는 얘기가 거꾸로도 얘기될 수가 있지 않을까 하는 생각이 들었다. 그러나 그런 불행한 말도 노인과 자식 사이에 어떤 관계가 있어야 하느냐가 분명해야만 '우리나라 노인에겐 자식이 있다'는 얘기가 있을 수 있을 것이다. 노인은 어떤 자식을 원했을까? 아니 노인은 자기가 어떤 노인이기를 원했을까라는 질문이 생길 수도 있다.

신문사의 내 책상 앞에 앉자마자 박 소장에게서 전화가 걸려 왔다.

"김 선생의 심경은 잘 알겠습니다. 하지만 사건이 사건이니만치……."

"아니 도대체 뭐가 사건이란 말입니까?"

"하아, 그 양반이 돌아올 때까지는 사건이라고 해둡시다그려. 그분이 찾아갈 만한 데는 도무지 없다는 게 아니오?"

"그 영감님이 그 허 사장한테 자기 친구들을 일일이 다 가르쳐 주었다고 볼 수도 없지 않습니까?"

"하여튼 이 양반들로서는 영감이 갈 데가 없는 거요. 내 말 알아들

으시겠소? 그 영감을 찾아내는 일을 우리가 맡기로 했소."

"우리라니요?"

"김 선생과 나 말이지 누군 누구겠소. 보수는 톡톡합니다."

"다른 사람을 데리고 하시오. 서투른 탐정 놀이는 이젠 질색입니다."

"그러지 맙시다. 우리 중에서는 아무래도 김 선생님이 제일 짐작이 가실 거니까요."

"생사람 잡지 마십시오."

"하아, 또 오해를……."

"서울 시내 택시 운전수들을 모두 서울운동장에 모아놓고 어느 날 몇 시에 중앙극장 앞에서 영감을 태운 사람 손들엇 하는 편이 제일 확실한 방법입니다. 제가 낼 수 있는 꾀는 그것밖에 없습니다. 다시 저를 고용할 생각은 마십시오."

"정말입니까?"

"정말입니다."

"좋습니다. 이쪽에도 생각이 있으니까……."

나는 수화기를 놓았다. 망할 자식, 생각은 무슨 생각. 영감과 헤어진 이후의 나에 대해서는 신문사의 동료들과 내 하숙집 주인아주머니의 딸이며 동시에 내 애인인 숙이가 잘 알고 있을 터였다. 나는 이해할 수 없는 이 사건에서 자리를 피하고 싶었다. 영감은 돌아올 것이다. 설

령 박 소장의 추측이 맞아서 유괴 사건이라고 하더라도 허 사장이 꼭 그 영감을 찾고 싶어 하는 한 돌아올 것이다.

다음 날 오후 3시쯤, 허 사장이 신문사의 현관에서 나를 불러내었다.

"어저께는 실례가 많았습니다."

허 사장은 그 화물 트럭 운전수 같은 얼굴을 기묘하게 구기며 말했다.

"돌아오셨습니까?" 내가 물었다.

"아니요. 김 선생⋯⋯."

"말씀 낮추십시오. 선생은 무슨 제가 선생⋯⋯."

"아니요. 김 선생. 좀 도와주셔야겠습니다."

"정말 전 어제 얘기한 것 이상은 알지 못합니다."

"압니다. 김 선생을 의심하는 게 아닙니다. 그렇지만 김 선생은 제 형님이 행방불명이 됐다는 사실에 조금도 관심이 없습니까?"

"경찰에 심인계를 내십시오. 박 소장 같은 엉터리는 믿지 마시고 경찰에 의뢰하십시오. 경찰에 가시기 뭐하면 제가 같이 가드려도 좋습니다. 제가 마지막 보았던 때의 얘기가 참고될지도 모르니까요."

허 사장은 고개를 숙이고 잠시 동안 생각에 잠긴 표정이었다. 나는 그가 내 충고를 따라주었으면 하고 바랐다.

"그 수밖에 없겠군요." 허 사장이 말했다.

나는 마음이 가벼워졌음을 느꼈다. 그리고 그제야 이상하게도 허 사장을 도와주고 싶다는 기분이 생겼다.

"타실까요?"

허 사장이 신문사 밖에 세워둔 자기 차의 문을 열며 말했다. "어떻습니까? 경찰서가 별로 멀지 않으니까 걸어가시는 게요. 허 선생님과는 다른 방법으로 저도 그분을 찾아보려고 합니다. 그래서 몇 가지 물어보고 싶은 게 있는데요⋯⋯."

"그럽시다."

허 사장은 차를 경찰서 앞에서 기다리라고 이르며 먼저 보냈다. 우리는 호주머니에 손을 찔러 넣고 천천히 걸었다.

"왜 그분에게 흥신소원을 뒤쫓아 다니게 했습니까?" 내가 물었다.

"형님의 몸을 보호하기 위해서였습니다. 단순히⋯⋯."

"박 소장에게서 제가 받은 임무는 그분이 누구누구와 만나는 지도 알아 오라는 것이었는데요."

"내가 그런 부탁을 한 일은 없습니다. 박 소장은 머리가 좀 돈 사람 아닙니까? 아마 형님과 나 사이에 무슨 곡절 있는 관계가 있는 걸로 알고 있는 것 같은데 정말이지 아무 다른 이유는 없거든요."

"그분도 그런 말씀을 하셨지만, 그런 이유 때문에 그랬다면 왜 하필 흥신소에 그런 일을 부탁했겠습니까? 아무라도 시켰으면⋯⋯."

"돈거래로만 하는 일이 가장 믿을 수 있다는 걸 아직 모르시는 모양이군요. 이왕에 돈이 들 바엔 신용 있게 해줄 곳을 찾아야만 합니다."

"튼튼한 소년을 하나 사서 그분과 같이 다니도록 했었던 게 좋지 않았을까요?"

"형님은 혼자 다니고 싶어 하셨습니다. 아주 독립 정신이 강한 분이니까요. 난 형님이 거북스러워하지 않도록……."

"알겠습니다. 그분께선 오랫동안 외국에 계셨습니까?"

"난 아직 세상에 나오기도 전에 평양에 와 있던 목사님을 따라서 미국으로 들어가셨습니다. 나하고는 20년이나 나이 차이가 있습니다. 그러고는 작년에 나오셨으니까…… 물론 서신 왕래가 옛날엔 몇 번 있었지만……."

"미국에서 뭘 하셨답니까?"

"고생 많이 하셨다더군요. 이것저것 고생을 많이 하셨다더군요. 하지만 어떻게 고생하셨다는 자세한 얘기는 아직 듣지 못했습니다. 사업이 바빠서……."

"별로 관심이 없었던 게 아닙니까?"

"고생이야 사실 나도 할 만큼은 했으니까 남의 고생한 얘기엔 사실 흥미가 없지만……."

"가령 박정하게 얘기해서 말입니다. 그분을 꼭 찾아야 할 현실적인

이유 같은 건 없습니까?"

"현실적인 이유라니요?"

"가령 사업체의 명의가 그분 앞으로 돼 있다든가……."

"아닙니다. 재산에 관한 것이라면 모두 내 명의로 돼 있죠. 그런데 왜 그런 이상한 질문을 하시오? 김 선생은 자기 친형님이 행방불명이 돼도 가만히 있겠소?"

"물론 찾으러 다녀야죠. 그런데 그분은 왜 매일 밖에 나와서 아무 특별한 일도 없이 돌아다니셨죠? 의사의 권고 때문인가요?"

"의사가 뭐라고 한 적은 없습니다. 이유는 잘 모르지만, 사실 집에 만 앉아 계시기가 따분하시겠죠. 어쩌면 미국에 계실 때의 버릇인 줄 도 모르지요."

"집에 계실 때는 어떻게 하고 계십니까?"

"늘 방 안에 눕거나 앉아 계시죠. 우리 집 꼬마들에게 얘기를 들려 주기를 좋아하시지만 애들이 공부를 해야지 어디 큰아버지 옛날얘기 들을 틈이 있습니까? 그리고 사실 형님의 얘기란 것도 그저 이런 고 생을 했었다는 정도였으니까요."

"만일 그분을 영영 찾지 못하면 어떻게 하시겠습니까?"

"누가…… 형님을…… 죽였을까요?"

"설마 돌아가시기야 했을라구요. 그런데 가령 그분 스스로 어디로

가버리셨다면?"

"가긴 어딜 간단 말예요? 형님의 숙소는 바로 우리 집이라니까요."

우리는 경찰서 앞에 도착했다. 나는 우중충한 회색의 경찰서 건물을 올려다보았다. 아무리 보아도 그 속에서 영감을 찾아낼 수는 없을 것 같았다. 나는 고개를 돌려 내 눈 안에 들어오는 모든 거리와 집들을 보았다. 어느 곳에도 노인이 있을 것 같지 않았다. 노인이 없어진 것은 분명한데 왜 없어졌는지 허 사장도 모르고 있지만 나도 알 수가 없었다. 어쩌면 영감 자신조차도 모르고 있을 것 같았다. 정말 이 허 사장이나 박 소장의 염려대로 어떤 어마어마한 유괴범이 어느 날엔가 거대한 요구를 가지고 우리 앞에 나타날지도 모르리라는 막연한 불안만 실감되기 시작했다.

참 멋있는 영감이네요. 숙이가 말했다. 돈을 잔뜩 벌어다가 자기 친척들에게 주고 어디론가 사라져버린 거 얼마나 멋있어요. 뤼팽 같죠? 뤼팽을 좋아해? 내가 물었다. 그럼요. 뤼팽이 되고 싶어? 네. 그럼 안심해. 우리도 뤼팽이 자연히 될 테니까. 그런데 뤼팽은 사라져서 어디로 가지? 그걸 알아서 뭘 해요? 뒤에 남은 사람들이 모두 뤼팽에게 고마워하고 있는걸요! 그런데 말야, 그 뤼팽이 바람처럼 사라진 것을 알게 되자 뒤에 남은 사람들이 모두 불안해하거든. 그렇지만 곧 고마워

하게 돼요. 숙이가 말했다. 그럴까? 그렇지만 뤼팽 자신은 어쩔까? 노인이 되면 모두 뤼팽이 되는 것일까? 뤼팽도 못 된다면?

(1966)

World Classic Korean Literature Writing Book **01**

필사의 힘

김승옥처럼 【무진기행】 따라 쓰기

1판1쇄 2021년 7월 30일

원   작   김승옥
펴 낸 이   장영재
펴 낸 곳   (주)미르북컴퍼니
전   화   02)3141-4421
팩   스   0505-333-4428
등   록   2012년 3월 16일 (제313-2012-81호)
주   소   서울시 마포구 성미산로32길 12, 2층 (우 03983)
이 메 일   sanhonjinju@naver.com
카   페   cafe.naver.com/mirbookcompany